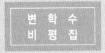

변 학 수
비 평 집

토르소

글누림 문화예술 총서 12

토르소

변학수 비평집

TORSO

너는 너의 삶을 바꿔야 한다

우리는 그의 미증유의 머리를 본적이 없다.
거기에는 반짝이는 눈망울이 있었겠지. 그러나
그의 토르소는 여전히 촛대처럼 빛난다.
그 속에 있던 그의 응시가 물러난 채

여전히 존재하고 빛나고 있으므로. 그렇지 않다면 가슴의 만곡이
너의 눈을 부시게 할 수도 없거니와 살포시 뒤틀린
허리로부터 한 가닥 미소가
생식의 요람이었던 저 중심을 향해 갈 수 없을 것이다.

그렇지 않다면 이 돌덩이는 그저 두 어깨가 투명하게 내려앉은,
짤막하고 일그러진 모습으로 서 있을 것이며
맹수의 가죽처럼 그렇게 반짝이지도 않을 것이다.

또 별처럼 모든 가장자리에서 빛을 발하지도 못했을 터인데,
그럴 것이 너를 바라보지 않는 곳이란 거기에
한 군데도 없으니까 말이다. 너는 너의 삶을 바꿔야 한다.

독일의 시인 라이너 마리아 릴케의 『신시집』에 있는 이 시는 「고대 아폴로의 토르소」(1908)라는 제목을 갖고 있다. 이 시를 책머리에 인용하는 것은 이 시가 이 책에서 말하고자 하는 나의 전체 비평 의도를 잘 드러내 보여주기 때문이다. 미술시간에 데생을 하는 용도로 자주 쓰이는 토르소는 우선 머리가 없다. 그리고 팔다리도 없다. 미켈란젤로가 사람들로부터 이 토르소에 머리와 팔다리를 만들어달라는 부탁을 받았을 때, 토르소는 그 자체로 충분하다는 말을 남겼다 한다. 그런 만큼 토르소는 전체가 부분으로 충분하다! 시는 아름다움을 언어적 이성으로 표현하면서 동시에 독자에게 증후적 체험을 하게 한다. 일부분으로 전체를 느끼게 할 수 있고 어떤 언어가 다른 상상을 호소한다는 것은 이 시가 단순한 아름다움을 넘어선다는 것을 의미한다.

정말이지 예술작품을 대하는 초보자(시인이든 독자든)가 넘보기 힘든 이런 방법이 있다면 우리는 그것을 알고 싶은 충동에 휩싸일 것이다. 릴케의 시에서는 토르소에 드러난 부분, 즉 토르소의 주어진 몸통(사실 파괴된 것이긴 하지만)에서 그것의 머리나 사지, 나아가 그 아폴로(토르소)가 뿜어내는 정신까지 유추하고 있다. 그러니 우리는 쇤베르크의 말을 인용해 이 시가 "이미지를 그릴 뿐이지 이미지가 나타내는 것을 그리지 않는다"[1]고 할 수 있다. "촛대처럼 빛나는" 몸통(오브제)에서 "반짝이는 눈망울"을 (이미지로) 그리고, "응시가 물러나" 있음에도 아폴로는 여전히 빛나도록 한다. 우리가 무릇 사물을 보고 있는 동안 그것을 상상할 수 없으므로 상상하기 위해서는 사물이 죽어야 하되,[2] 고대로부터

---

1) 테오도르 W. 아도르노, 미학이론, 홍승용 역, 문학과지성사, 1984, 16쪽에서 재인용.
2) 길버트 라일은 마음의 개념이라는 저서 8. 상상력에서 "'마음의 눈으로 헬벨린 산을

사람들은 있는 것을 그대로 (아름답게) 묘사하거나, 없는 것을 (알려져 있는 대로) 서술하는 데 익숙해져 왔다. "가슴의 만곡"은 아폴로의 역동적인 삶을 보이게 하고, "생식의 요람이었던 저 중심"은 열정적인 삶의 의지를 보게 한다. "맹수의 가죽처럼 그렇게 반짝이"고 "또 별처럼 모든 가장자리에서 빛을 발하"는 이 토르소는 관찰자가 부재하는 부분을 모두 보게 할 뿐 아니라, 거꾸로 관찰자인 나를 관찰하고 있다는 느낌까지 허여한다. 더구나 최소한의 (수사적) 묘사를 통해 (그리고 동시에 말하지 않는 여백을 통해) 독자를 감동하게 하고, 상상하게 하고, 급기야 "맹수의 가죽", "빛을 발하는 별"과 같은 표현을 통해 증후적 반응을 자극한다.

이렇게 주객이 전도되고 이성적(수사적) 표현이 고백으로 바뀌는 자리에서 시인은 급기야 "너는 너의 삶을 바꿔야 한다."라는 증후와 감동의 순간을, 맥락과 아무런 관계가 없이 선험적으로 창조하고 있다. 아폴로의 토르소는 "나"에게 삶을 바꾸라고 호소하고 있다. 이 시는 시가 대상에 대한 묘사나 감정의 고백을 넘어서서 독자인 나를 지배하고 급기야 반응하게 만들고 있다. 이 시는 어느 곳에서도 가르치거나 지식을 전달하거나 직접적 감정을 표현하지 않는다. 그럼에도 나를 포획하고 움직이고 감동시키는 이유는 무엇인가? 좋은 시는 이처럼 생각하거나 설득하거나 서술하지 않는다. 좋은 시는 독자가 그 시에 몰입

보는' 사람은 실제의 산이나 산과 유사한 어떤 것을 보는 것이 아니다"라고 말한다. 우리는 가까이 있는 팔공산에 가서 런던의 헬벨린 산이나 남 프랑스에 있는 몽 뱅투를 상상할 수 있지 거기 가서 그 산들을 상상할 수는 없다. 길버트 라일, 마음의 개념, 이한우 옮김, 문예출판사, 1994, 326쪽.

하게 한다. 좋은 시는 분명하게 의미하지도 않거니와, 아름다운 말로 감탄하게 하지도 않고, 그 시에서 독자가 즉각적인 반응을 보이게 한다. 이런 맥락에서 "너는 너의 삶을 바꿔야 한다"는 말은 더 이상 어떤 표현이 아니라 시적 태도 변화로 야기되는 삶을 말할 것이다.

　이런 방식으로 나는 여러 편의 시들을 살펴보았다. 제1부에서는 계간 『시와반시』에 연재한 <나는 시인이다>를 싣는다. 3개월마다 한 번씩 다루다보니 호흡이 느리다는 단점도 있었지만 숙고할 수 있는 장점도 많았다. 제2부에서는 산문과 시인론을 다루었고, 제3부는 해설비평과 시에 대한 산문을 실었다. 과연 나는 글에서 나의 삶을 바꾸었는지 모르겠다. 독자들의 비판을 기다린다.

2014. 10.

변학수

▶▶ 차 례

3부

1부

나는 시인이다 : 장하빈 또는 삶의 우위

난리를 쳤다. 『시와반시』의 주간인 강현국 시인이 그야말로 난리를 쳤다. 반토막짜리 문장으로 스마트폰이 온몸을 흔들어댔다. 대단한 시인이(그는 보통 자기 외의 시인을 대단하다고 생각하지 않는다) 묻혀있는데, 우리가(그가) 모르는 사람이라고. 이름은 장하빈. 나이는 필자 또래, 여자. 시조시인. 팔공산 어디에서 두문불출하고 시를 온몸으로 쓰는 시인. 재미있대. 우리 '나가수'라는 모 지상파의 프로그램처럼 '나는 시인이다' 만드는 게 어떨까, 첫 시인으로 장하빈을 다루어야 해, 그것이 시작이었다. 난 몰라, 전화번호도, 그가 누군지도 그게 전부였다. 그러고 난 뒤, 난 두 주 동안 모른 척했다. 시간도 없었을 뿐 아니라 새로운 기획을 하려면 어느 정도는 컨셉을 가져야 했으므로. 그러고는 난 인터넷을 검색했다. 그런데 그는 여자도 아니고, 시조시인은 더욱 아니며, 이름도 필명이었다. 즉시 난 지인으로부터 그 시인의 전화번호를 알아냈고 그에게 불쑥 전화했다. 내 이름을 밝히자 그가 먼저 나를 알아냈다. 나는 놀랐다. 강 주간이 했던 '우리가 모르는 사람'이란 말이 떠올랐기 때문이다. 그가 밝힌 것은 대략 다음과 같은 것이었다.

시를 한동안 쓰지 않았다. 맏아들이 불치병으로 스무 살에 죽었고, 그 후 자신도 병을 얻어 고통을 받았다. 지금은 세상의 중심으로부터 한 발짝 비켜나 팔공산 능성동 자락에서 소일하고 있다. 그리고는 침묵, 시인처럼 할 말을 생략했다. 그는 필자의 대학 동창이었다. 평론가와 시인은 가급적 만나지 않는 게 서로가 유익하다. 왜냐하면 서로 사이에는 불평등한 관계가 존재하기 때문이다. 시인은 자신을 위해 글을 쓰고 평론가는 독자를 위해 글을 쓴다. 평론가가 시인을 위해 글을 쓰면 그것은 주례사가 되든지 '국어수업'이 된다. 그러므로 나는 고민해야 했다. 또한 내가 쓴 지금까지의 글들이 나를 노려보고 있다는 생각도 만만치 않았다. 난 지금까지 까도녀나 차도남의 글에 대해 후한 점수를 주고 감정이 표출된 작품에 대해서는 공감하지 못했지 않는가! 그런데 내가 만난 장하빈의 첫 시편은 나의 귀싸대기를 후려쳤다.

> 오늘 까치가 날아와 유리창에 입맞춤하고 갔다. 우리 집 거실창 안에 환히 들이비친 감나무 앉으려다 날개 부딪친, 저 하얀 비명!
> 얼마나 콩닥거렸을까? 엉겁결에 까치는 대문간 드리운 소나무 올라앉아 놀란 가슴 쓸어내리고 동구나무 쪽으로 날아갔다.
>
> 내 어찌 모를까? 저 눈먼 새가 제집 잘못 찾아온 게 아니라, 이 몹쓸 것이 숲속 옛 둥지 차지해 남쪽으로 창을 내고 사는 것을. 한데 또 어쩌랴! 서 가여운 새가 유리창에 쿡! 몸도장 찍어, 팔공산 자락에 깃들인 내 생의 진경산수화 완성해내는 것을.
>
> — 「낙관」 전문

시를 읽자마자 원인 모를 눈물이 났다. 형상도 시공도 없는 눈물은 고향상실에 대한 눈물일 것이다. 환영이 가져다주는 행복을 환멸로 만들어버린 시인. 나는 그를 몸으로 느낄 수 있었다. 시인은 자신과 사물을 관조하는 상태로 그것이 이루어내는 모순을 노래한다. "저 하얀 비명!"과 "진경산수화" 사이에는 영겁을 통해서도 넘을 수 없는 심연이 놓여있다. 그러므로 시인은 비명(悲鳴)이 비명(碑銘)으로 읽히는 시간을 꿈꾸고 있을 것이다. 언젠가 있었으므로 환영이 된 것, 이제 없어졌으므로 "몸도장"으로 남아 있는 것! 용도 폐기된 것들로 비친 낙관(落款)이 살아 움직이는 순간으로 포착됨을 시인은 낙관(樂觀)하고 있다. 이별을 하는 순간 그 사람과 영원히 같이 살게 되는 원리를 왜 나는 일찍 몰랐던가! 시인에게 물었다.

그대에게도 "어느 날 내게로 시가 왔는가?"(파블로 네루다) "그렇다. 시는 내 삶으로부터, 내 몸으로부터 왔다. 내가 시를 쓰고 싶어서라기보다 시를 쓰지 않으면 안 되었다. 어느 날 시가 제 발로 내게 왔다. 내 나이 삼십대 초반에 맏아들이 근무력증(루게릭병의 일종)이라는 불치병에 걸린 사실을 알았다. 불행하게도 이 아이의 생명이 스무 살이 고비라는, 그의 삶이 지극히 정해진 시간만을 산다는 사실에 가슴이 무너졌다. 충격이었다. 그리고 고통의 시간이었다. 뛰어다니던 아이가 겨우 일어설 수 있게 되고, 그러다가 앉아서, 나중엔 누워서 지내는 모습을 지켜본다고 생각해보라. 숟가락을 들지도 못하는 아들 앞에 아비가 펜을 들고 무엇을 노래한단 말인가? 슬픔이 아픔으로, 고통이 절망으로 바뀌었다. 시는 내게 사치라는 생각이 들었다. 그래서 나는 절필했다.

내 나이 삼십대 후반까지. 그러니까 절필의 시간이 거의 10년 가까이 되었다. 소멸의 슬픔, 상실의 아픔이 차츰 가라앉을 무렵, 아니 모든 걸 내 것으로 받아들이기로 마음 다잡을 즈음, 난 다시 펜을 들었다. '상처받은 아이의 영혼을 펜으로 위로하자.' 그래서 난 1997년 겨울, 내 나이 마흔에 『시와 시학』 신인상으로 문단에 고개를 다시 내밀었다. 그리고 보니 나에게 시가 어느 날 우연히 찾아온 것이 아니라, 고통과 절망이 내 몸속에 들어 왔다가 빠져나가려는 순간 구원처럼 찾아온 것이었다. 하지만 세기말에 찾아온, 깃털 같은 희망은 절망으로 금세 바뀌었다. 2002년 1월 4일, 내 아이와 사별했다. 아픔은 또 다른 아픔을 낳는다고, 그가 떠난 지 2년만에 위암이라는 또 하나의 불청객이 내게 찾아왔다. 나는 수술 후, 문병 온 문단 선배('만인기획' 출판사를 꾸려 가고 있음)에게 시집 원고를 넘겼다. 그리고 퇴원하자마자 아들을 떠나 보낸, 고령군 다산면 송곡리 낙동강가를 찾아가서 시집 『비, 혹은 얼룩말』 서문을 썼다. '…사랑과 비애, 그리고 절망의 이름으로 서쪽 하늘에 걸려 있다가 강물 속으로 사라져간 개밥바라기에게 첫 시집을 바친다.'라고.

우리는 파블로 피카소가 열네 살 때 그린 그림을 안다. <첫 영성체>라는 그림인데 입체파의 거장이 그린 그림이라곤 믿어지지 않는다. 달리의 그림이나 마그리트의 그림과 같이 형상이 일그러진 그림을 그린 피카소는 어느 날부터 그림이 환영이라는 사실을 알고 더 이상 평면에서 원근법적인 환영을 만들어내지 않는다. 그러나 이는 역설적으로 우리의 시가 온몸으로 알아들을 수 있는 체험과 언어로 만들어져 있다는 사실을 말해준다. 물 떠난 배? 삶을 떠난 시? 그대에게도 습작의 시절이 있었는가? 그는 바로 대답하지 않았다. 그날 시인과 대담을 하는 날 우리는 능성동 솔밭에 돗자리를 깔고 베르테르의 석양을 보면서 앉아 있었다. 나는 그의 안색을 살폈다. 시인의 기억 공간을 더듬는다는 것은 참으로 힘든 일이다. 우연이겠지만 그가 나를 평소 그의 산책로이기도 한 솔밭으로 오게 한 것은 무슨 이유가 있는 것일까? 그는 한참 만에 입을 열었다. "시가 나를 만난 것이 아니라 내가 시를 만난 것은 고등학교 때 시조시인이었던 장정문 선생님 때문이다. 그 분이 내게 선물로 주신 시집 『두메꽃』에 감동 되어 새벽닭이 울 때까지 읽고 또 읽고, '진달래'라는 시를 썼다. 그리고 경북대학에 입학하자마자 학보사로 달려가 그 작품을 투고했다. 그게 시작이었다. '복현문우반', '순수연대' 문학동아리 활동을 했다. 대학 3학년 때는 월간 『한국문학』 전국대학생문예작품 공모에 시 '겨울화단 1, 2'가 당선되기도 했다. 모르겠다. 그때 쓴 습작들이 나의 현재 시에 어떤 영향을 미쳤는지." 지난날 그가 쓴 시를 읽어본다.

1
나는 한 때
'낙동강 하구, 날개 없는 청둥오리 출현'이란 記事에 밤새도록 가슴
친 적 있었다.

내 피붙이에게 그런 天刑이라니!

2
오늘도 베란다 한켠에 옹그리고 앉아
녹슨 바퀴 굴리는 열두 살배기
청둥오리처럼 왝왝거리며
저녁 햇살에 날갯죽지 투명하게 만드는 저 아이가
흥건한 녹물로 입 속에 고여 온다
                -「날개」전문

   장하빈의 시에서는 구어성이 구체적이다. 정물을 파악하는 눈이 아니라 마치 핸드 헬드 카메라를 들이대듯 한 흔들림이 보인다. 그것이 그의 시 속으로 우리를 끌어들이는 것일까? 옆에서 말하는 것처럼, 그래서 살아있는 그의 모습을 보는듯한 처절함이 보인다. 그의 시는 정물을 관찰하는 정지된 상태에서 피사체를 겨냥하지 않는다. 그러므로 이 시「날개」는 오브제와 이념이 중요한 생태시 같은 것으로 읽히지 않는다. 그것은 숟가락도 이기지 못하는 12살짜리 아이에 대한 절규이자 그의 삶의 여정을 바꾼 중요한 계기이기도 하다. 그의 아들은 십여 년을 근무력증으로 앓다가 스무 살에 시인 곁을 떠났다. 그 후 시인도 위 절제수술을 받아야 했다. 삶은 그를 지치게 했다. 그는 '몸이 하는 말'을 따라 도시 생활을 버리고(대구광역시 안에 사니 멀리 버리지는 못했다) 지친 몸과 마음을 치유하기 위해 팔공산 능성동에 행랑을 풀었다. 약 30년 되어가는 교직생활(그는 대구 시내 인문계 고등학교에서 국어와 문학을 가르쳐왔다)도 접었다. 은퇴와 은둔의 수순을 밟은 것!
   고통에 대해 나는 물었다. '아우슈비츠 이후에 시를 쓰는 것은 야만적인 행위다'란 말이 함의하고 있는 것처럼, 시인에게는 삶이 시보다 우위인가? 시인은 자신의 고통을, 나아가 자신의 고통을 통해 독자의 고통을 덜기 위해 시를 쓰는가? "그렇다. 시는 삶의 구원이다. 고통과 절망 속에서 내 자신의 구원이 무엇보다 절실하고 절박했다. 그때 지푸라기처럼 시가 손에 잡혔다. 시가 사치라고 생각하고 버린 것이 다시 나를 구원하게 된 것은 역설이다. 내가 아무리 시를 써도 나의 슬픔은 없어지지 않는다. 현실은 내게 언제나 강하게 만들어져 있었고 어떤 시로도 극복할 수 없을 만큼 단단했다, '단단한 슬픔을 머리에 이고 있는 호두처럼'(「호두」) 고집스러웠다. 그런 현실을 은유하지 않고서는 잠시도 숨을 쉴 수가 없을 것 같아 시를 썼다. 시나 시집을 통해서 내 속의 고통을 덜어냄으로써 오히려 내 몸도 마음도 가벼워졌다. 그러므로 이제는 삶이 시고 시가 곧 삶이다."

고통이 지나치면 글을 쓸 수가 없다. 오줌이 심하게 마려우면 더 이상 잠을 이룰 수가 없는 것과 같다. 시인은 그 시간을 어떻게 지냈는가? "절필, 칩거, 견딤이었다."

절필한 시인을 생각한다
겨울 화단 배회하던 사내와
앉은뱅이 꽃으로 산천을 떠돌던
아들의 다친 영혼과
금호강에서 주운 돌로 집 한 채 앉혀놓고
그 속에 칩거하던 깡마른 체구와
납덩이 같은 비애 지고 수성못 돌던

구부정한 그림자를—

비오는 밤, 캄캄한 다락방에 갇혀
울부짖던 짐승을 기린다
　　　　　　　　　－「자화상」 전문

　알브레히트 뒤러는 자화상으로 예수의 이미지를 그렸다. 윤동주는
자신을 "미워지고 가엾어지는 추억 같은 사나이"로 그렸고, 서정주는
"밤이 깊어도 오지 않는 종, 애비"를 그렸다. 장하빈? 그는 자화상으
로 "비오는 밤, 캄캄한 다락방에 갇혀/울부짖던 짐승"을 그린다. 그것
은 역동적인 추의 미학이다. 현실과 이상의 상관물인 "겨울 화단을 배
회하던 사내", 부재적 존재의 체현인 "앉은뱅이 꽃으로 산천을 떠돌던
아들"은 존재론적 소멸로서 서로 조응한다. 보조관념들까지도 "금호강
에서 주운 돌로" 만든 집에서 "구부정한 그림자"로 살아가는 존재. 시
인은 삶의 부정을 통해 심미적 긍정에 이르는 놀라운 길을 발견한다.
어떻게 그는 그런 길을 찾았을까? 아마도 죽음을 관통했기 때문이리라.
그의 얘기를 더 들어본다.
　"바로 그날은 졸업을 앞둔 우리 반 아이들과 정동진으로 여행을 함
께 떠나기로 된 날이었다. 그 해 내가 담임을 맡은 우리 반 아이들은
내 맏아들이랑 같은 나이 또래였다. 초등학교 2학년 때 중퇴한 내 아
들에게 졸업 여행을 시켜주려는 듯이 나는 우리 반 아이들과 몇 달 전
에 여행 계획을 세우고 기차표를 예매해 두었던 것이다. 그런데 여행
떠나기로 한 그 날 아침, 평소에 멀쩡하던 아들의 혈압이 갑자기 떨어

지고 말았다. 그는 아무런 고통을 호소하지도 않았다. 난 입이 얼어붙었다. "아빠, 다음 세상에서는 좋은 모습으로 만나요."란 말을 또렷하게 남기고 '스무 살의 아름다운 기차'(「첫사랑」)가 되어 저 하늘로 떠났다. 우리 반 아이들은 기차를 타고 정동진 해 뜨는 곳으로 가고, 내 아들은 해 지는 나라로 갔다."

천등산 끝자락에서
가서 오지 않는 너를 기다린다

박하 향기 아득한 시간의 터널 지나
푸른 기적 달고 숨가삐 달려 와서
내 생의 한복판 관통해 간
스무 살의 아름다운 기차여!
– 「첫사랑」 전문

자식의 아픔으로 고통 받던 시인이 영화 「박하사탕」 촬영지(충북 제천시 백운면 애련리)를 찾았다가 돌아와 썼다는 이 노래는, 서거한 노무현 대통령을 생각나게 한다 하여 '고도원의 아침편지'(2009년 5월 25일자)에 소개되어 세간의 관심을 모았다. '시대의 한복판을 관통해 숨가삐, 모질게 달려온 한 마리 얼룩말!' 그가 바로 장하빈 시인이요 노무현 대통령이 아닌가! 영화 속의 주인공처럼 '나 다시 돌아갈래!'를 외치고 싶은 모든 사람이 이 '시대의 얼룩말'인 셈이다. 시가 시인을 떠나면 독자의 것이 된다. 사람들은 그의 아들 무덤 위에다 고인이 된 대통령의 묘를 만들었다. 그것은 시가 경험한 대로 저마다 다르게 읽힌다는 뜻이리라. "가서 오지 않는 너"를 우리는 모두 기다린다. 오래된 미래를.

　시는 엄밀히 말해 이미지를 그리지 이미지가 지시하는 것(오브제)을 그리지 않는다. 그렇다면 시인은 무엇으로 시인의 마음을 그리는가? 체험 기억은 순수기억으로 자리한다. 그것을 심리학에서는 보통 전이라고 한다. 트라우마는 이제 사방팔방으로 휘젓고 다니면서 꽃을 피우게 된다. 모든 종류의 상처를 먹고 자란 꽃. 이것이 미학적 분기점이기도 하지 않은가. 부재하는 것을 드러내는 것, 시인으로서 시를 읽거나 쓰고자 하는 사람들에게 말하고 싶은 말은 무엇인가? "이젠 내 차례가 되었다. '머지않아 내 몸도 낡아 폐차장으로 실려 갈 것'(「안개」)이다. 갑자기 얼마 전에 스티브 잡스가 죽기 전에 한 말이 생각난다. '죽음은 삶이 만들어낸 최고의 걸작품이다'. 나에게 이제 모든 것은, 그것이 죽음이든 시든 내 몸의 일부분이다. 그 모든 것은 내 삶이 만들어낸 작품이다. 그러므로 이젠 내 아들의 특수한 죽음. 나만의 고유한 죽음이 아니라 모든 것의 죽음, 모든 아들의 죽음을 다루어야겠다, 생각한다."

　　외양간 옆 감나무 가지에
　　달이 덩그러니 걸렸다
　　집 나간 송아지 찾아오라고
　　휘영청, 등불 밝혀 놓은 거다

　　한밤중 텅 빈 외양간에
　　달빛 주르르르 흘러들었다

이 집에서 늙은 저 달,
쇠잔등 타고 놀던 그때가 몸속에 사무쳤던 것

달은 소의 그렁그렁한 눈망울 닮았다

그믐 지나 달그림자 보이지 않았다
어미 소가 달의 코뚜레 꿰고서
먼 길 떠나고 나서였다
　　　　　　　 － 「달의 수레바퀴 끌고 간 소」 전문

이 시의 언어가 단지 시인의 체험공간만 말하는 것은 아닐 것이다. 순수한 기억공간에서 기표와 기표 자체와 기의가 함께 어울려 아름다움의 향연을 연다. 이제 그 슬픔이 승화되어 누구나의 마음을 건드린다. 이제 시인에게 시는 언어가 아니라 본능이다.

물론 나는 시인의 시를 만나러 왔지 그를 만나러 온 것이 아니다. 스탕달이 말했나? 문학은 행복에의 약속이라고. 행복한 사람은 시를 쓰지 않고 불행한 사람은 시를 만날 수 없다. 시를 통한 구원의 의지가 없었던들 장하빈 시인도 그 자신으로서만 남았을 것이다. 시인은 시를 씀으로써 행복을 회복하고 많은 사람들에게 구원의 가능성을 열어준다. 많은 사람에게 위로의 말을 한다.

그래서 그에게 다시 물었다. 앞으로 그대에게 시란 무엇인가? "시는 여전히 삶이다." 그렇다면 앞으로의 삶은 또 무엇인가? "과거가 아니라 현재다. 한때는 시도 삶도 드라마요 소용돌이였다. 지금은 비움이요 느림이다. 도시(문명)에서 농촌(자연)으로 도피하면서 삶도 바뀌었다. 비움과 느림을 위해 내 삶의 세 가지 원칙을 세웠다. 과식(過食)·과로(過勞)·과욕(過慾)을 멀리 하는 것, 소위 '삼불과(三不過)'를 정해 놓고 살아간다." 시골에서의 한적한 삶이 싱겁지 않은가? "아니다. 꽃나무에 물 주기, 동네 산책하기 등 자연과 마주치는 자잘한 일상이 때때로 감동으로 다가오고 시가 된다. 자연은 경이로움 그 자체다. 현재의 나의 삶과 시는 문명과 자연의 접점, 삶과 죽음의 공간에서 조화와 행복을 꿈꾸고 있다. 그러한 내 삶과 시 속에 독자를 초대하고 싶다." '솔밭'이 그러한 공간일까?

해넘이에 긴 그림자 끌고 바람 산책 나왔다
솔밭에서 내려다보는 동네 풍경은 늘 경이롭다

저기 저 정자나무 따라 에굽은 길과 깃들인 집들
유난을 떨던 지난겨울 삭풍에도 끄떡없구나
굽은 가지 위에 나도 둥지 틀고 밤낮 움츠렸던가

숲에 안기면 세상 모든 그림자 사라진다
솔방울 귀에 달고 고요히 명상하는 소나무들
집과 무덤의 거리도 까치걸음 몇 발자국이다

오늘도 동네 한 바퀴 돌아와 여기 퍼질러 앉으니
바깥소식이 손바닥 안에 환히 들여다뵌다

－「소나무 명상」 전문

시인의 한 없이 선한 송아지 같은 눈빛과 일점의 감정적 동요도 없이 삶을 말하는 부처님 같은 입술은 그의 삶을 아름답게 만들었다. 우리는 능성동 솔밭 사이 무덤을 가로질러 개밥바라기별을 쳐다보며 칼국수를 먹으로 갔다. '개밥바라기 추억'을 누가 곡을 붙이거나 영화로 만들어 가슴에 묻고 사는 이의 애절한 그리움을 아름답게 승화시켜주었으면 좋겠다. 이 노래에 삶의 굴곡이 있고, 극적인 반전이 있어, 노래는 여느 평범한 한국인의 존재를 보여주기 때문이다. 온몸으로 시를 쓴 그에게 "나는 시인이다"란 이름을 걸어준다. 마지막으로 한 번도 본 적이 없는 그의 '첫사랑'에게 그의 시를 읽어주고 싶다.

　　겨울 금호강에서 그에게 편지를 썼다
　　등에 업혀 새록새록 잠들다가
　　어두운 강물 속으로 사라져 간 개밥바라기

　　하얗게 얼어붙은 강어귀에서
　　모닥불 지펴 놓고 그를 기다렸다

　　한참 뒤, 폭설 내려와
　　강의 제단에 바쳐지는 눈발 부둥켜안고
　　모래톱 돌며 재齋를 올렸다

　　눈 그친 서녘 하늘에 걸린 초롱불 하나
　　　　　　　　　　　　 － 「개밥바라기 추억」 전문

통주저음 또는 나는 시인이다 : 마경덕

미국의 시인이자 철학자인 에머슨은 "작가의 고향은 대학이 아니라 사람들이다"고 했는데 내가 바꾸어 읽어도 무방할 것이다. 시인의 고향은 지식이 아니라 사람이다. 우리는 얼마나 많은 시를 지식을 위해 썼고 얼마나 많은 시를 학문을 위해 비평했던가! 이미 비평이 나 자신의 무지를 드러내는 과정이라 생각하는 나에게 이 언명은 통쾌한 전복이다. 내가 얼마나 모르고 있는가는 나 자신이 문학사나 문학이론의 언어를 얼마나 많이 사용할 수 있는지를 보면 금방 알 수 있기 때문이다. <나는 시인이다>에서는 그런 의미에 딱 들어맞는, 다시 말해 비평가인 내가 얼마나 무지하고 무식한지를 보여주는 시인을 찾아간다. 시인의 고향이 대학의 비평가나 지식의 그늘이 아니라 사람 속에 놓여 있다는 것을 실감나게 해준 시인을 찾아보았다. 그는 바로 마경덕 시인이다. 그가 지천명을 넘은 나이에 등단을 하고 이순을 바라보는 나이에 <그녀의 외로움은 B형> 같은 시를 쓴다는 것은 나를 무식한 사람으로 만들기에 충분했다. 난 잠시 그를 읽고 또 그가 나를 읽게 하는 일에 주저하지 않았다. 그의 시는 나를 의도적 난독증(難讀症)으로 몰아 가기에 충분하고 그것은 큰 기쁨이었다.

앞집 렌지후드에서 빠져나온 저녁메뉴와 반쪽 창문에 걸린 거실 표정을 책상위에 올려두고 잠을 설쳤다. 프라이팬과 여자의 관계는 우호적이다. 닭다리튀김, 소시지볶음, 햄, 생선튀김…여자는 늘 프라이팬을 의지한다. 팬은 지나치게 입이 크다. 늘어나는 뱃살과 외로움은 함수관계를 이룬다.

먼저 '마른 A형'과 '비만 B형'으로 외로움을 분류한다.

소파나 여자의 무릎에서 느릿느릿 기어 나오는 고양이 울음도 B형이다. 두 마리 고양이와 비만형 여자는 24시간 서로를 의지한다. 주방에서 맴도는 고양이의 허기는 여자의 우울증과 비례한다. 거실에서 주방으로 이어지는 동선을 따라가면 여자는 프라이팬과 고양이를 붙잡고 있다.

간간히 끼어드는 기침소리, 그 음습한 소리는 주방 반대편에 산다. 문턱을 넘지 못한 누군가 그 방에 단단히 밀봉되어 있다. 여자는 가끔 방문을 향해 프라이팬을 던지며 소리를 지른다. 기침소리에 그녀는 왈칵 고등어통조림처럼 쏟아진다. 마당 늙은 살구나무가 창문을 가리지만 않았다면 나는 그 '외로움'에 가까이 접근할 수 있었을 것이다. 외로움과 프라이팬, 폭식과 허기는 사랑과 동일한가? 나는 쓰다만 리포트를 머리맡에 두고 잠이 든다.

　　　　　　　　　　　　　　　－「그녀의 외로움은 B형」 전문

서울이 영하에 발목 잡히던 1월 어느 날 나는 그녀를 광화문 교보문고 근처 찻집에서 만났다. 아무리 봐도 앞의 시에서 말하는 그녀는 없었다. 사람은 후덕하고 시는 까칠했다. 나는 잠시 눈의 초점을 흐리게 하고 그녀의 시계(視界)에서 사라져본다. 그러면서 그녀의 밖에서(또는 안에서) 물끄러미 응시하고 엿듣는 "나"를 만날 수 있었다. 기실 이 시를 읽고 난 뒤 내가 만난 시인은 뫼비우스의 띠처럼 안과 밖을 구별할 수 없는 자아일 터, 누가 존재하는지 누가 존재한다고 말하기라도 하는지, 누가 누구에 대해 말하는지, 그것도 아니면 "나"가 그냥 "리포트"를 상상하는지 알 수 없다. 또한 여자는 누구며 "기침소리"는 누군지 모든 것이 애매하다. 그러니 "쓰다만 리포트를 머리맡에 두고 잠든" 나와 "앞집 렌지후드에서 빠져나온 저녁메뉴"를 엿듣고, "반쪽 창문에 걸린 거실 표정을" 응시하는 시인이 동질성을 갖는지도 불분명하다.

이제 나의 오독을 잠시 접어두고 다시 강현국 주간 이야기를 하자. 그는 이번에도 어김없이 또 이 시인의 이름을 남자로 오독했다. 마경덕! 틀림없이 남자 이름이다. 플라톤의 <고르기아스>를 읽지 않아도 나는 얼마나 시인의 이름이나 나이, 얼굴 생김새, 학력, 문학상 등이 시와 시인에게 영향을 미치는지 잘 안다. 그리고 내가 어떻게 그런 방식으로 시를 오독(誤讀)할 준비를 하고 있는지, 그저 놀라울 따름이다. 그래서 나는 오독하는 그가 좋다. 우리 간에 오독의 연대가 이루어짐으로 우리는 서로 편안하기 때문이다.

마경덕은 전남 여수 출신이다. 나는 시인을 만날 준비를 하고 전화를 했다. 저쪽에서는 전라도 사투리(나는 어휘로 구별하지 않고 맛으로 구별한다. 아 그 꼬막 같은 맛의 남도 말!)가 그가 시어에서 말했듯 "통조림처럼" 터져 나왔다. 옳거니, 저평가된 시골 아줌마의 시, 그녀도 나와 맞장구를 쳤다. 그런데 "어디 사세요?"란 말이 채 끝나기도 전에 나온 동대문구 장안2동! 뭐라구? 순식간에 나의 모든 상상은 실망으로 변했다. 그러니 내가 읽은 그의 시는 이미 오독이다. 전남 여수에서 꼬막 손질이나 할 줄 알았던 사람이 아니라니…… 이내 나는 실망했다. 그러나 "진리는 실망 Enttäuschung(독일어는 ent(벗어남)-Täuschung(미혹)'는 뜻)에서 비롯된다"는 가다머의 말을 위로 삼아 그의 내면을 읽자, 다짐해본다.

내가 보기에 마경덕의 이 시는 어쨌든 사회적이기보다는 개인적인 일이다. 나는 그의 시에서 "왈칵 고등어통조림처럼 쏟아지는" '두려운 낯설음'das Unheimliche을 경험했다. 돌아가신지 10년이 넘는 할머니가 꿈에 한 번 나타난 적이 있다. 나는 그야말로 식겁을 하였다. 그 식겁한 경험을 프로이트의 말로 하자면, 두려운 낯설음(영어로 the uncanny라고 번역함)이라 하겠다. 엄마보다 더 다정했던 할머니가 돌아가신 후 꿈에서 느낀 이런 "두려운 낯설음"을 나는 시인의 "비만 B형의 여자"에게서 느끼는 것 같다. 그것이 과연 프로이트의 말대로 친숙한 것에서 heimisch-heimlich 오는 억압의 잔재일까? 나는 모른다. 다만 마경덕의 시를 읽을 때 느끼는 그런 절망감 같은 것은 언젠가 풍성함으로 받아들였고 언젠가 아버지처럼 편하고 어머니처럼 다정했던 사랑 같은 것이었을 게다. 지금은 그런 다정함이 "주방 반대편"에서 두려운 낯설음으로 존재하는 것을 우리가 어떤 방식으로 설명할 수 있겠는가?

우리는 시를 더 잘 쓰거나 읽는다고 하여 나와 다른 사람의 삶을 개

선할 수는 없다. 왜냐하면 시는 행복하지 않은 사람이 아이러니를 통해 아름다움이라는 긍정에 이르는 길이기 때문이다. 그가 첫 시집에서 쓴 아래 시에도 그런 친숙한 고향 여수(麗水) 같은 것이 보인다.

마당귀에 심은 토마토 한 그루
눈만 마주쳐도 덜컥 애가 선다
간짓대 같은 몸뚱이
쇠불알만한 새끼를 치렁치렁 달고
다시 입덧을 하는 토마토
누릇누릇 머리가 쇠고
허리가 휘었다
차마 놓을 수 없는 것들
버리지 못할 것들
안고 업고
작대기 하나로 버티는 토마토

또 만삭이다
저 무지렁이 촌부(村婦)
— 시 「토마토」 전문

시는 주문이며 신의 계시이자 예언자의 외침이다. 그러므로 시를 읽을 때는 두려운 낯설음을 가질 때가 많다. 언젠가는 편안했던 것, 언젠가는 사랑했던 것, 언젠가는 풍요의 화신으로 보았던 "쇠불알만한 새끼를 치렁치렁 달고" 있는 "토마토"가 이 시에서는 다시 두려운, 또는 섬뜩한 것으로 보인다. 니체에 따르면 시는 일반적으로 고양된 언어로서 보통사람들이 하는 어법과는 다른 어법을 사용하고 있다. 이 시에서 보여주는 시인의 경험공간도 마찬가지다. "토마토"라는 스크린에 시인의 경험은 낱낱이 비춰지고 초음파로 보는 것처럼 투시되어 시는 독자를 삶의 고양된 상황, 즉 아우라로 몰고 간다. 말하자면 초혼자의 외침을 마음에 새길 수 있게 되는 (아니 저절로 그 계시가 새겨지는) 상황에 길들여지게 한다. 그런데 "작대기 하나로 버티는" 토마토에서 이루어지는 고향 같은 "만삭"은 어딘가 모르게 두려운 낯설음을 품고 있다. 그것이 아마 나의 분신이기 때문에 생길지도 모른다.

우리는 시인이 경험한 삶의 고통에 대해 아무것도 알 수 없다. 나는 차 한 잔을 마시며 사뭇 시인의 틈을 비집고 들어가려고 호시탐탐 노려봤지만 시인의 파수꾼 또한 만만치 않았다. 시는 내게 무엇인가? 상처다. 가장 슬펐던 일은? 전화채권을 훔쳤다는 의심을 받았을 때다.(시인은 눈물을 보였다) 가장 기뻤던 일은? 집을 장만했을 때다. 가장 충격적인 일은? 남편의 적금통장을 시어머니가 못 믿겠다고 하면서 빼앗아 시누이에게 주었던 일이다. 시어머니는 누구? 경상도 사람이다. 어디서 살았는가? 여수에서 살다가 직장을 잡으러 서울로 와 여기 산다. 시가 더 중요한가, 삶이 더 중요한가? 당연히 삶이 더 중요하다. 하지만 그 삶을 위해서 시 또한 중요하게 되었다.

우리가 시를 읽는 이유는 아마도 변화에 대비하는 것, 변화를 받아들이는 것, 모르는 계시를 감지하는 것일 게다. 우리는 타인을, 그리고 타인에 대해 충분히 이해하지 못한다. 그리고 우정이나 사랑은 너무나 취약하고, 위축되거나 사라지기 쉬우며, 시간과 공간에 의해, 불완전한 연민에 의해, 가정과 애정 생활의 온갖 슬픔으로 짓눌리기 쉽다. 작대기 하나로 버틴 "쇠불알만한" 토마토들은 시인이 어릴 때 억압했던 표상들이 귀환한 것이다. 이젠 그만 낳았으면 했던 기억(또는 망각)의 흔적들이다. 그러나 그런 생산성은 우리가 원시시대에 얼마나 기다리고 염원했던 것들인가!

인터넷에 보면 "마경덕 시인의 시는 쉽게 읽힌다는 데 그 특징이 있다"고 쓰여 있다. 물론 그런 해석이 가능한 시들도 많다. 하지만 그의 시들을 잘 살펴보면 두려운 낯설음, 단순히 해석되지 않는 낯선 친근함이 있다. 니체는 우리가 말로 표현할 수 있는 것은 우리의 마음속에서는 이미 죽은 것이므로, 말하는 행위에는 일종의 경멸이 담겨있다고 말했다. 그렇다면 이 친근함과 낯설음이 같은 것이 아닌가? 다음 시가 마경덕 시인의 구겨진 경멸, 언젠가는 친근했던 것들의 표상을 드러내주는 것 같다. 일종의 경멸로.

우묵한 집, 좁은 계단을 내려가면

누가 살다 갔나. 오래된 적막이 나선형으로 꼬여 있다. 한 줌의 고요, 한 줌의 마른 파도가 주홍빛 벽에 걸려 있다. 조심조심 바다 밑을 더듬으면

불쑥 목을 죄는 문어의 흡반, 불가사리에 쫓겨 참았던 숨이 수면 위로 떠오른다. 뽀글뽀글 물갈피에 쓴 일기장을 넘기면…

빗장을 지른, 파도 한 방울 스미지 않는 방. 철썩 문 두드리는 소리에 허리 접힌 불안한 잠이 있고 파도가 키운 둥근 나이테가 있고 부우 — 부우— 저음으로 가라앉은 호른소리, 떨리는 어깨와 부르튼 입술도 있다. 모자반숲 파래숲 울창한 미역숲이 넘실대고 프렌치호른에 부르

르 바다가 젖고 밤바다의 비늘이 반짝이고

　외로운 나팔수가 살던 방, 문짝마저 떨어져 나간 소라껍데기, 잠시
세 들었던 집게마저 떠난 집, 컴컴한 아가리를 벌리고 무엇을 기다리
나.

　모래밭 적막한 방 한 칸.

- 「빈방」 전문

　마경덕이 펼치는 기억의 공간은 루카치가 말한 선험적 고향 상실성
이다. 그의 고향은 이미 이 땅에 없다. 고향이 없으므로 그에겐 또한
집이 없다. 그가 만나는 고향 상실의 고단함은 "문짝마저 떨어져 나간
소라껍데기" 속이나 "한 줌의 마른 파도가 주홍빛 벽에 걸려 있다". 우
리가 허두에서 읽었던 시 뿐만 아니라 마경덕의 시에는 주어(체)가 없
는 경우가 허다하다. 있다 하더라도 그 주체는 관찰자이지 참여자는
아니다. 그것은 아마도 그에게 집이 없기 때문일 것이다. 이제 그 집은
(설령 그가 40평짜리 아파트에 살고 있다손 치더라도) 선험적인 집으로 모습을
바꾼다. 하이데거는 "언어는 존재의 집이다 Die Sprache ist das Haus
des Seins."라고 말하였다면 그것은 아마도 이 시인이 이제 언어로 그
존재의 집을 만들고 있다는 뜻일 것이다.

　그러나 그 집은 그를 "조심조심", "더듬게" 하고, "불쑥 목을 죄거
나", "부르르 바다가 젖거나", "불안하게" 한다. 시인이 어느 산문에서
자신의 처절했던 삶을 조명했던 것을 읽어본 적 있다. 언니의 신혼 방
을 방해하지 않기 위해 추운 겨울 마루에서 이불에만 의지해 잠을 잔

적이 많았던 고난은 이 시에 "흐른소리" 같은 통주저음(通奏低音, basso continuo)으로 녹아 있다. 그렇기 때문에 시가 유혹하는 "오래된 적막"이나 "밤바다의 반짝이는 비늘"은 더욱 빛을 발할 수 있는 바이얼린 같은 것에 유혹되어서는 안 된다. 콘트라베이스 같은 통주저음은 드러나지 않는 법이다. 그것은 마치 "누가 살다 갔나"라는 표현에서 읽는 친숙함에 스며있고, 엿듣고, 응시한다. 그런 느낌은 프란츠 카프카의 「귀향」 같은 시에서 "아버지의 집"이 풍기는 세계 내적 존재의 '낯설음' 같은 것이다. 마경덕은 이런 존재론적 체험 위에서 프로이트가 말한 대로 "원본 없는 번역본"들을 추출해내는 데 성공하고 있다. 그의 몸에 대한 두려운 낯설음의 경지는 다음 시에서도 찾아볼 수 있다.

평생 누워있는 사막,
바람이 불 때마다 와르르 척추가 흘러내린다

모래척추는 사막의 고질병,

수렁과 유사流砂는 살아있는 뼈를 삼켰지만
사막의 등뼈는 자라지 않았다

척추가 무른 아비 어미도
그렇게 평생을 뒹굴며 늙어가고
흙바람이 불때마다 낙타의 무릎만 단단해졌다

　　　　　　　　　　　　　　　　　－시 「모래 척추」 부분

모래척추는 실재하지 않는 것이다. 어쩌면 그의 시도 나의 평문도 모래척추 같은 것이리라. 하지만 시인의 존재를 흔적으로 보여주는 모래를 다시 등뼈로 재구성할 수 있다는 것은 곧 그의 기억력이자 상상력일 것이다. 언젠가는 모래가 척추였을까? 튼튼한 기암괴석이었던 적이 있었을까? 존재하는 것의 이면을, 존재자의 내면을 들여다보는 것은 시인의 미덕이다. 시인 라이너 마리아 릴케는 「젊은 시인에게 보내는 편지」에서 "가장 은밀한 시간에 당신 마음의 깊은 느낌을 통해서만 대답을 구할 수 있는 의문에 대해, 당신 바깥의 외부로부터 그 대답을 기대하지 마십시오."라고 충고한다. 그것은 바로 하이데거가 「횔덜린 회고」에서 의미한 "보내진 자의 말 없는 말 건넴 der wörterlose Zuspruch des Zugeschickten"이라는 표현과 같은 맥락에 놓여 있을 것이다.

"사막"을 몸으로 보자. 그러면 "사막"으로 보내진 몸이 만들어질 것이다. "모래"를 삭은 뼈로 보자. "호박씨를 긁어낸 자궁"으로 보자. 그러면 시인의 경험공간이 만들어질 것이다. 그것을 말로 표현하지 말자. 왜냐하면 시는 말로 표현하는 것이 아니기 때문이다. 추운 겨울 부부의 사랑을 방해하지 않기 위해 마루에 이불을 돌돌 말고 잔다고 할 때 너의 몸은 모래로 삭지 않을 것인가? 자식을 낳아 기르면서 너의 자궁도 그렇게 긁어내어 삭아지니 또 모래가 될 수 있을 것이다. 우수 사원이 되기 위해 죽어라고 일하면 몸은 삭아 남지 못할 것이다. 그래서 우리는 모래가 되었다. 기암괴석에서 모래가 되었을 것이다. 그렇지만 그렇게 말하지 말자. 말을 사용하지 말고 말을 걸자. 그래서 시인은 "토마토"로, "모래"로 말을 거는 것일 게다. 그런 '말 건넴' 속에 포함된 고단하고 섬뜩한(두렵고 혹은 낯설은) 진실을 우리는 다음 시에서도 만날 수 있다.

2002년 8월 10일

묵은 신발을 한 보따리 내다 버렸다.

일기를 쓰다 문득, 내가 신발을 버린 것이 아니라 신발이 나를 버렸다는 생각을 한다. 학교와 병원으로 은행과 시장으로 화장실로, 신발은 맘먹은 대로 나를 끌고 다녔다. 어디 한번이라도 막막한 세상을 맨발로 건넌 적이 있는가. 어쩌면 나를 싣고 파도를 넘어 온 한 척의 배. 과적(過積)으로 선체가 기울어버린. 선주(船主)인 나는 짐이었으므로,

일기장에 다시 쓴다.

짐을 부려놓고 먼 바다로 배들이 떠나갔다.

2012년 1월 15일 나도 그의 "신발"이 그녀를 버렸음을 직감했다. 그러나 그녀는 "신발"을 원망하지 않았다. 연탄재를 깼다고 화를 불같이 내는 그 "신발"을 저주하지 않았다. 예수 믿는다고, 전라도 사람이라고 자기를 버린 "신발"을 미워하지 않았다. 신춘문예 당선시가 대표시가 되었다고 비난하는 "신발"도 부정하지 않았다. 저녁에 길을 물으며 직장으로, 4년이나 연하인 사랑하는 신랑에게로, 파도를 넘어 지하철로 서울로 끌고 다닌 "신발"이 그를 버릴 때까지 침묵으로 일관한 것들을

이제 그는 맨발로 쓰고 있다. 그 "신발"이 화해를 받아줄 때까지……
"짐을 부려놓고 먼 바다로 배들이 떠나감." 선험적 고향 상실성. 2003
년 세계일보 신춘문예로 등단했고 이제 그는 혼자서만 떠나지 않는다.
다른 사람들을 시의 길로 떠나게 하고 자신은 두 번째 시집을 향해서
정진한단다.

　신발이 나를 버릴 수는 없을 것이다. 하지만 아이라면 부모가 나를
버릴 수 있다는 상상을 한 번 정도는 해봤을 것이다. 이런 전도된 소망
의 실현이 그의 시 곳곳에서 묻어난다. "하느님, / 저 복주지 마세요"
(「시인의 기도」), "문을 밀고 / 성큼 바다가 들어섭니다"(「문」), "모딜리아
니의 슬픈 목 / 아니, 오지 않는 그 무엇을 기다리는 / 수도승의 목"(「굴
뚝」)에서는 낯선 친근함과 두려운 낯설음이 교차되어 있다. 그것은 원
래 하나였다. 이 하나가 수차례 이항들을 만들어낸다. 그리고 원시적인
믿음 같은 것들로 포장되어 마경덕의 시에서 정령처럼 되살아난다.

　독일 작가 헵벨의 동화 중에 「세 가지 소원」이라는 이야기가 있다.
시골에 아주 착한 농삿군 부부가 살고 있었다. 그래서 요정은 착한 그
들에게 상을 내리겠다고 하였다. 그때 마침 옆집에서 소시지 굽는 냄
새 때문에 허기가 진 농부의 아내는 자신도 모르는 사이에 하나 먹어
봤으면 하고 말해버린다. 한 가지 소원이 이루어졌다. 그러나 이 어처
구니없는 일을 지켜본 남편은 소시지가 부인의 코에 달라붙으라고 욕
설을 퍼붓게 되고 즉시 두 가지 소원이 이루어졌다. 우리는 세 번째 소
원이 무엇이었는지 말하지 않아도 모두 잘 안다. 그런데 이 이야기에
서는 소시지가 코에 붙는 끔찍한 일이 벌어졌는데도 아무도 섬뜩함이

나 두려운 낯설음을 느끼지 않는다. 하지만 마경덕의 언술 "저 복주지 마세요"에서는 두려움을 넘어서 소름끼치는 주술이 감지된다. 왜 그럴까? 예수가 살린 나사로의 사건에서는 아무런 (죽은 자가 살아오는 데도) 섬뜩함을 느끼지 못하던 우리가 왜 마경덕의 "문을 밀고 /성큼 바다가 들어섭니다"란 말에서는 두려움을 느끼는 것일까? 그것은 아마 시인과 독자가 공유하는 억압이 시를 통해 현현하기 때문이다. 우리의 깊은 무의식 속에 내재해 있는 친근함이 두려움으로 탈바꿈하기 때문일 것이다.

"시인의 고향은 지식이 아니라 사람이다."라고 처음에 써놓고도, 그렇게 목표를 정해놓고도 다시 지식과 대학으로 돌아간 것 같다. 이렇게 나의 무지는 폭로되었고 나의 난독증은 탄로난 듯하다. 명민한 독자 여러분들은 제발 그의 시를 냄새로 맡거나 오이디푸스의 손가락으로 더듬거나 할 일이지 나처럼 이미지를 만들거나 지식으로 읽지 말길 바란다. 마음속에서 불쑥 튀어 나오는 섬뜩한 정녕들에게 몸을 맡겨보는 것이 더 나을 듯하다. 그래서 나는 두려운 낯설음으로 시를 읽도록 우리를 유혹하는 그에게 "나는 시인이다"란 명패를 걸어준다. 그리고 그가 부디 평온하게 살기를 바라는 마음에서 라인홀트 니부어의 (성 프란체스코의 기도문으로 잘못 알려져 있는) 기도문을 소개한다. "제게 바꿀 수 없는 것들을 받아들이는 평정심을 주시고, 변화시킬 수 있는 것들을 변화시키는 용기를 주시며, 그 둘의 차이를 알 수 있는 지혜를 허락하소서."

나는 시인이다 : 김언 또는 낯선 문법

갑자기 김언을 쓰고 싶었다. 그의 시에 대해, 그에 대해 쓰고 싶었던 것은 그가 미당문학상을 받아서 그런 것도 아니고 (사실은 이런 경력을 가진 사람에 대해 쓰지 않는다는 게 나의 공약이었다. 그 공약을 깨서 선거관리위원회에 미안하다.) 다양한 시들에 대한 조망이라는 욕심 때문에 쓰는 것도 아니다. 그렇다고 장하빈 시인을 다룰 때처럼 누가 추천한 것도 시인이 원한 것도 아니다. (전화할 때 시인의 목소리는 아주 예의발랐지만 그렇다고 내가 그의 글에 대해 쓰는 것을 크게 환영하는 것 같지는 않았다. 나는 그래서 써도 되겠느냐고 '허락'을 받았다.) 유일하게 남은 이유 하나는 그의 시 한 편을 읽자마자 나를 사로잡은 계시 같은 것 때문이다. 계시란 시를 읽을 때 마음을 당기는 강한 느낌이다. 그 느낌은 어릴 때 엄마한테 죽어라고 얻어맞고 있을 때 앞집 아줌마가 와서 말려줄 때와 같은 특별한 것이었다. 책을 읽는 순간, 나는 이미 머릿속에 이렇게 스케치해두었다. 언어철학자 같은 이 시인을 읽기 위해서는 몇 가지 공리를 만들어야겠노라고. 김언의 시를 읽기 위해서는 피타고라스의 정리처럼 몇 가지 공리를 만들어야 한다.
이것을 나는 그의 시가 구상하는 모순이라고 명명하고 싶다.

모순 1. 나는 나의 밖에 있고, 나의 내부를 생각하는 일은 모순이다. 왜냐
하면 "나는 생각한다. 고로 나는 존재한다"라고 언명할 때 생각하는 존재를
파악하는 나는 생각 밖에 있기 때문이다.

그는 내 예상과는 달리 부산에 사는 것이 아니라 (지방에 사는 것은
내게 아버지의 헛기침 같은 어떤 것이다.) 서울에 살고 명지대학교 대
학원을 다니고 있고 또 일도 한다고 했다. (무슨 일을 하는지 모르겠지
만 그의 글에 의하면 그의 직업이 모기를 죽이는 일은 아닌 듯하다.)
그는 밖에 있거나 안에 있다.

넘어갔다
오늘부로
내 몸뚱어리
빈집이 넘어갔다

그럼 나는?
당신 몸 밖의 나는?
                                  -「신체포기각서」전문

우리가 보통 사람에 대해 말할 때 <육체 soma-혼 psyche-영 mind>,이
세 가지로 구분하는데, 사람은 이 셋을 다 가지고 있다고 보고 동물은

육체와 혼만 가지고 있는 것으로 간주한다. 무슨 이유 때문인지 이 셋을 분리한 것이 근대 철학의 아버지라고 하는 데카르트로부터 시작되었다. 데카르트는 '나는 생각한다, 고로 나는 존재한다 cogito ergo sum'라는 명제로 사고와 연장(延長)의 관계를 설명했지만, 즉 혼과 영이 결합되어 있는 존재인 인간을 설명하지는 못했다. 내가 신체를 포기한다는 각서를 결심하고서야 비로소 내 몸이 실제적으로 나를 느낀다면 도대체 어떻게 나의 영(靈, 마음) 속에서 작용한 것을 파악할 수 있는가? 그것은 안에 있는 것인가 밖에 있는 것인가?

우리는, 특히 현대의 우리는 늘 이렇게 밖에서만 무엇을 느낄 수 있다. 가령 학교 폭력을 행한 아이들에게 자기가 폭력의 행위를 하는 장면을 비디오로 촬영해서 보여주어야 그 속의 가해자가 자기인 줄 안다고 한다. 그러니 폭력을 행할 때 나는 나가 아니다. 내가 게임에 몰두하면 (시인의 말로 하여 내 몸뚱어리를 온전히 게임업체에 맡기면) 당신 몸 밖의 나는? 나아가 내가 결심하지도 않은 행동이 나오고 거기에 대한 정신 작용이 수반되는 것은(내가 의도하지 않은 내 몸뚱어리를 나는 생각한다) 어떻게 봐야 하는가? 이것이 데카르트의 모순이다. 그의 사유에 따르면 동물이나 인간의 육체는 단순히 기계일 뿐이다. '생각하는 나 res cogitans'를 바라보고 있는 '존재하는 나 res extensa'는 데카르트에게서 완전히 분리되어 있다. 이 이성주의를 프로이트의 해석자 라캉은 이렇게 말한다. "생각하는 나는 밖에서 관찰하고 있다."

2003년에 출판한 그의 시집 도처에는 이런 안과 밖의 문제가 구체적이고 간명하다. "나는 밖이다 / 이렇게 말하는 나는 밖이다 / 속에서 나를 끄집어내는 순간 / 이 순간에도 나는 밖이다[중략]"(시 「나는 밖이다」)
"저는 이 시가 선생을 추억하는 이 시가 / 어디서부터 잘못됐는지 노
려보고 있겠지요/(그는 10년 전 어느 참고서 지문에서 / 내 눈을 처음 보았다고 회
고했다)"(시 「洙暎을 생각함」) "하루는 당신이 왔다 하루는 당신이 와서 내
게 없는 바다를 꺼내어 당신에게 주었다"(시 「환청, 허클베리 핀」)

　시는 사물들의 집합이 아니라 사건들의 집합이다. 그러므로 전자에
서 봤을 때 사람들은 그의 시를 두고 "非文이 많다" 내지는 "문법적이
지 않다", 그래서 "난해하다"란 말을 많이 썼던 것 같다. 이런 사람(비
평가)들은 그 원조가 김언이 아니라 데카르트임을 알아두자. 그야말로
최초의 비문법적 문장을 쓴 사람이다. 만약에 데카르트의 명제를 비문
법적이라고 칭하지 않는다면 우리는 김언의 시를 비문법적이라고 말해
서는 안 된다. 왜냐하면 시는 사건을 말하지 문법을 말하는 것이 아니
기 때문이다. 보이는 것과 보는 것의 전도(顚倒)는 우리가 사건에서 자
주 목격하는 바이다. 더구나 꿈같은 욕망의 세상에서는 말할 것도 없
다. 독자들이여 가만히 생각해보라. 가끔씩 돈 빌려간 놈이 나타나서
돈 내놓으라고 나를 때리던 적이 없었단 말인가! 진정 포수가 산토끼
에게 살려달라고 애원한 적이 없었단 말인가!

　우리는 대체로 모든 것이 말로 표현될 수 있다고 생각하거나, 말로
표현될 수 없는 것은 필연적으로 존재하지 않는다고 생각한다. 전자는
수사학자들의 견해고 후자는 실증주의자들의 견해다. 그렇지 않다. 말
로 표현할 수 없는 것은 얼마든지 많이 있고, 말로 표현되어 존재하는
것들은 수도 없이 많다. 가령 사랑을 어떻게 말로 표현할 수 있으며,

그것을 표현하지 못한다 하여 어떻게 사랑이 존재하지 않는다고 하겠는가! 그렇다면 시인은 어떻게 이 아포리아를 해결하는가? 그는 그저 보여 줌으로써 이 문제를 해결한다. 여기에 비트겐슈타인이 그의 논리철학고 Tractatus Logico-Philosophicus에서 정밀하게 관찰한 '말하기'와 '보여주기'의 결정적 차이가 드러난다. 말해질 수 없는 비언어가 시일진대, 김언에게서는 그것이 '구조'로 나타난다. 우리의 몸은 "그럼 나는? 당신 몸 밖의 나는?"이라는 의심에 의해서만 그 구체성이 확보된다. 모든 것을 의심하고자 하는 사람이라도 의심 자체는 의심하지 않는다. 그렇기 때문에 그런 의심은 모종의 확신을 전제로 한다. 그 확신이 언어유희다.

> 커튼 뒤에 숨어서 나는 유령이 되었다
> 문 뒤에 숨어서 엿듣는 살인마가 되었고
> 식탁 아래 숨어서 신의 은신처를 떠올리는
> 착한 양이 되었다. 나는 유행에 뒤떨어진
> 물건을 주워서 새 옷을 입고 수거함에 버려진
> 장난감과 단둘이 애기하는 사이가 되었다.
>
> —「숨바꼭질」 부분

우리가 언어유희를 할 때는 언제나 밖에 있다. 그러므로 일상어에서 필요한 문법체계를 따르지도 따를 필요도 없다. 말의 의미는 그 사용에 있기 때문이다. 그러면 시는 무엇을 말하는가? 천진난만한 아이? 아니면 할 일 없는 일상인의 하루? 아이와 잘 놀아주는 아빠? 소설을 구상하는 전업 작가? 그 무엇이라고 읽더라도 김언의 문법과 낯설어지는 법이 없다. 그것이 김언이 추구하는 시의 보편문법일 것이다. 이런 현상은 그의 시에 두루 걸쳐 찾아볼 수 있다. "나"가 김수영(일 법한 사람)을 참고서 지문에서 본 것이 아니라 김수영일 법한 사람이 "나"를 보았다고 한 경우에도, 시인은 우리에게 언어유희가 가능하도록, 그리고 그것이 의미를 가지도록 항상 시의 밖에, 몸의 밖에, 언어의 밖에 있다. 그러므로 그의 시는 비문법적인 문장으로 이루어진 것이 아니라, 아주 문법적이되 퍼스의 화용론적 토대 위에서, 데카르트와 나아가 비트겐슈타인의 언어유희라는 개념위에서 만들어진 특별한 문법으로 이루어진 것이다.

모순 2. 나는 내가 누군지 모르고, 그것을 알고 있는 것처럼 시를 쓴다는 것이 모순이다. 왜냐하면 "사과가 붉게 빛난다."라고 말한다면 사과는 붉은색 이외의 색깔이기 때문이다.

자주 말싸움을 하거나 논쟁을 할 때, 다시 말해 우리가 목숨 걸고 살아갈 때, 우리는 우리가 누군지 모른다. 김언의 시는 자주 그런 장면을 연상하게 하여 독자를 긴장하게 하거나 때로는 안도감을 주기도 한다. 내가 보는 색깔은 반사하는 것이다. 사과는 정말 붉은 것인가? 내가 보는 것은 항상 반사되는 빛, 즉 흡수되지 않는 빛이다. 이처럼 나는 거부당한 색을 보고 '사과는 붉다'라고 한다. 그러니 가끔씩 까마귀는 연암 박지원의 눈에 검은 색이 아니라 우윳빛이었다가 초록이었다가 붉은 빛이기도 했다. 호메로스에게 지중해는 짙은 포도주 같은 색깔이었고, 스와힐리어 '냐쿤다'라는 말은 갈색, 노랑 혹은 빨강이라고 한다니 이쯤 되면 나는 나 자신을 믿을 수 없다. 시인 김언은 이런 현상을 놓치지 않는다.

우리가 일그러진 키스를 할 때 너의 눈은 이마에도 있고 가슴에도 있다. 우리가 우리의 코를 포옹하고 입을 끌어안고 보이지 않는 혀를 쪽쪽 빨아들일 때도 너의 눈은 너의 등 뒤로 돌아가 냄새를 맡는다. 너의 눈에서는 잘 익은 고기 냄새가 난다. 동시에 혈색이 돈다. 그것은 미끄럽다. 우리가 우리의 키스를 서로 껴안고 눈알을 굴리고 사탕처럼 콕콕 씹어 먹을 때도 너의 눈은 조각조각 머릿속에 가 박힌다. 너의 눈은 심장에 가 있다. 너의 눈은 폭발하는 가슴에도 들어가 있다. 해가 지는 방향으로 우리는 우리의 눈을 감았다가 뜬다. 너의 눈에 깊은 밤의 태양과 너의 고깃덩어리가 들어가 있다. 뼛속까지 타들어가는 너의 눈에서도 창문이 발견되는가? 가장 가까운 곳에 꽃봉오리가 있다. 사막이 있다. 익어가는 밤하늘과 함께 두 사람의 시체가 증발하고 있다. 매 순간.

─「키스 2」 전문

나는 내가 누군지 모르므로 (전통적인 시학은 대체로 나는 누군지 안다는 데서 출발한다) 키스에 대한 나의 감각은 마치 사과가 붉은 것으로, 까마귀가 검은 것으로 파악되고 그와 연상되는 관념, 이를테면 사과가 남자의 상징으로 읽히고 까마귀가 불길의 전조로 바뀌는 것까지 포함해서 주관적이다. 그리고 그것은 엄밀히 말해 말하는 것이지 보여주는 것은 아니다. 그러므로 시인은 이 지점에서 다른 전략을 편다. 그것은 바로 나의 감각은 믿을 수 없고(붉은색은 붉은색이 아니므로) 주어진 객관에 의해서 재구성할 수밖에 없는 것일 뿐이다. 그 이유는 키스할 때 온 감각이 키스에만 집중되어 있으므로 그 쾌감의 순간에 아무것도 생각나지 않는다. 우리는 그 안에 있으므로 나는 누군지 모른다. 키스를 하고 난 뒤에 느낌이 어땠는지 묻는다면 대부분의 사람들이 '좋았다', '짜릿했다', '달콤했다' 고 말하는 것 외에는 아무 말도 할수 없다. 쾌감은 그렇게 빨리 지나는 것이기 때문이다. 그러기에 사드는 그런 쾌감의 순간을 남기려고 고통을 만들었다. 우리가 클림트의 <키스>라는 그림만 봐도 키스가 알레고리로, 이를테면 황금색이나, 풀밭이나, 여인의 발이나 기하학적 무늬로 이루어져 있지 결코 그 쾌감을 나타내지는 않는다는 것을 알 수 있다.

키스할 때 키스는 밖에 있으므로 시인은 좀 더 면밀한 언어적 장치를 해야 할 것이다. 가령 "일그러진 키스"라는 말로 키스에 몰입하는 것을 방해하며, 키스를 할 때 눈은 이마로 가슴으로 옮겨 다니게 함으로써, 눈은 "등 뒤로 돌아가" 냄새를 맡게 함으로써 내가 아닌 키스하는 사람의 모습을 완성하고 있다. 눈은 "심장에 가있고", "폭발하는 가슴에도 들어가" 있다. 그림을 객관화하기 위한 장치로서 시인은 "너"라는 말을 사용함으로써 내가 누군지 모른다는 사실을 강화하고 있다. 여기 이시에서 우리는 마치 오스카 코코슈카가 <바람의 신부>(원래는 돌개바람이란 뜻)에서 알레고리화한 사랑을 보는 듯하지 않는가? 거기에서는 무지에의 의지가 작용하고 있다. "너의 눈에서는 잘 익은 고기 냄새가 난다." 어느 누구도 이 감각을 갖지 못했으므로 알 수 없고, 어느 누구도 시를 이해하기 위해 그런 주체를 알 필요도 없다. 나는 누군지 모르고자 하는 힘! 이런 맥락에서 시인 김언을 언어의 마술사라고 말할 수 있다. 그는 비문법적인 문장만이 의미를 가진다는 사실을 알고 있다. 시어는 일상어가 아니므로 일상어와는 달라야 한다는 사실을!

웨일즈의 들판을 가로지르는 열차 안에서 필자는 두 웨일즈의 아이들과 재미있게 논적이 있다. 기찻길 옆 들판에 코끼리들이, 흰 작은, 코끼리들이 풀을 뜯고 있다고 했더니 아이들은 나의 설명을 완강히 거부했다. 그건 코끼리가 아니에요. 그건 양이에요. 내가 잘못된 언어를 사용했으므로 우리는 유희를 할 수 있었고, 양이 명확히 어떤 것이라는 것을 알게 되었다. 시인 또한 마찬가지다. "오인 méconnaissance의 구조"를 설파한 라캉의 논리를 차용하지 않더라도 시는 언어를 오용하거나 사물을 잘못 명명함으로써만 발생한다.

> 흉내가 뭔지 모르는
> 새를 향해서
> 날개를 뻗었다
> 나의 날개로 만든 팔을
> 뻗어서
> 새를 움켜쥐고
> 희생이 뭔지 모르는
> 애벌레를 갖다 대었다
> 그 주둥이에
> 아직도 할 말이 남았다고 믿는

시를 들려주었다
생계가 뭔지 모르는
나의 생계를 반성하면서
그 반성을 반성하면서
머리 없는 새는 날아오른다
반성과 더불어
익어가는 이 시를
이제 막 배설하였다
배설이 뭔지 모르는
이 시의 주둥이를
콕콕 찍어서 죽였다
그게 뭘까?
그게 뭘까?
나는 꾹꾹
눌러서 쓴다
메모지에
약속 시간과 장소를
쓰고 나갔다

－「그게 뭘까?」 부분

언어의 의미는 그 사용에 있고, 그 의미 구상은 감각 밖에서만 가능
하므로 우리는 이제 이 시를 읽을 수 있다. 새가 (이미 날고 있으므로)
나는 것이 무엇인가를 모르듯이(우리는 아는 것을 배울 수는 없다), 나도 그
새의 "주둥이에 / 아직도 할 말이 남았다고 믿는 / 시를 들려 주"는 이
유를 모른다. "시의 주둥이를 콕콕 찍어서 죽인다"는 말은 "나는 꾹꾹
눌러서 쓴다"는 말과 같은 맥락에서 읽을 수 있다. 그것은 바로 죽음을

말한다. 그 이유는 시인이 어느 산문에서 말했듯 "예술이란 죽여야만 존재가치를 부여받는 양식이"기 때문이다. 그렇다면 이 시의 시니피에는 무엇인가? 혹시 이 시는 왜 시를 쓰는지 모르는 시인을 얘기하는 것일까? 아니면 새와 대화하는, 그것도 수준 높게 시로 대화하는 시적 화자의 심정을 토로한 것일까? 시 창작의 과정을 우의적(寓意的)으로 표현한 것일까? 그것도 아니면 현실에 포획된, 알 수 없는 그 무엇(Es)의 폭로인가? 김언의 시는 지시하지 않으므로, 그리고 압박하지 않으므로, 그리고 개방적인 여백을 많이 갖고 있으므로 우리를 긴장하게 하는 동안에도 즐겁게 한다. 그의 시는 밖에 있으므로 간혹 김수영의 「공자의 生活難」이나 오규원의 「프란츠 카프카」에서나 볼 수 있는 그런 자유롭고 황홀한 영혼을 소유하고 있다.

모순 3. 시에서 말로 표현할 수 없는 것을 말로 표현한다는 것이 모순이다. 왜냐하면 내가 헬벨린 산을 보고 있는 그 순간 나는 헬벨린 산을 상상할 수 없기 때문이다.

시를 말로 표현할 수 있다면 그것은 대개 자연묘사 같은 감정이거나 (우리는 영랑이나 지용, 고은, 김용택에게서 충분히 맛봤다) 아니면 삶에 대한 감정이라면 (우리는 미당이나 김수영, 도종환, 정호승에게서 그런 것을 느낄 수 있다) 딱히 시에 대해서 말할 게 없다. 그러나 시인 김언은 그 전범(典範)을 이상이나 김춘수에게서 찾고 있는 듯하다. 그가 지향하는 것은 밖으로만 눈을 돌리는 서정 시인들과는 구별되는 어떤 것이다. 내가 헬벨린 산을 바라보고 있는 동안은 헬벨린 산을 상상하지 않으므로(언어철학자 길버트 라일이 『마음의 개념』에서 한 말을 차용한 것임) 김언을 이해하기 위해서 우리는 실험을 하나 해볼 필요가 있다. 그의 시를 해체해보자. 아래 시는 그가 쓴 「당신은」이라는 시다.

— 이 시대의 시들을 어떻게 생각하는가?
— 나는 그렇게 오래 서 있어 본 적이 없다.

— 그래도 볼 것은 다 보지 않았나?
— 그것은 침실에서나 가능한 일이다. 나는 걸어 다녔다.

— 그래도 옷차림이 바꾸지 않았나?
— 패션만 보고 그 사람의 심성이 곱다고 착각하는 사람들이 많다.

— 그건 패션이 아니라 포즈 아닌가?
— 멍청이들한테는 둘 다 똑같다.

— 구분하는 방법이라도?
— 그 정도로 성숙했다고 보지 않는다. 우리가.

— 그렇게 말하는 당신은?
— 공기를 들이마시고 내쉰다.

— 안과 밖의 구분이 없다는 말인가?
— 뿌리가 깊다는 말이다.

― 다른 나라의 시는 어떻게 생각하는가?
― 시는 번역되지 않는다. 수출할 뿐이다.

― 그건 토산품인가? 공산품인가?
― 나라의 명에 달렸다. 애석하게도

― 불가능하다는 말로 들린다.
― 도서관에서 시인을 발견할 수가 없다.

― 책은 많이 보지 않는가?
― 불가능한 책들이다. 상은 많이 받고

― 시 자체가 불가능한 시대 아닌가?
― 생활력이 강한 시들은 살아남는다.

― 자연을 노래하는 시는?
― 자연도 인간을 생활한다고 믿는다. 그들은.

― 그렇게 말하는 당신은?
― 당신과 다르다는 걸로 만족한다.

― 그래도 뿌리는 같지 않나?
― 핏줄은 들먹이고 싶지 않다. 대체로 권위적이다.

― 끝까지 남남이 좋은가?
― 우주는 혼자다.

─ 왠지 쓸쓸해 보인다.
　　─ 충분히 비좁다는 뜻이다.

　　─ 당신 말고 또 누구를 거론하겠는가?
　　─ 지구와 화성. 아니면 벌레와 친구.

　　─ 웃음이 많은 시가 좋은가? 울림이 큰 시가 좋은가?
　　─ 이미 많다.

　　─ 앞으로의 계획은?
　　─ 내가 먹은 공기를 말하고 싶다.

　　─ 식성이 꽤 좋은 것 같다.
　　─ 당신을 만나기 전까지 토하고 왔다.

　　─ 지금은 어떤가?
　　─ 등이나 두드려 달라. 잘 가라고

　대화의 짝에 해당하는 (물론 그것이 대화인지는 모르겠다. 다만 통사
적으로 그렇다는 뜻이다.) 문장들을 해체하여 다른 문장과 결합하여 보
았다. 가능하면 일상의 대화에 가깝도록 해보았으나 물론 어떤 한계는
존재한다.

　　─ 이 시대의 시들을 어떻게 생각하는가?
　　─ 핏줄은 들먹이고 싶지 않다. 대체로 권위적이다.

— 구분하는 방법이라도?
— 생활력이 강한 시들은 살아남는다.

— 당신 말고 또 누구를 거론하겠는가?
— 불가능한 책들이다. 상은 많이 받고

— 그래도 옷차림이 바뀌지 않았나?
— 멍청이들한테는 둘 다 똑같다.

— 그렇게 말하는 당신은?
— 우주는 혼자다.

— 자연을 노래하는 시는?
— 이미 많다.

— 지금은 어떤가?
— 자연도 인간을 생활한다고 믿는다. 그들은.

— 시 자체가 불가능한 시대 아닌가?
— 당신과 다르다는 걸로 만족한다.

— 웃음이 많은 시가 좋은가? 울림이 큰 시가 좋은가?
— 패션만 보고 그 사람의 심성이 곱다고 착각하는 사람들이 많다.

— 그건 패션이 아니라 포즈 아닌가?
— 그 정도로 성숙했다고 보지 않는다. 우리가.

― 안과 밖의 구분이 없다는 말인가?
― 충분히 비좁다는 뜻이다.

― 책은 많이 보지 않는가?
― 도서관에서 시인을 발견할 수가 없다.

― 그렇게 말하는 당신은?
― 그것은 침실에서나 가능한 일이다. 나는 걸어 다녔다.

― 다른 나라의 시는 어떻게 생각하는가?
― 내가 먹은 공기를 말하고 싶다.

― 그래도 볼 것은 다 보지 않았나?
― 시는 번역되지 않는다. 수출할 뿐이다.

― 그건 토산품인가? 공산품인가?
― 뿌리가 깊다는 말이다.

― 그래도 뿌리는 같지 않나?
― 공기를 들이마시고 내쉰다.

― 불가능하다는 말로 들린다.
― 지구와 화성. 아니면 벌레와 친구.

― 식성이 꽤 좋은 것 같다.
― 나라의 명에 달렸다. 애석하게도

— 왠지 쓸쓸해 보인다.
— 당신을 만나기 전까지 토하고 왔다.

— 앞으로의 계획은?
— 나는 그렇게 오래 서 있어 본 적이 없다.

— 끝까지 남남이 좋은가?
— 등이나 두드려 달라. 잘 가라고
                              - 필자가 원문과 다르게 재구성한 것임

두 번째 재구성한 문장들(명제들)은 다소 대화가 되는 것 같아 보인다. 왜냐하면 문장이 좀 더 문법적이고 소통적이기 때문이다. 선문답이라는 특성을 완전히 배제하지는 않지만 그래도 맥락이 만들어지고 의미의 연계가 만들어진다. 그러나 이것은 시로서는 큰 의미가 없어 보인다. 즉, 시와는 거리가 먼 문장이 되어버렸다. 여기서 우리는 시가 "말로 표현할 수 없는 것이 — 말로 표현되지 않고 — 표현한 것에 내포되어 있다"(엥겔만에 보낸 비트겐슈타인의 편지)는 것을 알 수 있다. 내가 재구성한 텍스트는 시적 가치를 가지기가 힘들다. 시인이 언어유희를 통해서 만든 텍스트는 소통적이지는 않지만 함축적이고 긴장감을 가지고 있으며 상상을 유발한다. 또한 시인이 만든 텍스트는 (말로 표현할 수 없는 것을 말로 표현해야 하는 모순을 다루어야 하므로) 주어진 기표들끼리 서로 충돌하면서 새로운 차원의 여백을 만들어내고 독자는 그것들을 자기의 경험공간에 환원함으로써 새로운 차원의 미학이 생성된다.

그렇다면 그의 시는 무엇을 말하는가? 에르빈 파노프스키는 그의 『시각예술에서의 의미』에서 예술가들이 그림을 그릴 때 무의식적 의미내용content을 담고 있는데, 그런 의미내용은 예술의 주제/소재subject matter와, 이념과 형식으로부터 구별된다고 보았다. 그런 내용은 카시러가 말한 '상징'과 동일한 것으로 이는 "어떤 작품이 노출시키기는 하나 제시하지는 않는 것" that which a work betrays but does not parade 이다. 김언이 말하는 '소설처럼 쓰라'는 것은 바로 이런 시인만의 고유한 '노출'에 속한다. "이 시대의 시들을 어떻게 생각하는가?"에 대한 대답으로 '대체로 권위적이다'라고 대답한다면 그것은 감정이라는 의미내용을 제시하는 것이다. 그런데 "— 나는 그렇게 오래 서있어 본 적이 없다"라는 대답은 거의 선문답에 가까운 대화로서 무엇을 말하지 않고 노출한다. 그것은 김언이 만나는 특수한 세계에 대한 무의식적 징후라고 할 수 있다.

이런 증상, 징후는 말로 표현할 수 없는 것이고, 일상어로 매개될 수 없으며, 다만 도상학적 차원의 언어에 함의되어 있다. 그는 헬벨린 산을 왜곡함으로써 주어진 현실을 패러디함과 동시에 멋진 그림을 제공한다. 마치 다빈치가 최후의 만찬에 그만의 특유한 제스처를 노출시키고 있는 것처럼. 그렇다면 그 노출이라는 것이 무엇인가? 독자는 곧장 어려움에 직면한다. 과연 시인 김언은 '소설가'가 되어 인터뷰하는 과정을 이 시에서 패러디한 것인가? 아니면 대화라는 매개를 통해 새로운 시의 탄생을 예고하는 것인가? 그것도 아니면 시인의 '소설가적' 정체성에 대해 이야기하자는 것인가? 나는 모르겠다. 다만 그의 시가 나를 즐겁게 하므로 그의 시에 대해 유희적 장난을 해본다. '나는 침대에서 일어나 거울을 보고 학교에 간다.'라는 문장은 지겹다. 그러니 침대를 거울로, 거울을 학교로, 학교를 침대로 바꾸어 읽어보자. '나는 거울에서 일어나 학교를 보고 침대로 간다.' 그렇게 '소설을' 쓰면 시가 되는 것이다. 마치 삐친 사람이 삐친 것을 말하지 않고 어떤 행동을 노출시키듯이 말이다. 오늘 아이가 학교에서 가방을 잃었다고 하는가? 혹시 아이가 새 가방을 원했던 건 아닐까, 그렇게 생각해보는 독자가 있다면 김언이 시에서 노출시키는 것을 알아차릴 것이다.

우는 남자 또는 나는 시인이다 : 정호승

    무릇 모든 것은 변화하기 마련이다. <나는 시인이다> 코너도 그간 세 시인을 다루는 동안 처음과는 무엇인가가 달라진 것이 분명하다. 며칠 전 『시와반시』의 신인상 심사를 하고 난 뒤, 우리는 은행나무집에서 저녁식사를 했고 여러 가지 이야기를 나누다가 <나는 시인이다>에 관심을 모았다. 이 코너가 정체성을 잃고 있다는 비판이 있었다. 그것은 지난 번 김언 시인을 다루면서 시작되었다는 것을 암시한 사람도 있었다. 나는 이 점을 솔직히 인정한다. 시인의 경험과 시적 긴장 사이의 그 무엇에 대해 이야기하는 것이 힘들다는 것을 나는 알게 되었다. 그렇다고 주간지나 신문에 나오듯이 인터뷰를 쓸 수는 없지 않은가! <나는 시인이다>는 시인의 뒷조사를 하지는 않더라도 최소한 시작과 관련된 시인의 경험을 말해야 한다는 점은 분명하다. 그러나 시에 대해 또는 평문에 대해 말하는 것도 힘든 한국(!)에서 시인에 대해 말하는 것이 얼마나 엄청난 사건인가를 몰랐던 나에게 이 코너는 처음부터 순진한 나의 로망일 뿐이었다. 이제 내게 남은 유일한 생각

은 이 코너를 어떻게 다잡을 것인가 하는 것이다. 그런 생각을 하면서
적절한 시인이 떠올랐다. 그건 바로 시인 정호승이다.

　내가 그를 꼭 다루고 싶은 이유가 무엇일까. 그것은 나의 시인에 대
한 편견에서 비롯되었다. 한 달여 전 그가 나에게 부친 시집 <밥값>
에는 이런 메모가 있었다. "시는 인간을 이해하게 합니다. 2012년 6월
18일 정호승" 나는 우리나라에서 그가 가장 좋은 시인이라고 생각한
다. 왜? 그의 시를 보면 인간의 시원(始原)이 그리워지기 때문이다.

　　어느 날
　　썩은 내 가슴을
　　조금 파보았다
　　흙이 조금 남아 있었다
　　그 흙에
　　꽃씨를 심었다

　　어느 날
　　꽃씨를 심은 내 가슴이
　　너무 궁금해서
　　조금 파보려고 히다가
　　봄비가 와서
　　그만두었다.
　　　　　　　　－「봄비」 전문

　이 시에서 "그만두있다"란 말이 내 가슴에 파고들었다. 그것은 아마
도 시인이 인간을 이해하는 고유한 방법에서 비롯된 것인지도 모르겠

다. 그의 인간이해는 일반적인 한국 사람의 그것과 딱 맞다. 조금 파보았고, 조금 남아 있고, 너무 궁금해서 파보려고 하다가 그만두었다. 이렇게 진정한 작품은 예기치 못한 아름다움을 생산한다. 본래 미(美)란 그 내용이 끊임없이 변화하여 정해지지 않고, 그 실체가 본질적으로 불안정하다는 데서 출발한다. 그는 말하지 않는다. 왜 내 가슴이 썩었는지, 왜 흙이 조금 남아 있었는지, 왜 그 흙에 꽃씨를 심었는지, 왜 궁금한지, 왜 그만 두었는지…… 그의 시에는 성취되지 않는 계시가 문득 몸으로 느껴지는 심미자체가 존재한다. 시적 언어가 지시하지 않고 말하려 하지 않는 동안, 그 공간에 있는 독자는 그게 무엇을 뜻하는지를 모르면서도 느낀다. 그렇기 때문에 그의 시는 예술작품이 아름다운 사물을 재현하는 것이 아니라 사물을 아름답게 재현한다는 칸트의 미학과 일치한다. 그에게 인간존재의 아름다움은 미가 없이는 절대로 알 수 없는 것 같다. 그가 다루는 대상들은 우선 슬픔과 고난과 욕망의 화신들이다. 서울의 예수가 "강변에 모닥불을 피워놓고 젖은 옷을 말리고" 있으며, 외로움 때문에 수선화가 "물가에 앉아 있"기도 하다. 기다리다 지친 아미타불은 "모가지를 베어 베개로 삼기도" 한다. 더러는 "우리나라 산사의 목어란 목어는 다 회떠먹고/ 부처님 앞에 설사하는" 경우도 있다. 이런 존재는 아름답기는커녕 욕망으로 가득 차 있고, 슬프고 외롭다. 그는 실로 추한 것을 아름답게 재현하는 탁월한 능력을 지니고 있다.

나는 두 번 시인을 만났다. 그중 한번은 대구에서 시인이 상화 시인상을 수상하고 난 뒤 뒤풀이 자리에서 우연히 만났다. 그때 내 기억으

로는 「포옹」이라는 시로 수상을 한 걸로 안다. 시인은 어느 누구에게
나처럼 반가워했다. 그때 시인이 내게 이렇게 물었다. "변 선생님은 제
시중에서 어떤 시가 좋아요?" 질문이 하도 소박해서 생각도 없이 「빈
틈」이라고 대답했다.

살얼음 낀 겨울 논바닥에
기러기 한 마리
툭
떨어져 죽어 있는 것은
하늘에
빈틈이 있기 때문이다.
- 「빈틈」 전문

　시인은 예상외라는 듯 고개를 갸우뚱 했다. 나는 산문시를 무척 싫
어한다. 서정주부터 내려와 일련의 현대시학 출신의 시인들에게서 많
이 찾아볼 수 있는 산문 같은 시를 나는 무척 싫어한다. 적어도 독일문
학에 빠져서 몇 십 년을 허우적거린 사람에게 모든 부분을 뚜렷하게
보이게 감촉될 수 있도록 그리고, 현상을 충분히 구체화된 형태로 서
사하는 시가 무슨 의미가 있겠는가? 모든 긴장을 거부한 채 훈계하듯,
변사의 내레이션을 닮은 시적 표현들은 내게 어떤 감흥도 불러일으키
지 못한다. 그런데 정호승만은 예외다. 그 이유는 그가 무엇을 서사하
는 것이 서사 자체가 아니라 서사하는 과정에 있어서도 숨기고 있거나
표현되지 않은 여백을 만들고 있기 때문이다. 그가 말이 없는 것 이상

으로 그가 이런 여백("빈틈")을 설명하는 기술을 보라. 기러기가 죽어 있는 것이 환경파괴로만 볼 수 없게 만들고 시가 어떤 죽음의 이유를 말하는 것이 불필요하기 때문이다. 그것은 아마 시인의 삶에서 비롯된 것이리라. 시인 스스로 시에서 밝히고 있듯이 시인에게는 이러한 단절("빈틈")이 많았던 듯하다.

나는 스스로 시를 버린 적이 세 번이나 있다. 1982년에 시집 『서울의 예수』가 나오고, 1987년 『새벽편지』가 나올 때까지 5년 동안, 1990년에 『별들은 따뜻하다』 나오고 1997년 『사랑하다가 죽어버려라』가 나올 때까지 7년 동안, 그리고 1999년 『눈물이 나면 기차를 타라』가 나오고 지금까지 3년 동안, 나는 철저하게 시를 버리고 살아왔다. 단 한 편의 시도 쓰지도 발표하지도 않았다.

나는 그가 세 번이나 시를 버린 그 빈틈에 무엇이 담겨 있는지를 모른다. 미당이 "어떤 이는 내 눈에서 죄인을 읽고 가고 / 어떤 이는 내 입에서 천치를 읽고 가나"라고 말한 것처럼 나의 경험으로 유추해보자면 그것들은 인간 삶의 불완전함에 대한 메타포가 될 것이다. 불완전함? 그것은 아마 현실이 항상 예술을 지배하는 불평등한 관계를 갖고 있기 때문에 발생했을 것이다. 우리가 두려워하는 현실은 이러하다.

나를 가방 속에 구겨넣고 출근할 때가 있다.
휴지처럼 나를 구겨넣은 가방을 들고 지하철을 탈 때가 있다
잠시 지하철 선반에 올려졌다가 신문과 함께 바닥에 툭 떨어질 때가 있다

지하철 문틈에 끼여 컥 숨이 막힐 때가 있다
그래도 가방 속에 구겨져 있으면 인간이 되지 않아서 좋다
무엇보다도 돈을 벌지 않으면 안되는 남편이 되지 않아서 좋다
아내를 따라 성당에 나가 십자가를 바라보며 거짓 기도를 하지 않아
서 좋다

- 「가방」 부분

  그는 정서적 수사를 하지 않으면서 우리를 정서적으로 만든다. 그는
감동하지 않으면서 독자를 감동하게 한다. 그가 보인 미적 시학은 바
로 여기에 있다. 정호승 시인의 삶과 시는 모두 전경에 드러난 그 무엇
이 아니라 배경에서 그저 암시하고 누설한다. 어차피 마음이란 우리의
겉 뒤에 감춰져 있는 어둡고 불분명한 것이니 말이다. 그러니 시의 소
재가 늘 새로워질 필요가 없다. 우리 앞에 있는 가방, 돈, 남편. 성당
등이면 충분하다. 이렇게 정호승의 시가 우리의 마음을 건드리는 것이
그를 만난 두 번째 계기가 되었다.

  아마도 지금 21세기 우리나라 문화의 강력한 트렌드 중의 하나는 치
유라는 화두일 것이다. 시가 치유의 힘을 갖고 있다는 사실을 새삼 말
해 무엇 하겠는가! 서울에서 버스 한 대가 출발하고, 대구에서도 버스
한 대가 출발하여 서로 영주 부석사에서 만나기로 되어있던 문학 테마
투어에서 나는 그를 만났다. 시인은 서울에서 나는 대구에서 각기 출
발했다. 버스 안에서는 지금도 내가 보물처럼 소장하고 있는 '정호승의
시(詩) 공간기행 -「그리운 부석사」'라는 산문을 받았다. 그 산문 내용
전체를 이 지면에서 반복하는 것은 의미 없는 일이다. 다만 내가 그날

정호승의 팬들과 같은 팬으로서 나눈 애기들을 조금 할까 한다. 나는 그 산문을 관광객이자 치유의 참여자이자 독자들에게 읽어주었다. 독자들은 공감했고 글은 훌륭했다. 치유가 목표인 나는 그들에게 어떤 문장이 가장 인상 깊게 남아 있는지 물었다. 그랬더니 많은 사람들은 "사람은 누구나 자기 마음속에 절 하나 지어놓고 삽니다."란 말이었다고 대답하였다. 그리고 더 많은 이들은 "천왕문 바로 앞에 있는 당간지주 앞을 지날 때, 한 젊은 여자가 그 앞에 홀로 앉아 있었습니다. 저는 (시인) 그때 그 여자가 전생에서부터 나를 기다려온 사람이 아닌가 하는 생각을 해보았습니다."란 문장이었단다. 그리고 마지막으로 더 있느냐고 물었더니 당나라의 임제 선사가 한 말 "사랑하다가 죽어버려라"란 말이었단다. 이 말들을 종합하면 다음의 시가 나온다.

> 사랑하다가 죽어버려라
> 오죽하면 비로자나불이 손가락에 매달려 앉아있겠느냐
> 기다리다가 죽어버려라
> 오죽하면 아미타불이 모가지를 베어서 베개로 삼겠느냐
> ― 「그리운 부석사」 부분

　＜나는 시인이다＞의 명석하고 감성적인 독자들은 우리가 시인의 어떤 산문을 들었을지 상상을 하고도 남을 것이다. 그리고 왜 이 시가 독자를 치유하는 힘이 있는지도 추론할 수 있을 것이다. 그것은 아마 시가 독자를 감싸주고 위로하고 공감하는 제스처를 취하고 있기 때문일 것이다. 내가 돌부리에 걸려 넘어졌을 때 엄마가 '괜찮아. 괜찮아!' 하

고 백번 말하는 것보다 '아이고 이걸 어째' 하고 울어주는 심사가 더 감동적이듯, 이 시는 상처받은 독자들과 함께 울어주어 좋다. 왜냐하면 손가락을 걸고 맹세하는 인간들처럼 부처님도(여기서는 진리와 지혜를 제도하는 비로자나불로 표현되지만 큰 의미가 없는 듯하다) 시인에게는 손가락을 잡고 사랑하는 것처럼 보이기 때문이다. 모가지가 잘린 부처가 갖고 있는 역사적 기억의 함의 또한 다양하겠지만 시인은 더욱 편하게 대한다. 기다리가다가 목이 빠진 중생처럼 아미타불이 그렇다고 말한다.

정호승의 시를 읽을 때마다 나는 가끔씩 나의 비밀을 그에게 직접 다 털어놓고 싶은 충동을 느낀다. 그가 들어줄 것 같다는 생각을 하기 때문이다. 그것은 그의 시가 매우 치유적이라는 뜻을 함의하고 있다. 난 실제로 그의 시를 나의 치료실에서 많이 가져가지만 실로 그 시를 치료에 이용할 필요가 없다. 왜냐하면 그의 시를 읽는 즉시 독자는 치유가 되니까!

고층아파트 입구
크리스마스트리가 차에 치여 넘어졌다
사람들이 달려와
크리스마스트리에 차가 치였다고
고래고래 소리를 지른다
어떤 이는
쓰러진 크리스마스트리를 발로 차기도 한다
떨어진 종이별들은 땅바닥에 나뒹굴다가
하늘로 날아가버린다
눈은 내리지 않는다

12월이 지났으나
성탄절은 오지 않는다

　　　　　- 「성탄절」 전문

　그의 시는 해석을 필요로 하지 않는다. 그냥 듣거나 보거나 느끼면
된다. 그것이 시가 쉽다는 뜻은 아니다. 오늘날 많은 시들이 (꼭 무의
미시나 난해시라는 이름을 붙이지 않더라도) 정말 어렵고 때로는 어떤
고귀한 미학적 원칙에 의해 만들어지는 것을 안다. 그러나 시는 읽히
기 위해 존재하는 것이라는 점을 감안할 때 어떤 시가 여유를 허락하
고 치유를 하는지 분명하다. 우선 「성탄절」이라는 이 시는 반향이 있
다. 시의 기표와 기의가 앞으로 나란히, 기준, 좌향좌, 우향우라고 말하
기도 전에 우리의 가슴에 공명한다. 그곳에는 사리의 판단 전에 이미
아우라처럼 와 닿는 계시가 있다. 그런 것을 정호승은 조물주처럼 어
루 만진다. 정말이지 그는 시를 쓰는 것이 아니라 그저 만질 뿐이다.
　며칠 전 난 다시 그에게 산문 몇 편을 요구하고자 전화를 걸었다. 날
씨 덥지요, 잘 계시지요란 말이 끝나기도 전에 나는 시인에게 농담을
걸었다. "선생님, 대구 사람들이 가장 기분 나빠하는 일이 무엇인지 아
세요?" 그는 힌트를 달라고 했다. 시인이 대구에서 학창 시절을 보낸
것을 아는 터라 대구 날씨와 관련된 것이라고 말했다. 그러나 시인은
몰랐다. 대구와 이미 거리가 있나보다, 그런 생각이 들자 우울했다. 대
구 사람들은 일기예보를 할 때, 대구의 기온이 다른 지역보다 높지 않
으면 굉장히 기분 나쁘게 생각한다고 한다. 우리는 같이 한참을 웃었
다. 지난 번 보내주신 시집 『밥값』 너무 잘 읽었습니다. 정말 재미있고

또 앞의 시집들과는 다른 차원의 글들이었어요, 많이 팔리지요, 했다. 시인은 이렇게 간결하게 말했다. "선생님, 시집 많이 안 팔려요." 난 그길로 당장 가서 시집 『밥값』을 다섯 권 샀다.

어머니
아무래도 제가 지옥에 한번 다녀오겠습니다
아무리 멀어도
아침에 출근하듯이 갔다가
저녁에 퇴근하듯이 다녀오겠습니다
식사 거르지 마시고 꼭꼭 씹어서 잡수시고
외출하실 때는 가스불 꼭 잠그시고
너무 염려하지는 마세요
지옥도 사람 사는 곳이겠지요
지금이라도 밥값을 하러 지옥에 가면
비로소 제가 인간이 될 수 있을 겁니다

– 「밥값」 전문

자크 라캉은 정신분석에서 기표의 절대 우위를 주장했는데 (기표의 절대 우위란 말하는 것보다 몸으로 보여주는 것이 더 의미 있다는 뜻이다) 정말이지 그의 시 곳곳에 이 말은 딱 들어맞는 것 같다. 처음에 "아무래도 제가 지옥에……" 할 때는 장난이려니, 싶었는데 "식사 거르지 마시고……"에서는 눈물이 핑 돌았다. 어떤 어휘들이 결합하여(?) 이런 기표의 절대 우위를 만들어낼까? 이는 생각할 수 없는 심미적인 영역을 넘어서는 종교적 계시의 영역일 터이다. 들리는 말에 의하면 그는 부모님께 효도하는 효자라고 한다. 시란 그런 것을 의미하지 않을진대, 어떤 존재론적 좌표가 그의 시를 생각과 의미에서 해방시키고 즉물성, 계시, 심미자체에 몰입하게 하는 것일까? 그것을 나는 모른다. 그러므로 시인의 말에서 들어보자.

나는 분노보다 상처 때문에 시를 쓴다. 기쁨보다 슬픔 때문에, 햇빛보다는 그늘 때문에 시를 쓴다. 모든 색채가 빛의 고통이듯이 나의 시 또한 나의 고통일 뿐이다. 산다는 일이 무엇을 이루는 일이 아니듯, 시 또한 무엇을 이루는 것은 아니다. 나는 시로서 현실적인 무엇을 이룰 생각은 없다. 시는 이미 돈도 명예도 사랑도 아니다. 내가 죽어갈 때까지 내 상처를 치유해주는 어머니의 따스한 손길 같은 것일 뿐이다. 그래서 때로는 흙탕물이 질퍽한 연못에 떠 있는 아름다운 수련과 같은 시를 쓰고 싶다. 수련은 더러운 오물들이 떠다니고 온갖 쓰레기들이 가라앉아 있는 진흙 속에 깊이 뿌리를 박고, 자신을 멋진 꽃으로 만들어 줄 요소들만을 뽑아 올려 백색과 홍색의 꽃을 피운다. 주위의 열악한 환경에 아랑곳없는, 그 어떠한 악조건 속에서도 자신을 꽃으로 만들어 줄 요소들만 뽑아 올리는 수련의 뿌리와 같은 마음으로 내 상처를 어루만져 줄 시를 쓰고 싶을 뿐이다.

그의 "흙탕물"이라는 것이 무엇일까? 사랑하고 미워하고 슬퍼하는 것일까? 빛은 하나이지만 프리즘을 통한 색은 여럿으로 분광되듯 그의 고통도 여러 겹으로 만들어졌을 것이다. 시인의 뒷조사에 얽매이지 않기로 작정한 민큼 기기까지 가고 어기 서야 하겠다. 하지만 저어도 시에서는 적은 것이 많은 것 less is more이며 있는 그대로 보는 것이 시를 읽는 최선의 방법이다.

　누가 서구 문학에서 남성작가들을 재미있는 키워드로 파악한 것을 본 적이 있다. 1800년경의 우는 남자, 1900년경의 신경증적 남자, 2000년경의 도착증적 남자, 시는 이렇게 사람을 이해하게 한다. 그렇다면 정호승의 남자는 어떤 남자일까? 그는 스스로를 가리켜 70년대 작가라고 한 적이 있다. 물론 그것은 독자들이 붙여준 말이긴 하지만 그가 처음으로 대한일보 신춘문예로 등단할 때 (그것이 1973년이라 했다) 쓴 시는 바로 우는 남자다. "할머니 눈물로 첨성대가 되었다 / 일평생 꺼내보던 손거울 깨뜨리고 / 소나기 오듯 흘리신 할머니 눈물로 / 밤이면 나는 홀로 첨성대가 되었다 / 한 단 한 단 눈물의 화강암이 되었다" 우는 남자는 강하다. 그가 욺으로써 과거와 현재, 현재와 미래에 다리를 놓을 수 있기 때문이다. 시인의 말에 따르면, 그는 눈물로 대변되는 일련의 우는 남자에 대한 시로 소외된 사람들의 고통을 이해했고, 기다림의 의지를 다듬었고, 독재로 얼룩진 정치사의 상처를 은유적으로 드러내고 치유하고자 했다. 그러나 이제 그는 그 눈물의 지평을 확장해 오늘날 신경증적, 도착증적 남자들을 치유하고 있다. 끊임없이, 그리고 너무 빨리 변화하는 외부 세계에 대해 우리의 몸은 결코 빨리 적응할 수 없는 원시적 흔적들을 가지고 있기 때문이다. 충동과, 욕망, 감정과 정서들은 결코 정호승의 원시적 언어가 아니고서는 다스릴 수 없는 것들이다. 그의 시 「수선화에게」를 독자들에게 읽어드린다. 혹시 집에 CD가 있으면 배경음악으로 틀어놓고 아니면 검색창에 슈베르트의 세레나데(원제 Ständchen)를 쳐서 같이 들으면 좋다.

울지마라

외로우니까 사람이다

살아간다는 것은 외로움을 견디는 일이다

공연히 오지 않는 전화를 기다리지 마라

눈이 오면 눈길을 걸어가고

비가 오면 빗길을 걸어가라

갈대숲에서 가슴검은도요새도 너를 보고 있다

가끔은 하느님도 외로워서 눈물을 흘리신다

새들이 나뭇가지에 앉아 있는 것도 외로움 때문이고

네가 물가에 앉아 있는 것도 외로움 때문이다

산 그림자도 외로워서 하루에 한 번씩 마을로 내려온다

종소리도 외로워서 울려퍼진다

－「수선화에게」 전문

니체에 따르면 예술은 구원과 치료의 마술사로 다가온다. 그렇게 보면 오직 시만이 실존의 공포와 불합리에 관한 생각들을 숭고함으로 바꿀 수 있는데, 이 숭고함과의 접선은 그런 생각들에서 유래한 이미지들을 통하지 않고서는 불가하다. 그런 이미지들은 사회적 존재를 이야기하기 전에 이미 음악적으로 하나의 미적 현상을 재현한다. 시인의 삶이 무엇이든 간에 시인이 "외로움"이나 "하느님"이나 "수선화"라고 이름 붙인 것은, 니체가 말한 디오니소스적인 것으로 하나의 음악적인 것이다. 이제 슈베르트 배경 음악을 끄고 들어보자. 그럼에도 이 시는 저변에 저 원시인들을 꿈틀거리게 하는 마성이 숨어 있다. 다만 이런 강력한 격정이 깨어있는 반쪽과 꿈꾸는 반쪽으로 적절하게 직조되어 재현되어 있을 뿐이다. 정호승은 시를 쓰는 것이 아니라 시인을 쓴다. 보통 시인들은 명료한 대상과 그것의 이미지를 시로 옮기기 때문에 시를 쓴다고 말하는 것이다. 그러나 그는 시를 쓰기 전에 정조, 음악성(나는 3-3-4-4조의 운율을 의미하는 것이 아니다)을 먼저 끌어들이고 난 뒤, 시적 대상과 이미지를 끌어들인다. 왜 그의 시가 한국인에게 가장 좋은 치유를 허락하는지 그 이유가 여기에 있다.

나는 시인이다 : 조민 또는 증상의 유희

작은 이야기로 시작하고 싶다. 지난여름은 유난히도 뜨거운 볕과 장마가 지루하게 지속되었다. 그때 강현국 주간이 나랑 천렵(川獵)을 가자고 제의했다. 강주간은 (독자 여러분은 아실지 모르지만) 재미가 없는 분이므로 나는 여간해서 그분의 제의에 따라가지 않는다. 그런데 천렵이란 말에 귀가 번뜩 뜨였다. 나는 어릴 때부터 꿈에 고래나 뱀장어, 상어 이런 고기 잡는 꿈을 많이 꾼다. 그렇기에 비록 작은 물고기라도 잡을 수 있는 기회가 있다면 그것은 정말 시쳇말로 대박(!)이었다. 그날 우리는 경호강엘 갔다. 우리의 천렵 멘토인 유홍준 시인을 만난다는 것을 알고 있었지만 도착할 즈음에야 조민인가 하는 시인도 만난다는 말을 들었다. 그러면서 강주간은 "조민이 가가 좀 이상하데이, 뭐가 좀 빠진 것 같은 게……"라고 말했지만 난 그 사람이 누군지 모르므로 무관심했다. 우리는 천렵을 하기 전 경호강 옆 어느 어탕집에서 만났다. 시인은 좀 특이했다. 특이한 점은 한두 가지가 아니었지만 항상 무엇인가를 열심히 적는 사람인 것임에는 틀림없었다. 그는 물론 친절했다.

그러나 나랑은 전혀 다른 사람이었다. 나는 가급적 알고 있는 것도 지워버리려고 노력하는 만큼 무엇을 적거나 기억하지 않으려 한다. 시인이 되고 안 되고는 이런 차이구나 그런 생각이 들었다. 그 이후 그가 나에게 부쳐준 시에는 그의 이런 정황을 짐작할 만한 시가 있었다.

내가 방금 뭐라고 그랬지, 짝꿍 허벅지를 긁던 손가락이 코를 파며 킥킥거린다, 아스피린을 끊은 게 탈이야, 내가 방금 무슨 말을 했는지 알았으면, 모든 문장이 소음이고 최음이고 졸음이군, 신음으로 끝낼 수 없을까 내가 방금 무슨 말을 했을까, 죽겠지 죽겠지 말하는 네가 더 죽겠지, 다운증후군은 반복반복반복만이 살 길이야, 모르는 것을 모를 때까지 하고 하고 또 하고, 뭘 한다고? 모르지 너도 모르지 나도 몰라 뭘 모르는지 뭘 아는지, 다운증후군의 합병증은 기억상실이거든 좌우지간 지나친 의욕도 죄악이야, 상기 학생은 학습에 대한 의욕이 있으나 실천의 의지가 전혀 없음, 사실 너도 다운증후군이지? 벌써 열세 번째야 면역이 안 생겨 내가 한 말을 나도 알 수 없어 반복증후군에 걸렸나 봐, 뭐 월반을 한다고? 웃기네, 내가 금방 무슨 말을 했는지 무슨 질문이 들어왔는지 알 수 있다면. 몰라도 뒤탈은 없겠지만 숨이 조금이라도 붙어 있을 때 물어 봐야 해 아, 지금 내가 뭐라고 말하는 거지?

 ─「교실 다운 증후군」 전문

먼저 제목을 어떻게 읽어야 할지 혼란스럽다. '교실다운 증후군'인지 '교실 다운증후군'인지가 모호하다. 정신-신체적 장애를 시에 이용하여 좀 안됐기는 하나 시를 있는 그대로 보자. 출판된 시집에는 「교실 다운 증후군」이라 쓰여 있지만 원래의 원고에는 「교실다운증후군」이라 쓰여 있다. 그렇다면 시인이 두 가지를 다 의미했다 하더라도(물론 둘 다 의미하지 않을 수도 있다) 사실 '교실다운 증후군'이라 읽는 것이 옳을 것이다. 다운 증후군이 아님 「교실다운 증후군」에는 여러 가지 증후(symptom)이 있는데, 시인은 그것을 즐기고 있다. 그 증상은 이렇다. 1. 우선 자주 잊어버린다. 2. 반복한다. 3. 전이한다. 그는 강 주간의 말대로 때로는 멍청하게 보인다. 그리고 가끔씩 던지는 질문에 '몰라요'라고 반복하여 말하는데, 그것은 그가 자기 시를 모른다는 의미다. "내가 방금 뭐라고 그랬지"의 의미/무의미는 '시를 모르지, 왜 모를까?'와 같은 진술의 자장 안에 놓여 있다. 시는 의미 없는/있는 진술의 연쇄고리, 또는 자신의 꼬리를 물어 원형을 만드는 우로보로스 뱀 같다. 그러니까 "내가 방금 뭐라고 그랬지"라는 머리는 "지금 내가 뭐라고 말하는 거지?"의 꼬리를 물고 누가 묻는지 누가 대답하는지 모호하게 만든다. 이것은 서양의 중세 연금술에서 사용했던 바, 하찮은 비금속(卑金屬)을 금으로 바꾸는 현자의 돌(코엘료의 『연금술사』에서는 "철학자의 돌"이라 함)과 같은 상상이다.

독자들에게 조금 어렵게 말했다. 사과를 드린다. 가끔씩 어렵게 말해야 한다는 강박관념을 지닌 탓이다. 조금 더 쉽게 생각해보자. 만약 그 장소가 교실이라면 누가 누구에게 말하는지가 분명하게 보이질 않는다. 아니 그게 꼭 지켜져야 한다는 법도 없다. 사실 기억한 것은 외운 것이고 외운 것은 반복한 것이다. 망각한 것은 발견한 것이고 발견한 것은 새로운 것이다. 그러니 이 시가 무엇을 말한다고 하면 그것은 말하지 않는 것이다. 나는 요즘 세상을 살아가며 이런 장면을 많이 목격한다. 어쩌면 우리 삶 자체가 반복의 반복일 뿐이니까. 나아가 그 반복은 시간마다 조금씩 모습을 다르게 바꾸어간다. 더 어떤 설명이 필요할까? 그것이 교실답다.

그의 시들에는 유난히도 시트콤이란 말이 자주 등장하는데 이것은 그의 시가 아이러니라는 기법을 중심으로 이루어지고 있다는 사실을 말해준다. 가령 이 시를 보자.

형이 우리를 낳고
우리는 동생을 낳아서
우린 모두 예수가 됐지
한참 동안 마주 보며 낄낄거렸고
아파했고 기뻐했지
달은 점점 더 쪼그라들었지
물밑으로 깊이깊이 가라앉을 때까지
모래 밑에 숨고
물풀 뒤에 숨어서 꽃게도 잡고
해파리도 뒤집어썼지
어떤 생각은 머리고 어떤 생각은 지느러미였지
처음 보는 것마다
이름도 지어 주고 리본도 달아 주고
등에 꽂힌 비늘마다 알록달록
색칠을 했지
너는 먼로, 너는 모하메드, 너는 말코비치, 너는 아난다

오전은 돼지였다가 오후엔 닭으로 바뀌는
너를 벽에 걸어 두고 절을 했지
성호도 그었지

우리가 너희들의 발밑에서

거대한 빙하로 녹고 있을 때

－「201편」 전문

　이 시의 첫 부분은 성경의 한 구절을 연상하게 한다. 마태복음 1장
은 누구는 누구를 낳고 누구는 누구를 낳아 예수가 되었다는, 소위 말
하는 족보장이라 할 수 있다. 그런데 여기서는 형이 동생을 낳는다니,
참 기이한 일이다. 성경의 패러디인가? 그런 것 같지는 않아 보인다.
사실상 시인은 기억력이 뛰어나지 않으므로 시인에게 성경과의 연관은
중요한 일이 아니다. 그렇다면 어떻게 이 말이 문학적 상상력으로 정
당화될 것인가? 알다시피 욕망은 엄격히 말해 대상이 없다(문학이 욕망이
라면 문학도 그럴 것이다). 그 이유는 인간이 대상을 지칭하고 그것을 손에
넣으면 더 이상 욕망하지 않기 때문이다. 그러므로 대상이라는 것은
처음부터 아예 없는 것이다. 시인은 처음부터 우리가 대상을, 우리의
욕망이 그 대상을 실현할 수 없게 설정해 두었다. 말하자면 시의 제목
201편은 처음부터 다다를 수 없는 편(篇)이다. 시편은 내가 알기로 150
편까지만 존재하거니와 다른 성경도 201장(편)은 없다. 조민의 시는 이
렇게 만족을 추구하지 않고 그 시인 또한 어떤 만족을 추구하려는 것
처럼 보이지 않는다. 그저 욕망하는 상태를 지속할 뿐이다. 슬라보예
지젝의 『너의 증상을 즐겨라!』(Enjoy Your Symptom!)란 책 이름을 떠올린
다. 만족되는 것은 그에게 시가 아닌 것처럼 보인다. 이 점이 다양한
시인들 중 이 시인을 독특한 개성으로 보이게 한다. 내가 그에게 시나
그 무엇에 대해 물으면 그는 곧장 이렇게 대답한다. "몰라요. 뭘까요?"

난 첨에는 그가 겸손한 제스처를 하는 줄 알았다. 물론 그럴 수도 있다. 하지만 그런 카테고리는 그를 시인으로 보는 술어로서 적절치 않다. 그는 욕망하고 싶지 만족하고 싶지 않은 시인이기 때문이다.

시인이 만족하고자 하지 않는 욕망은 라캉의 용어를 따라 상상계, 상징계, 그리고 실재계로 나눌 수 있다. 위에서 인용한 시의 허두부터 "뒤집어썼지"까지가 상상계다. 그의 시에서는 소위 근대의 시학이 말하는 화자, 즉 에고가 무시된다. 어차피 그것은 의미일 뿐이기에 실재하는 것이 아니고 실재하지 않기에 대상이 없다. 대상이 없기에 원본이 없고 다만 번역만 있을 뿐이다. 이 번역은 실수를 내포하고 있다. 실수란 무엇인가? 그 실수란 바로 '부모가 자식을 낳는 것'이 아니라 '형이 동생을 낳는 것'으로 재현되어 있는 것들을 말한다. 우리들 가운데 어떤 사람이 이것을 학교 폭력이라 이해한다고 하면 나는 말릴 계획이 없다. 일진이나 교장이 자기가 예수라고 하는 상황이 있다고 생각해보자. 그것은 아마도 실제적으로 누구를 낳는 것에 대한 전이이지만 훌륭한 재현이기도 하다. 이 정신적 분열의 상태가 상상계와 동일한 것이다. 여기서는 동물처럼 부모와 자식이 교미를 할 수 있는 곳이기도 하다. "어떤 생각은"에서 "너는 아난다"까지가 상징계다. 우리는 어떻게 우리의 가능세계 mögliche Welt가 만들어져 있는지를 보여준다. 그것이 대통령이든, 일진이든, 교장이든. "너는 먼로, 너는 모하메드, 너는 말코비치, 너는 아난다" 모두 "예수"의 이형들이자 기표의 "미끄러짐", 즉 차연들 différance이다. 그 이후 부분은 실재계다. 시인이 불온한 비수를 꼽고 있다. 그것도 자해라는 불온한 방식으로 상상계와 상징계를

구별한다. "너희들의 발밑에서 / 거대한 빙하로 녹고 있"다고

시인에게 시란 무엇인가, 하고 질문을 했던 적이 있다. 그랬더니 그는 "고양이"란다. 시가 고양이란다! 어떤 고양이? "야옹야옹, 절대로 길들여지지 않는 고양이." 그는 계속했다. "이름을 부르면 모른 척 고개를 한번 돌렸다가 못 이기는 체 설렁설렁 와서 내내 내 옆을 떠나지 않는 고양이. 잠잘 때 내내 내 머리에 턱을 대고 내 곁을 떠나지 않는 고양이. 그러나 내가 잠에서 깨면 또 저만치 떨어져 앉는 고양이. 그럼에도 언제나 그림자처럼 내 곁에 떠나지 않은 고양이." 허걱. 혹시 그 고양이도 조민이 아닐까? 조민이가 조민이에게 떠나지 않는 고양이! 그러니 시에 대한 조민의 태도에 대해 하나 더 생각할 부분이 있다. 그의 시에서는 대상과 주체가 불분명하다.

개 때문이에요, 문 밖에서부터 졸졸 따라온 검은 개요, 두개골을 돌로 콱 찍었죠, 귀찮고 모르는 이름이잖아요, 아무도 말리지 않고 아무도 때리지 않았어요, 어차피 개들의 일이죠, 사실은 개 덕분이에요, 마치 피시방 같았다니까요, 아니, 보도방요, 쌤, 불 붙여 드릴까요? 정직해요 나는, 나한테만 거짓말을 한다니까요, 죄라고 있다면 나한테서 내가 도망가지 못한 것이죠, 하고 싶은 것도 없고 하기 싫은 것도 없는 거죠, 말할 때마다 흰 설탕을 한 움큼씩 입에 털어 넣고, 나무젓가락으로 양쪽 귀를 뚫고 싶어요, 슬리퍼 대신 머리를 질질 끌고 다니면서요, 물론, 내 머리죠, 아, 이 이야기는 물에 젖으면 안 되는데요, 쌤, 여기 사인하면 되지요? 이제 끝인가요? 이제 남은 일은 내가 이 자리에서 사라질 때까지 나만 쳐다보는 거예요

— 「반성문 쓰는 시간」 전문

반성문 쓰는 시간에 나온 반성문을 쓰는 사람은 분명 학생들일 것이다. 그러므로 시를 쓴 것은 주체가 (주체가 있는지도 불분명하지만) 아니라 학교의 학생들 같은 반성문 쓰는 타자들이다. 그들이 보는 주체, 그러니까 꼭 구체적으로 말하라면 학생이 보는, 학생이 반성문 쓰는 시간에 보이는 선생의 모습이다. 그러니 지금 이 글을 쓰는 것도 사실은 주체가 아니라 타자들이다. 이 시를 쓰는 자가 타자들이라면 이 평을 쓰는 것도 나 변학수가 아니라 시인이거나 어떤 상정할만한 주체인 것이다. 우리는 이러한 과정을 '생각의 생각의 생각'으로 표현할 수 있다. 단순히 학생의 생각에 대한 선생의 생각에 대한 시인의 생각이라 설명하면 더 분명해질까? 이것은 곧 거꾸로 된 '생각의 생각의 생각'을 가능하게 하는데, 말하자면 시인은 선생에 의해서, 선생은 곧 학생에 의해 규정된다. "개 때문"이라고? 무슨 반성문을 쓰는 것인지는 모르지만 "개 때문"은 아닐 것이다. 우리가 학교에 늦었을 때, 일반적으로 '버스 때문에'라고 한다면 그것은 이유가 되지 않을 것이기 때문이다. 그러므로 결국 이런 말을 하는 가운데 드러나는 것은 그 상대방이다. 이 시는 「반성문 쓰는 시간」에 빠져 있는 반성문을 받는 사람을 그려 놓은 것이다

낭만적 아이러니는 끝없는 생각의 아이러니를 미학화하였는데 그것의 실체가 조민에게서 드러난다. 독일의 지성 벤야민은 '생각의 생각의 생각'을 '생각의 (생각의 생각)'과 '(생각의 생각)의 생각'으로 다르게 묶어서 아이러니를 설명하면서 전자를 생각하는 주체로, 후자를 생각한 객체로 보았다. 잘 생각해보라. 그러니 조민의 시는 우리가 일반적

으로 쓰는 시, 또는 평론처럼 대상으로 만든 것이 아니라 대상을 볼 때마다 주체가 되고 주체를 볼 때마다 (또 다른) 대상이 되고 다시 대상을 보면 (또 다른) 주체가 되는 영원히 이어지는 '끝없는 거울', 즉 '생각의 (생각의 생각)'을 보여준다. 이것이 조민의 시가 접근하고자 하는 아이러니이자, 아이러니의 아이러니, 아이러니의 아이러니의 아이러니다. 그래서 그의 시는 갈피를 잡지 못하는 욕망하는 인간을 그리고 있을 뿐이다.

이런 과정이 욕망하는 과정, 즉 말로 일어나는 현재진행형이기 때문에 시작품의 완성도가 통사적 정확성에 있지 않을 수밖에 없다. 말하자면 그의 시는 시적 자유를 모방하고 있다. 말하는 것들은 대부분 시작한 문장에서 빗나가거나 다른 결말을 갖게 된다. "개 때문이에요"에서 시작한 문장은 "사실 개 덕분이에요"에 연결되고, "피씨방"이 "보도방"이 되어 버린다. 문장 또한 여백이 너무 커서 그 행간 사이를 답답하지만 상상력으로 채울 수밖에 없다. 시인은 그 문장들을 중지하게 내버려두거나, 경우에 따라서는 문장들이 스스로 중지하도록 둔다. 정확한 문장은 줄글의 이상(ideal)이지 말글의 이상이 아니다. 줄글의 이상은 말글에 의해 빗나가게 되지만 말하는 자와 듣는 자가 이런 부분을 감지하지 못한다. 즉, 오류와 빈틈은 대화에서 소통에 별다른 영향을 주지 않는다. 왜냐하면 말하는 자와 듣는 자가 같은 콘텍스트 안에 있고 더군다나 모를 경우 다시 물어보는 것이 가능하기 때문이다.

그러므로 조민의 시는 오류다. 무슨 오류? 그냥 말로 해야 하는 것을 문자로 기록한 오류란 말이다. 거꾸로 말하면 그는 말글을 줄글로 쓰려 오류를 범하였다. 니체에게서나 찾아볼 수 있고, 이상에게서나 찾아볼 수 있는 그런 어법이다. 한번 시인에게 살아가면서 가장 힘든 것이 무엇이야고 물었다. 그는 "내가 자꾸 내게 보이는 것, 그것이 힘들다"고 했다. "내가 자꾸 내 눈에 보이는 것, 원하는 것은 내가 내 눈에 보여지지 않는 것, 내가 없어지는 것, 내가 사라지는 것"이다. 시인은 그렇게 시를 쓰는 것 같다. 자기를 자꾸 감추려는 그런 태도로. 그렇게 감춘다고 없어지는 것이 아닐 텐데 말이다.

파프리카를 깨물면
아프리카 냄새가 난다
파 · 프 · 리 · 카 · 파 · 프 · 리 · 카

한쪽 어깨를 비스듬히 기울이며,
　파
　　　프
　　　　　리
　　　　　　　카
한쪽 다리를 까닥까닥 흔들며,
　　　　　　　아
　　　　　프
　　　리
　카

파프리카 안에는 얼마나 많은 새가 살고 있을까
파랑새가 주렁주렁 거꾸로 매달려 노래 부른다

```
파                              카
    프                      리
        리          프
            카      아
                아,
```

파란모자 파파게나가 피리 불며 새장에서 나온다
파·랑·새·는·다·죽·였·어·
파란 파파게나 눈에서 파란 피가 흐른다
파·프·리·카! 파·프·리·카!

파프리카 안에서
파란 피 뚝뚝 흘리는 파랑새 한 마리

- 「파프리카」 전문

　나는 전에 구체시 konkrete Poesie의 거장, 스위스의 시인 오이겐 곰 링어와 자주 대화한 일이 있다. 그의 구체시들은 관습적인 방법을 거부하고 여러 가지 활자 형태와 크기 및 색깔을 이용하여 다양한 실험을 한다. 마치 다다이스트들이 그랬던 것처럼. 조민의 이 시 또한 그렇게 읽는다면 불가능한 일은 아닐 것이다. 그러나 조민의 시가 해독을 포기하게 하고 존재론적 해석을 거부하며, 고정된 심상 또한 부정하는 것이기에 구체시로 보는 것은 한계가 있다. 그 대신 그의 시가 감추고 있는 소리를 찾아보는 것이 좋을 듯하다.
　어떤 시인이 언어적으로 무능력한 상태가 아니라면, 다시 말해 조민이 언어를 다룰 수 없는 사람이 아니라면 독자는 그의 시에서 통사적

혼란에 대한 이유를 찾을 것이고 결국에는 맥락 없이 보이는 단어들 사이에서, 즉 빈 오류처럼 보이는 것에서 숨은 의도를 유추해내게 된다. 독자는 빈틈을 보완하려하고 언급한 것들을 탐색하고 해석에 대한 암시를 이용할 수 있다. 그의 이 시 또한 비밀스런 뜻을 내포하고 있되 그저 그림 같은 반복되는 글자 조각만으로 배치되어 있다. "파프리카"와 "아프리카"가 비슷한 유음이라는 것, 파프리카, 아프리카란 단어들로 유희를 해보는 것, 파파게나의 등장과 "파란 피 뚝뚝 흘리는" 파랑새, 이 모두는 엇비슷할 뿐 큰 무엇인가를 의미하지 않는다. 다만 이런 수수께끼 같은 단어들이 누설하는 것 속에 결국 밝혀지게 될 시적 함의가 있을 것이라는 추측만 남겨두었다. 그것은 의미하지 않는 소리, 즉 어떤 상황일 것이다. 나는 꿈처럼 보이는 이 시를 읽고 난 후 마음이 아팠다. 그리고 귀에서 입에서, '아프니까, 아프니까' 이런 소리가 울리고 들린다. 이것이 그의 시적 전술일까? 경우의 수인가? 아니면 꿈의 언어인가? 어쨌든 그의 언어들은 유희와 극단적 해학의 언어로 보이지만 존재론적 불안이 생산한 자유로움의 언어들이기도 하다. 그는 집만 나가면, 학교만 나가면, 다니지 않는 길만 나가면 가슴이 쿵쿵 뛴단다. 그것도 좋아서가 아니라 무서워서, 길을 잃을까봐, 집에 못갈까봐서란다. 그에게 현실은 두렵고, 모호하고, 낯선 곳인가 보다. "파프리카"의 비스듬한 모습과 "아프리카"의 기운 글자가 그를 위협하지나 않을까 두렵다. 그는 바보다. 그는 세속의 뭇사람들과는 다른 차원의 바보이며, 시인 천상병과도 다른 차원의 바보다.

그가 그러니까, 사월 초파일 우박이 떨어지던 날을 기념하여 내게 보내온 시집은 내게 행복이었다. 그날 나는 사실 초파일에 살생을 한 대가를 톡톡히 치르고 말았다. 갑자기 대추알만한 우박이 내리쳐서 나는 죽을까봐 급히 도망쳤다. 그러므로 시인이 보내준 시집은 우박 사건과 함께 오랫동안 나의 기억에 남을 것이다. 그러나 초파일을 계기로 만난 그의 시에서 나는 이미 오래 전에 이 시인을 알았던 것 같은 기시감을 받았다. 일반적으로 시인이 시를 쓰는 동안 그 시를 읽게 될 독자는 그저 시인의 상상 속에서만 존재한다. 그리고 독자가 책을 읽는 동안 시인 또한 독자의 상상 속에서만 존재한다. 결국 시가 끌어들이는 두 존재는 분리된 세계들 속에서 산다. 그러나 조민의 구어적 시들은 독서를 하는 독자에게 이런 거리감을 불식시키고 있다. 그의 시는 텍스트 밖에서 고독한 독자의 현존을 상정하고 쓴 시이기에 언제나 그와 만나 대화하고 있는 것 같은 느낌을 준다. 조민 시인은 무엇을 그리는 것이 아니라 그의 목소리를 통해 온몸으로 살아온 그의 삶을 만나게 해준다. 그래서 나는 그에게 조민다운 증후군, "나는 시인이다"란 명패를 걸어준다.

무반주 첼로 모음곡 또는 나는 시인이다 : 박소유

산문의 생명이 문체인 만큼이나 시의 생명은 이미지다. 산문에서도 시에서도 내용은 중요한 것처럼 보이지 않는다. 그러니 비평을 해야 할 내게 있어 시의 소재에 대한 집착은 달에 푸른 치즈를 붙인 거나 매한가지일 듯하다. 그럼에도 불구하고 우리의 주제가 시와 시인의 긴장관계를 다루는 만큼이나 이 글쓰기는 내게 언제나 손톱 가시 같다. 뜯어내려니 손톱이 찢어질 것 같고 그대로 두려니 쿡쿡 찔린다. 우리는 서로 한 시간 반을 얘기했다. "만약 지구가 멸망해서 화성으로 가야 한다면 가지고 갈 것이 뭐냐?" 그의 대답은 "강아지. 개는 꼭 내가 돌봐주어야 할 것 같아서.", "인생에서 가장 후회하는 일은?", "시를 쓴 일.", "왜?", "지금 내 앞에서 없어져야 할 것은?", "바로 당신." 시인에 대한 뒷조사를 거부한다는 뜻이리라. 시인은 시로 말한다. 그의 시에 대한 나의 물음은 보나마나 어색했고, 나의 물음에 대한 그의 대답은 보다시피 단호했다. 나는 시인에게서 아무런 이야기도 들을 수 없으므로 이제부터 그의 시가 도란도란 거리는 소리를 들을 수밖에 없다. 베를렌이 말한 그 "중얼거림"을 들을 수밖에 없다. 그의 시는 그런 중얼거림의 이미지들로 가득하다. 이런 호기심으로 나는 그의 시를 읽어본다.

전봇대가 십자가처럼 줄지어 서 있습니다
처형할 사랑도
순교할 사랑도 없는 만경평야에
검은 새 떼가 어떤 맺힘도 없이 자유분방하게 날아옵니다
지독한 날개의 힘!
온 세상을 다 덮고도
지나가는 고양이 등에 도둑 도둑 어둠을 얹습니다
무슨 혈연처럼 무조건 한 떼가 되어버린
이것이 내 것인가
남의 것인가 구별없이 뒤섞인 표정들
찾으러 온 걸까요
알게 모르게
조금씩 빈틈을 다 내주고도 가득 받았다고 생각되는
감염, 어쩌면 감전일지도 모를
만경평야는 지금 어둡습니다
그 많은 날개를 한꺼번에 못 박고 제 풀에 적막해지는데
퍼럭, 바람이 펼쳐보려다 얼른 덮어요
모두 캄캄해지기로 굳게 마음 먹은 것 같은데
십자가만 빛납니다
무얼 받았나
절대 손바닥을 펴 보면 안 됩니다

-『선물』 전문

이 시를 읽으면 먼저 언어 이전에 다가오는 이미지의 직접성이 어떤 직감처럼 다가온다. 조탁한 것 같이 깎아지른 알프스의 절벽 같은 언어의 배열, 야성적인 심상의 투입, 끝없이 펼쳐지는 평화로운 정경, 옷 벗은 자아의 직접적인 몸부림이 어우러져 그의 시는 문자의 도움을 언어 문자를 넘어서고자 하는 어떤 의지로 충만해 있다. 고향 가는 길가나 도시의 가로수 옆에 그냥 평범하게 서있을 전봇대를 순간적으로 "처형할 사랑과 순교할 사랑"으로 바꾸는 언어의 힘은 어디에서 나온 것일까? 또 "만경평야에 / 검은 새떼"란 무슨 마음을 훔쳐가기 위한 전략이란 말인가! 첫 연의 심상은 "도둑 도둑 어둠을 얹습니다"라는 표현에서 보듯이 시적 아우라의 정상에 우뚝 서게 된다. 아! 한국어가 이렇게 아름다운가? 나아가 이 아름다운 언어가 베푸는 "한 떼"들의 선린(善隣)은 무엇일까? 그것이 혹시 그 무시무시한 "감전"은 아니었던가! "절대 손바닥을 펴 보면 안 됩니다"에 와서는 드디어 어둠속에서 윤곽을 잡을 수 없는 팍팍한 삶의 속살이 드러나 보인다. 하나의 대비로서 십자가만 빛나는데! 이것이 박소유 시의 '중얼거림'의 첫 장면이다. 그의 '중얼거림'은 삶의 아이러니에 의해 발생된 것이리라. 나의 존재를 가능하게 했던 전봇대 ("새 떼가 […] 날아옵니다") 그것이 곧 십자가일 줄이야! 그것도 나에게만 주어진 십자가라니!("모두 캄캄해지기로 굳게 마음 먹은 것 같은데")

시인은 어디선가 이런 말을 한 적이 있다. "시는 내가 쓰는 게 아니다. 시작은 내가 하지만 그 시를 이끌어 가는 사람, 마지막 점을 찍는 사람은 내가 아니다. 시가 스스로 시를 쓴다. 시와 마찬가지로 세상살

이도 그렇지 않은가?" 말에는 의식하지 못하는 것이 포함되어 있는데 그것은 몸짓이나 동작, 무의식 같은 것이다. 시인이 말한 시작이라는 말을 시작(始作)과 시작(詩作)으로 해석해볼 수 있다. 전자로 해석하면 시작은 내가 하지만 나중은 시적 영감으로 시가 자동 기술된다는 뜻이 된다. 후자로 이해하자면 내가 시작은 하지만 시를 완성하는 사람은 독자라는 뜻으로 받아들일 수 있다. 어떻게 이해하든 우리는 박소유의 시에서 그리고 삶에서 부정할 수 없는 십자가를 발견하게 된다.

> 어쩔 수 없이 내 그림자와 헤어져야겠다 좁은 길에 물지게를 지고 빠져 나가려는 사람을 본 적 있다 지고 가던 물지게가 가로로 턱, 골목 입구에 걸려 있는 걸 십자가를 진 사람처럼 그 자리에 못 박혀 있는 걸
>
> 오래 전 골목길에서 보았던 뒷모습이 오도 가도 못하고 내게 걸려있다 차라리 오동나무에 걸렸으면 보랏빛 오동꽃에 얼굴이나 묻지 서벅대는 오동잎에 발바닥이나 씻지 그 사람 고개 돌리면 천 번 쯤 바뀌었을까 내 얼굴

- 「걸려 있다」 전문

앞의 시에서 보여준 아이러니만큼이나 이 시의 아이러니 또한 긴장으로 가득 채워져 있다. 그것은 "물지게"가 가지고 있는 심상의 이중성에 근거한다. "물지게"는 나의 생명을 보장하는 도구다. 물을 나르는 도구로서 필수적인 생명의 도구다. 그런데 그 도구로 인하여 내가 "그 자리에 못박히게" 되다니! 이보다 더 엄청난 아이러니를 어떻게 만들

수 있을까. 그러므로 물지게의 이미지는 둘이고 서로 배타적이다. 비트겐슈타인은 『철학적 탐구』에서 "우리는 마찰이 없는, 그러니까 어떤 뜻에서는 그 조건이 이상적인, 그러나 바로 그 때문에 또한 걸어갈 수도 없는 빙판에 빠져 들었다. 우리는 걸어가고자 원한다. 그렇다면 우리에게는 마찰이 필요하다. 거친 대지로 되돌아가자!"(§107)고 말했다. 시인은 철학자의 논리 정연한 사고 이전의 "거친 대지"의 언어를 그림자가 두 개인 그림으로 재현하고 있다. 나머지 하나는 2연에서 감성적으로 재현되고 있다. 하지만 시인의 삶은 오로지 이 둘의 심상이 펼치는 마찰력으로 인해 존재하는 것이다. "물지게가 가로로 턱" 걸리고, "오래 전 골목길에서 보았던 뒷모습이 오도 가도 못하고 내게 걸려있을" 때 우리의 존재가 비로소 만들어진다.

　박소유 시인은 "시는 완성되지 않는다고 본다. 그냥 완성을 향해 나아가는 것뿐이다. 그래서 시는 여전히 내게 자꾸 피하고 싶은 어떤 것이다. 시를 모르기 때문에 아직도 어떤 것에 대해 쓰고 있는 것, 그게 시인의 운명인 것 같다"고 말한 적이 있다. 시는 완성을 향해 나아가지만 그냥 나아가지 않는다. 그것은 오히려 방해받는다. 그것이 시인으로 하여금 시를 쓰게 한 원동력이 아닐까? 마찰력! "보랏빛 오동꽃"과 "서벽대는 오동잎"은 삶과 길항하는 마찰력의 메타포들이다. 이런 메타포들은 '큰 이미지' great image를 겨냥하고 있다. 큰 이미지? 니체는 『즐거운 학문』에서 이렇게 말한다. "실존의 가장 커다란 결실과 향락을 수확하기 위한 비밀은 이런 것이다. 위험하게 살라! 그대들의 도시를 베수비오 화산 옆에 세우라! 그대들의 배를 알 수 없는 바닷가에 내보내라! 그대들과 동류의 인간들, 그리고 그대들 자신과의 싸움 속에서 살라! 그대들 인식하는 자들이여, 지배자와 소유자가 될 수 없다면, 도둑이 되거나 정복자가 되라!"

박소유 시인의 시적 매력은 그의 시적 태도에서 오기도 한다. 그는 시를 쓸 때 관찰하는 피사체를 정밀하게 렌즈에 담기 위하여 흔들리지 않는 절대적 정지 상태를 유지하려 애쓴다. 카메라가 흔들리지 않아야 우리는 정물을 제대로 관찰할 수 있다. 남을 웃기려면 자신은 웃지 말아야 하고 남을 울리려면 자신이 울어서는 안 된다. 감정 같이 말할 수 없는 것을 말로 하지 않고 말한 것 속에 함의하는 시의 정신이야말로 그의 시가 가지는 매력이다. 그가 어느 신문에 게재한 글에는 이런 시인의 면면을 볼 수 있는 구절이 있다. "우리는 모두 시인의 마음을 갖고 있었지만 그걸 점점 잃어버리고 살고 있다. 우리가 자랄 때는 동네가 떠나갈 듯이 한꺼번에 개가 짖어도 소음이라고 생각한 사람은 아무도 없었다. 개가 짖으면 낯선 사람을 경계하라는 신호인 줄 알고 집집마다 문단속을 했다. 그때는 모두들 동물들과도 소통을 할 수 있는 마음의 여유를 가지고 살았다. 지금은 자신이 내는 소리 외에는 모든 게 소음이 된다. 개 짖는 소리, 이웃집 애들 뛰어노는 소리, 악기소리까지 소음으로 생각하고 못 견뎌하는 사람들이 되어가고 있다. 내가 아는 시인 한 분은 시골 동네를 지나다가 개가 짖자 이렇게 말씀하셨다. '무서워하지 마라. 금방 지나갈게.' 그 말을 듣자 거짓말같이 개가 짖기를 멈추었다. 이게 바로 시인의 마음이라고 생각한다." 그는 이런 태도를 시적 창작에도 적용하고 있다.

잠은 오는데 잠들지 못하는 너를 끌어안고 젖을 물린다 자장자장, 헐거운 수도꼭지에 새는 물처럼 내 입에서 새어나오는 자장가는 잠투정도 재우고 아기별도 재우고 캄캄한 외출도 재운다 너는 벌써 죽었는데 아직도 내게 매달려 탯줄그네를 타는구나 수천 번 왔다 갔다 할 동안 있으나 없으나 마찬가지가 된 너! 나무도 없는데 꽃이 피는 것처럼 너도 없는데 젖이 붇는 것처럼 눈앞이 모두 헛것이야 너에게 젖을 주고 자장가를 불러줄까 잘 자라 우리 아기 우리 아기 예쁜 아기 그런데 내가 잠이 오네 내 귀에만 들리는 자장가 소리 자장자장 지금 날 재우는 거니, 아가야 넌 누구니?

– 「자장가」 전문

문득 말러 Gustav Mahler의 <죽은 아이를 그리는 노래> Kindertot-enlieder가 떠오른다. 뤼케르트 Friedrich Rückert의 시에 작곡을 한 것이다. 이 노래에 생명을 불어넣는 것은 "너는 낮에는 그림자/ 밤에는 빛/ 너는 나의 비탄 속에 살아있고 / 마음속에서 죽지 않는다"라는 구절이다. 박소유의 시는 대비에 능하다. 깎아지른 절벽 다음에 평야가 있고 수평적 "물지게"에 수직적 사람이 걸린다. 그와 마찬가지로 "너는 벌써 죽었는데" 나는 "잠들지 못하는 너를 끌어안고 젖을 물리"고 "나무도 없는데 꽃이 피"고, "내가" 너를 재우는데 네가 나를 재운다. 그리고 자장가 소리는 내 귀에만 들린다. 시인은 이런 '심미적인 것 자체' das Ästhetische an sich의 형상화를 통해 우리를 치유하고 있다. '심미적인 것 자체'란, 보르헤스에 따르면, "실현되지 않을 계시가 눈앞에 떠오르는 것"이다. 별은 져도 별빛이 남듯이, 꽃이 시들어도 꽃의 향기가 남듯이, "너는 벌써 죽었"어도 너에 대한 기억은 생생하다. 그 기억이 바로 이 시로 환생 incarnation한 것이다. 그런데 시인이 표상하고 있는 너가 과연 "잘 자라 우리 아기……" 같은 브람스의 자장가라면 우리를 치유할 수 있었을까? 시인은 고통에서 벗어나기 위해 개가 짓더라도 "마음의 여유"를 가지고 말을 했을 것이므로 이런 치유적인 시상(詩想)을 얻었으리라. 엄마와 아이의 관계라는 대비를 통해 위로라는 비교의 제3점 tertium comparationis을 얻은 이 시는 마치 알리바바와 40인의 도둑에게 문이 열리듯이, 우리에게 필경 드러내지 못할 우리의 깊숙한 무의식의 창고를 열어주고, 알라딘의 요술램프에서 나온 요정과 결혼을 하고, 멋진 성과 보석도 얻게 되리라는 믿음을 준다.

　미적 시선이란 바라보는 대상의 실용적 기능에 대해 무관심해질 때 비로소 가능하다. 그러므로 동식물과 장소가 초자연적 힘을 가진 존재이고 생존과 직결된 실제적 사물로 받아들여졌던 원시적 세계에서나 지나간 구세대에서는 이런 "무관심한 관심" interessenloses Interesse이 불가능했다. 아래의 시는 바로 그런 정황을 적나라하게 드러내 보여준다.

　　사막에 들어서면 제 몸이 그늘이 된다
　　그늘을 끌고 다니느라 개도 비쩍 말랐다
　　어미 그늘에는 새끼가 붙어있다
　　한 몸이 되어 있다
　　며칠이나 굶었는지 어미 젖꼭지는 말라 비틀어져 있는데
　　새끼는 젖을 물고 놓지 않는다
　　　　　　　　　　　　　　　　　　－「그늘」 부분

근대 미학은 안정감이나 평화, 쾌감 같은 아름다움보다는 "숭고" the sublime의 미학이라고 지칭되는 고통, 경이, 불쾌, 당혹, 공포 같은 데서 미를 찾고 있다. "사막에 들어서면 제 몸이 그늘이 된다."는 체험은 우리에게 사물을 다르게 바라보는 법을 가르쳐준다. 그러므로 "미는 언제나 기괴한 것"이라고 말했던 보들레르를 이해할 수 있다. 아프리카 난민의 모습을 우리의 어제가, 우리의 원시가 하고 있었는데 우리는 마치 빙판에서 계속 미끄러져만 가는 그런 모습을 하고 있다. 시라는 마찰력이 없이는 "어미 그늘에는 새끼가 붙어있다"는 절대적 진리에 당도할 수 없다. 이 정도 되면 오스카 와일드가 다소 역설적으로 말한 대로 "자연이 예술을 모방한다"는 말만큼이나 '기억이 시를 모방한다'고 말할 수 있으리라. 이 시가 없이는 우리가 어디서 왔는지 어디로 가는지 알 수 없을 것이다. 시인이 삶에서 부대끼는 "마찰"을 시적 긴장감의 원천으로 삼으면서 박소유의 시는 '큰 이미지' 뿐 아니라 소박한 삶에서 찾아내는 '작은 이미지' small image에도 시선을 준다.

입이 없으면 생이 가벼울 거라 생각했는데 먹자골목, 줄지어선 간판 불빛에 하루살이 떼가 까맣게 붙어있다 막무가내 제 하루를 다 걸고 서래 중이다 위험천만하다 입과 가까워진다는 건

치매 앓던 노인이 먹을 걸 이불속에 감춰두었다 얼마나 깊이 감추었는지 자신도 잊고 가져가지 못한 게 죽은 뒤에 다 나왔다 아무리 긁어먹어도 냄비 바닥에 굴러다니는 생선 눈알처럼 결국엔 남기고 갈 것을

입 하나에 매달려 살았나 며칠 금식을 했을 뿐인데 실밥이라는 말에

도 사무친다 톱밥, 꽃밥, 실밥이라는 말은 나비 날개 놓아 주듯 가볍게 밥을 놓아주는 일 아닌가 공중을 밥으로 채우고 저절로 공복이 채워지기를 바라는 것인데

젖통을 안고 살아도 아무 소용이 없다 금식하는 동안 내게 와서 표류하던 그 많은 밥때가 차곡차곡, 마른 나뭇잎처럼 쌓였다 부스럭, 자꾸 허기를 들추는 바람에게 모른 척 하라고 말할 수밖에 없는데
　　　　　　　　　　　　　　　　　　　－「허무맹랑」 전문

　이 시에서 읽는 삶은 그야말로 "허무맹랑"함으로 가득 차 있다. 혹여 개콘(개그콘서트)에 나와 웃을 법도 한 장면인 제2연의 치매 노인 에피소드에서 우리가 웃을 수 없는 것은 그것이 소재가 아니라 주제이기 때문이다. 우리가 법정 스님의 "무소유"를 읽는다 해도 이런 존재론적 허무함에 도달하지는 못하리라. 우리의 삶은 이상하게도 '큰 이미지'보다도 '작은 이미지'에서 더욱 빛난다. 쓰레기를 버리는 공터에 가면 거기 사는 사람들의 모습을 더 잘 볼 수 있고 쓰레기통이나 구정물에 그 집의 생활상이 더 명확히 드러나듯 이 시에서 시인의 관찰력은 더욱 돋보인다. "입"은 아마도 몸-기계의 쾌감 jouissance이 메커니즘화된 일상을 드러내는 메타포일 것이다. 들뢰즈와 가타리는 "삶이란 기쁨의 결핍"이라고 말했다. 욕망의 대상은 상실되어 돌이킬 수 없다. 이것이 라캉의 대타자 L'Autre 이론이다. 엄마의 젖가슴이라는 대타자가 상실된 이후 어떤 것으로도 만족할 수 없는 인간은 몸-기계를 양산한다. 마치 "하루살이"의 그것처럼. 그러므로 주체는 "입"과 영원히 분리되어 있다. 욕망은 진정으로 도달하기 어렵다. 왜냐하면 채우면 다시 비워야

하고 다시 비우면 채워야 하는 것을 반복할 뿐이기 때문이다. 박소유는 쾌감과 기쁨이 결핍된 삶을 통해 진정한 삶의 긍정에 이른다. 이야말로 시적 부정을 통한 삶의 긍정이라고 표현할 수 있다. 다음 시에 드러나는 그 잔잔한 표상이 인상적이다.

오래전 눈보라 골짜기를 빠져 나와 여기까지 달려 온 눈발이었지 금방 사라지는 발자국 위에 또 발을 얹는 네 부질없음을 멈추게 하려고 그림자가 먼저 얼어붙은 거였어 품에 안아야만 뜨거워지는 심장을 가지고 없는 손 없는 발로 넌 무얼 할 수 있겠니 미친바람이라도 불어주면 좋으련만 주저하고 머뭇거리다 평생을 보낸 사람처럼 눈 속에 서 있기만 했어 눈 녹듯 사라지는 생이니 상처가 없어서 얼마나 다행이냐고, 슬픔 따윈 처음부터 몰랐다는 표정이구나 점점 흐려지는 네 얼굴을 차마 볼 수 없을 때 넌 오래 전부터 내 이정표였다고 다정하게 속삭여줄게 천천히 주저앉는 네 몰락 앞에서 내가 왜 비틀거리는지 이상했지만 그래도 안녕

– 「눈사람」 전문

"눈사람"은 화자가 세상을 관조하고 삶을 긍정하는 힘으로 만들어져 있다. 처음부터 이어지는 네 편의 시들이 베토벤의 교향곡이었다면 바로 앞의 시는 모차르트의 피아노 협주곡에, 그리고 이 시는 바흐의 무반주 첼로 모음곡에 비유하고 싶다. 시의 흐름도 음악적으로 템포가 빠르며 감정에 너무 몰입하지 않으며 매우 서경적 이미지를 지니고 있다. 앞의 시들이 절벽과 계곡을 넘나드는 가파른 이미지를 추구하였다면 이 시는 작고도 작은 시골마을 마당을 연상하게 한다. 시에 문장부

호가 없으므로 우리는 빠른 호흡으로 읽게 된다. 그러나 그렇게 읽어서는 잠시 지속되고 마는 향수의 톱 노트만 맡을 뿐, 스며들게 하고 껴안고 사람을 강한 체취로 황홀하게 하는 미들노트, 잔향이라고 할 베이스 노트까지 이르지 못한다. 그러므로 이 시는 재독(再讀)을 요구한다. "천천히 주저 않는 네 몰락 앞에서", "그래도 안녕"이라고 말을 음미할 때까지 천천히 아주 천천히 읽어보라. 그러면 켜켜이 쌓인 시인의 면면을 냄새 맡을 수 있을 것이다. 이 시로부터 강한 시인의 체취를 말이다.

시는 말로 표현할 수 없는 것이다. 억지로 그것을 말로 표현하려니 현기증이 난다. 그러나 톱 노트로만 박소유 시인을 냄새 맡지 말자. 2011년 제2회 대구의 작가상을 받은 시인이라고. 1988년 『부산일보』 신춘문예 시 부문에 당선되어 등단했고, 1990년 『현대시학』 당선 이후 본격적인 작품 활동을 했다고. 그의 베이스 노트까지 맡을 수 있는 독자라면 어느 날 시에 "감전"되어 손바닥을 펴지도 못하고 계속 시라는 전깃줄을 잡고 있는 그 다 타버린 그의 손바닥 냄새를 맡거나, 그에게서 눈 녹듯 사라져가는 슬픔을 읽거나 그 속에서 흘러내린 슬픈 "눈사람" 이야기를 읽을 수 있을 것이다. 평을 쓰면서 시와 시인이 하나 되고 독자인 나도 하나가 되는 것 같은 착각을 일으켰다. 독자들에게도 시인의 베이스 노트가 전달되길 갈망한다.

나는 시인이다 : 박이화 또는 밀어(密語)

그간 박이화 시인과 그의 작품을 평가한 글들을 보면 "에로티즘", 또는 "에로티시즘"이란 어휘가 많이 사용되고 있다. 그와 더불어 "음란", "외설", "감각", "말초", "음풍농월" 등도 자주 평론가들의 입에 오르내린다. 에로티즘이 뭐고 에로티시즘은 뭔지 잘 모르는 것이 나의 무지에 기인하는 것이라 치부하더라도 "음란한 소재를 다루고 있음에도 외설적 느낌을 주지 않는다"는 말은 또 무엇인가? 외설이니 음란이니 하는 말과 박이화의 시는 거리가 멀다. 그런 소재주의에서 벗어나 박이화 시가 가지는 '알 수 없는 그 무엇'의 세계를 탐구하기 위해서 우리는 바이화 시의 언어 행위 speech act에 대해 살펴볼 필요가 있다. 시와 소설은 화자와 독자의 관계에 있어서 서로 다른 구조를 갖고 있다. 소설은 화자와 독자의 관계를 골격으로 화자가 독자에게 말을 하고 있는 두 명의 대화라면, 시는 화자(영매)가 신(귀신, 혼)에게 말을 걸고 그의 말을 전하는 그 광경을 독자(관객)가 지켜보고 있으니 3명의 대화라는 구조를 갖고 있다. 그러므로 서정시의 언어행위는 산문의 언어행

위와는 질적으로 다르다. 가령 그리스의 시인 사포의 아프로디테 송가
는 다음과 같다.

금빛 찬란하게 눈부신 여왕 아프로디테여!
제우스 신의 지혜로운 딸이여!
당신에게 간절히 바라노니
제가 더 이상 고난과 절망 속에서
한탄하거나 슬퍼하지 않게 해 주십시오

사포가 아프로디테 여신에게 탄원하는 것을 독자가 듣거나(읽거나) 보
고 있다. 박이화의 시에서 보이는 몸의 향연은 바로 사포가 말한 "고
난"과 "절망"의 내용일 것이다. 그렇기 때문에 시의 내용이 아무리 외
설 같이 보이더라도, 아니 외설을 지향하더라도 그의 시를(아니 다른 사
람의 시 또한 마찬가지다) 그런 소재주의로 읽어서는 안 된다. 현대에 와서
이런 서정시의 구도는 일견 변한 것처럼 보인다. 왜냐하면 신을 부르
고 탄원을 하던 사포와 같은 서정시의 목적은 사라지고 이제는 그 수
단만 남았기 때문이다. 그러나 우리는 서정시의 목적에 대해 외면만
할 수 있는 상황은 아니다. 박이화의 시 텍스트로 곧장 들어가보자.

유츄프라카치아란 꽃이 있다. 이름부터 까칠하고 생소한 식물답게
지나가던 곤충이 건들기만 해도 시들시들 죽는단다. 세상에나, 아프리
카 밀림 속에서 조선 여인네의 지조로 사는 꽃이 있다니. 그런데 오랜
연구 결과 드러난 비밀! 어제 건드렸던 누군가 내일도 모레도 다시 손
길 주면 죽지 않는단다. 그러니까 유츄프라카치아, 한없이 지독한 결벽

증의 식물이 아니라 한없이 고독한 애정 결핍의 꽃이란다. 단 하루 그
리움의 공복만으로 안절부절 죽어가는.

유츄프라카치아!
또 다른
내 음지의 이름이여

-「유츄프라카치아」전문

원래 서정시가 신에 대한 탄원이었다는 것은 물론 서양의 시론에서
유래한 것이다. 아무래도 유교적-인간중심적 문화에서는 이런 전통이
약화될 수밖에 없고 굳이 유교가 우리의 전통에서 종교가 아니고 샤머
니즘에서 그 전통을 찾는다면 우리 또한 시의 신적 기원을 부정할 수
는 없을 것이다. 오늘 우리는 박이화의 시에서 이런 문제를 좀 더 분명
히 하고자 한다. 위의 시에서 "유츄프라카치아"는 영매(무당)의 언어와
닮아있다. 혼들의 언어는 인간의 언어와는 다르기 때문에 그저 함의하
거나 유추하게 할 뿐이지 직접적으로 서술하지 않는다. 그러니까 음란
한 말이 나오더라도 그것은 음란함이 아니다. 대부분 소설에서 나타난
사랑은 간통과 같은 사회적 관계문제로 전락한다. 그러나 시에서는 어
떠한 사랑(간통)일지라도 내면의 고백이 된다. 박이화의 시에 "모텔"이
등장하고 "여인네의 지조"가 등장한다고 하더라도 그것이 소설에서처
럼 가치의 역할을 하지는 않는 것이다.

그러면 "유츄프라카치아"는 무엇인가? 우리는 여기서 신에게 부르짖
는 시인의 무의식과 내면의 소리를 들을 수 있지 않은가? 독자들마다

모두 다르겠지만 난 이 말의 울림에서 '유추-지조 - 와뿌라-까칠한'같은 소리가 합성되어 들리는 것 같다. 시인은 시의 여러 곳에서 "유츄프라카치아"의 흔적을 대비하고 있는데 이것은 삶의 모순에서 도출된 영매(혼)들의 언어이기 때문이다. 그것은 "결벽증"과 "애정결핍의 꿈" 사이에 있는,"건들기만 해도 시들시들 죽는" 본질과 "건드렸던 누군가가 […] 다시 손길 주면 죽지 않는" 본질을 함께 내포하고 있는 모순의 존재이며 교응의 존재다. 그래서 이 꽃은 알 수 없는 꽃이고 그 결과 이름 또한 마법의 언어처럼 들린다. 유츄프라카치아! 이것이 영매가(혼이) 시인에게 내려준 계시다. 그러므로 시인은 이렇게 고백한다. "유츄프라카치아여! 또 다른 내 음지의 이름이여". 그의 시들은 이런 구도의 내용을 반복적으로 말할 뿐이다. 특히 「봄과 여자와 고양이」에 보면 계시를 받는 화자가 어떤 모습으로 살아가는지 그 비밀을 드러낸다. 비밀스런 언어는 인간을 모든 오류와 진리로 유혹할 수 있다. 누가 감히 그 마법의 언어에 저항할 수 있겠는가! 박이화의 시는 그래서 사람들이 종종 오해할 수 있는 몸의 언어 목록들을 갖고 있다. 시인이 자주 쓰는 외래어나 특별한 말, 그리고 터부의 언어는 이런 맥락에서 이해되어야 한다. 다음 시도 에로티즘 또는 에로티시즘의 시로 오해하지 말아야 할 시다.

누군가 한 달에 한 번
노을처럼 붉디붉은 잉크로 징문의 연서를 보내왔다
미루어 짐작컨대
달과 주기가 같은 걸로 봐서

멀리 태양계에서 보내는 것으로만 알 뿐

그때마다 내 몸은

달처럼 탱탱 차오르기도 하고

질퍽한 갯벌 냄새 풍기기도 했다

그런데 어느 날부터 그 편지

찔끔, 엽서처럼 짧아지더니

때로는 수취인 불명으로 돌아갈 때도 있다

아마 머잖아 달빛으로 쓴 백지 편지가 될 것이다

불립문자가 될 것이다

- 「만월」 부분

　박이화의 시를 읽다보면 어느새 독자는 정동affect의 통제할 수 없는 상황으로 몰린다. 다시 말해 시적 도취에 포섭된다. 그렇게 포섭되는 이유는 정지된 상태에서 정물을 관찰하는 카메라의 시선으로 시를 쓰는 다른 시인들의 지적인 시와는 달리 박이화의 시가 의지의 시, 정동의 시이기 때문이다. 이런 상황은 "가르침 외엔 따로 전했는데 문자로는 세울 수 없는" 언어 행위를 말한다. 앞뒤로 논리도 맞지 않고 체계적이지도 않은 몸의 언어는 깨진 병조각처럼 흩어져있다. 일견 산문시같이 보이는, 그래서 평면적으로 읽기 쉬운 이 시에서 수위 원관념과 보조관념의 경계가 해체되고 어떤 이미지가 은유적으로 조응하는 것이 문장의 바깥에 놓여있기 때문에 시적 성취가 이루어지지 않았다고 보는 것은 그의 시를 분명 다른 방향으로 끌고 가기 쉽다. "붉디붉은", "탱탱", "갯벌 냄새"가 환기하는 정황은 곧 불가의 가르침인 "불립문자"와 멀리 있지 않다. 그런 만큼 이 둘 사이의 관계는 철학이나 종교의 지배에 허덕이는 몸의 해방에 깊이 관여하고 있다. 다만 이 불가의 가르침이 세속적인 가르침을 얻기 위해서는 번역이 필요하다. 말이 떠나고 생각이 끊긴 곳에서(이언절려 : 離言絶慮) 진리가 살아나기도 하지만 예술인 시에서는, 아니 샤먼들의 언어에서는 시로 번역되어 살아난다. "붉디붉은 잉크"와 "백지 편지", "태양"과 "달", "노을"과 "갯벌", "연서"와 "불립문자"는 각기 마주보고 서 있는 이런 서로 바꿀 수 없는 대립이자 모순들이다. 이런 모순을 동시에 갖고 있는 것이 바로 박이화가 고민하는 몸이다. 그에게는 몸이 매우 불편하다. 욕망하고 탐닉하는 몸이 매우 불편하다. 그렇기 때문에 "조숙한 봄"이나 "복사꽃 모텔"이나 "와이샤츠 단추" 같은 시어들은 금제, 즉 터부를 일컫는 말이기도 하며 제사에 필요한 제물이기도 하다. 그러므로 시인이 가르침을 얻는 것은 그런 산문적인 구조가 아니라 문자로는 환원될 수 없는 오로지 여백에서만 가능하다. 이런 문자와 문자 사이의 여백은 오로지 살풀이를 통한 질펀한 향연, 해소되지 않는 육체적 제물로서만 그 갈증을 채울 수 있다.

누군가 있다
4월의 거리에서
스란치마 끌듯 사각이며
누군가 내 뒤를 밟고 있다 흠칫,
돌아보면 화사히 사라지는 발자국 그러나
몸은 숨길 수 있어도
겨드랑의 물씬한 분내만은 어쩔 수 없다

어쩌자는 것일까?
지금은 한낮도 투명한 한낮
뜨문뜨문 행인도 보이고
팽팽 질주하는 차량 속에서 누군가는
나를 풍경으로 떠올릴지 모른다
아무래도 내 육감엔
내 그림자가 수상하다
꽃잎 같은 보폭으로
그가 환한 정오에 몸을 숨겨
나를 미행하고 있다

－「환한 미행」 전문

　시가 언어적 타성에 아무런 저항 없이 굴복하고 만다면 이 시 또한 그저 미행당하는 사람의 심정토로 정도가 될 것이다. 그러나 아무리 시어의 선택이 시인의, 그 의미부여가 독자의 배타적 권한에 속한다 하더라도 우리는 시에 숨어 우리를 겨냥하는 시선, 냄새, 육감을 환기하는 이 시의 어법을 부정할 수는 없을 것이다. 누가 나를 바라보는가? 누가 나의 냄새를 맡는가, 누가 나를 미행하는가? 그것은 두말할 나위 없이 "내 그림자"다. "내 그림자"는 꿈이나 환상, 신경증과 많이 닮은 육체의 비밀 결사를 가리킨다. 이쯤해서 우리는 시인에게 직접 몸에 대해 물어볼 필요를 느낀다. 카카오톡으로 시인에게 몸은 당신에게 무엇인가요? 하고 물어본 적이 있다. 그랬더니 시인은 이렇게 대답했다. "생각해본 적 없으니 당연히 할 말이 없습니다.(…) 그런데 굳이 말하자면 제가 평소 엑소시스트 같은 프로를 즐겨 보면서 느낀 건데요(즐기는 정도가 아니라 집착합니다), 몸이 없으면 마음이 없다는 겁니다. 몸이 없는 곳엔 귀신도 붙지 못한다는 것을 깨달았어요. 이때 한이나 집착은 몸과 귀신을 이어주는 혹은 몸과 마음을 이어주는 역할을 하는 것 같아요. 결국 몸이란 마음의 모습이 아닐까요? 영혼이 형상화한 것이 몸이 아닐까요? 그래서 저는 (시인이 이따위로 말해도 되는 건지 모르겠지만) 몸과 마음의 격을(혹은 가치를) 동일시합니다. 마음을 위해 몸을 희생시키는 것은 부당하다고 생각합니다. 마음의 상처가 몸의 상처보다 클 때도 있지만 몸의 상처가 마음의 상처보다 클 때가 분명 더 많거든요. 우리가 몸을 이렇게 비중 있게 다루면서도 사람들은 몸을 마음 위에 두면 천박하다 말하는 것이 아이러니가 아닐까요? 몸 있는 곳에 마음 있다가 저의 몸 론(論)입니다." 그렇게 보면 박이화 시인의 시적 반응은 행동으로 옮겨질 수 없었던 흥분, 또는 억제된 흥분 에너지다. 이런 비의(秘義)의 세계를 육화되지 않고 이미지화되지 않는 언어로 읽으려는 사람들에게는 박이화의 시세계가 그저 평면적 밋밋함의 산문일 수밖에 없다.

태어난 지 얼마 안 돼 죽은 듯한
새끼 고양이가 아파트 화단 구석에
무심히 방치되어 있다
어미가 그 곁을 수시로 맴돌므로
치워 주지도 묻어 주지도 못하는 사이
벌써 한 패거리 파리 떼들
풍악 소리 울리며 몰려와 붕붕거리고 있다

저 비릿한 주검의 자리가
어떤 놈들에겐 흥청망청 꽃자리였다니
누렇게 달라붙은 눈곱마저 달디단 꿀이었다니
그러고 보니 이따금
커다란 화병 속에 한 아름 꽃을 꽂아 놓고
시시때때 코를 박고 킁킁대던 나도 어쩌면
저 몹쓸 파리 떼와 다를 바 없었구나
시름시름 비명 같은 향기 지르며 시들어 갔던
꽃들에게 나는,
한없이 치사하고 야속한 그 어떤 놈이었구나

- 「어떤 놈」 전문

박이화의 몸은 쾌감충동의 영역에서 죽음충동의 영역으로 전이된 빙의의 사건이다. 마치 <라쇼몬>이라는 영화에서 무당이 나와 살해당한 자를 불러 사람들에게 빙의의 말을 전하듯이, 여기서 죽은 "고양이"가 말을 한다. "비릿한 주검"은 삶의 애욕에서 소외된 욕망이나 욕구를 가리킨다. 일반적으로 토속신앙이나 토속의학에서는 개체가 집단적 삶에서 분리되는 것을 질병이라고 본다. 그러니까 이 시 또한 분리된 개인의 삶을 집단의 삶과 결부하리라는 과제를 안고 있다. 그래서 "죽은 자"(박이화에게 '죽은 자'가 지금 냄새 맡고 보고 놀라는 '살아있는 자'다)의 탄원은 "그 어떤 놈"에게 전달되고 "그 어떤 놈"은 지금 살아있는 "나"에게 전달된다. 이 결부의 행위가 그의 시에서 의미 있는 절대 우위의 기표로 작동한다. "한 패거리 파리 떼들 / 풍악 소리 울리며 몰려와 붕붕거리고 있"거나 "저 비릿한 주검의 자리가 /어떤 놈들에겐 흥청망청 꽃자리"가 되는 것이 바로 결부의 주술적 행위 내지는 엑소시스트 시인의 언어 행위인 것이다. 이런 언어행위는 사실 어떤 의미를 전달하고자 하는 것보다 어떤 아우라를 만들려는 목적을 가지고 있는 듯이 보인다. 그렇기 때문에 밤의 주술사가 낮의 시인으로 바뀐다 해도 혼들의 과거사나 미래에 대해 가진 영적인 눈을 포기하지 않는다.

옛사람은
종이에 맹세를 적었다
더 옛사람은
나무 기둥에 새겼다
희고 단단한 나무에 그 마음 새겨 두면
죽어서도 나이테처럼 한 몸이 되리라 생각했을까?
그런데 그보다 더 옛사람은
조개껍질이나 짐승의 뼈에 새겨
무덤까지 가지고 간 이도 있다
살도 썩고 머리카락도 썩고 마침내 마지막 뼛조각마저
한 줌 흙으로 돌아간 후에야
비로소 깍지 풀 듯 스르르 사그라질 그 마음
그래서 백 년은 환생에 걸리는 시간
나비를 잊고 있을 때만 나비가 내 어깨에 앉듯
당신과 내가 이 뼛속 사무치는 봄날을 잊은 채
붉은 배롱꽃으로 하품하며
다시 피고 질 후생까지의
그 백 년의,

− 「흐드러지다1」 전문

이 시를 읽고 나는 시인에게 물었다. 시인의 시는 시인에게 무슨 말을 하는가요? "제가 도리어 묻고 싶네요. 내 시가 내게 뭘 말하는 걸까요? 엑소시스트를 보면 무당은 접신하기 전까지 무슨 말을 할지 아무것도 몰라요. 접신 되어 횡설수설 하고 난 뒤에는 어떤 건 기억하고 어떤 건 기억 못하기도 하고, 한 사람의 의뢰자에 대해 무당 열 명은 두서너 가지 공통점을 말하고는 다 다른 말을 합니다. 죽은 자의 망령이 무당의 의식을 통해 나오니까, 무당마다 살아온 바가 다르고 본성이 다르다 보니 다를 수밖에요. 망자가 무당의 입을 통해 아무리 자신의 한을 말해도 열 명의 무당은 자신의 한과 자신의 무의식을 통과하는 과정에서 각기 다른 해석을 하고요.(…) 명료한 의식 속에서 접신이 안 되듯 시도 너무 명료한 정신으로는 잘 안 써지는 것 같아요. 이건 여담인데요. 보기에 화려하고 역동적인 라틴댄스를 출 때보다 사교춤을 출 때가 더 황홀한 춤의 경지를 느낄 수 있습니다. 라틴댄스는 경기용 댄스라 긴장해야 되거든요. 그러나 단조로운 쿵짝 리듬에 몸을 맡기고 추는 사교는 추다 보면 춤 신이 강림하는 느낌을 받을 때가 있어요. 접신의 경험 같은…… 제게는 시도 그런 거 아닐까 싶네요. 이성적이고 눈에 힘이 들어가다 보면 경기용 댄스처럼 보기는 좋아도 시인 스스로 접신의 황홀한 경험은 못 해볼 듯, 그럼 詩神이라해야할까요?" 우리는 박이화의 시에서 해석이라는 지극히 일부인 정신적 조응에 우리의 기대를 내맡겨서는 안 된다. 그보다 그의 언어 뒤에 혹은 언어 위에 또는 언어 아래에 꿈틀거리는 역동적 삶을 보아야 한다. "나무 기둥에 새긴" 언어 뒤의 춤사위와 금기들, 소원들, 탄원들, 고통들 이런 문맥을 읽기를 원한다. "백 년은 환생에 걸리는 시간"이라는 의미맥락에서 우리는 언어 위의 언어, 관념의 임계를 넘고 육체의 한계를 넘는 신적 언어를 읽을 수 있다. "살도 썩고 머리카락도 썩고 마침내 마지막 뼛조각마저 / 한 줌 흙으로 돌아간 후에야 / 비로소 깍지 풀 듯 스르르 사그라질 그 마음"은 그의 언어 아래에 여전히 숨 쉬고 있다. 그러므로 거듭 말하거니와 박이화의 시가 스테레오타입과 의미의 질곡에 포획된 채 존재론적 역동성에 아무런 혼란을 줄 수 없는 언어의 수사로 해석해서는 안 된다. 오히려 그의 언어는 일상적인 데서 비일상적인 것을 꿈꾸는 그의 태도에서 비롯된 것이다. 마치 타령(打令)이라는 노래가 무격(巫覡)이 노래와 춤으로써 신에게 굿하는 타령(安靈)에서 유래되었듯이(조선무속고) 그의 시는 신 내림이나 신이 보는 눈, 신에게 탄원하는 목소리로 이루어져 있다. 그래서 그의 시에서는 통속 민요의 리듬 이외에도 '신세타령'같은 무언가 알아들을 수 없는 말을 계속하는 무당의 언어를 닮아있다.

박이화 시인은 잘 알 수 없는 요령부득의 시인이다. 때로는 "흐드러지는" 여자를 품다가도 "두 개의 바위틈을 지나 청춘을 찾은 뱀"같은 눈길을 보이기도 한다. 때로는 "네 발의 발톱이랑 넣어두고 네 아름다운 눈에 빠져들게 해다오"라는 분위기를 연출하다가도 퇴마사의 섬뜩함을 보이기도 한다. "물푸레 한 잎같이 쬐끄만 여자"이다가도 "슬라브 여자의 마음속에 갈앉은 놋쇠 항아리"처럼 보이기도 한다. 이런 이중적인 또는 모순적인 시인의 삶은 몸과 정신의 이율배반에 기인하기 때문에 그의 시에 나타난 몸의 추함, 몸에 대한 혐오, 몸에 대한 환상,

몸의 쾌감은 때에 따라 우리를 당혹감으로 몰고간다. 욕망하고 탐닉하는 몸은 일견 에로티(시)즘의 시로 오해받기도 하지만 그것은 그저 독자를 난감하고 불편하게 하기 위한 시적 장치에 불과할 뿐, 시인의 내면적 세계 자체는 아니다. 시인은 이렇게 말한다. "시인과 무당은 퍼즐 맞추기를 한다는 공통점이 있어요. 마치 영화에서 스틸 사진을 몽타주하듯이 말입니다. 하지만 이 모든 것은 오로지 육체로 환원될 때만 가능한데 이것은 마치 오래 전 잊어버린 노래를 기억나는 한두 구절을 반복하다보면 저절로 잊어버린 구절이 생각나는 것과 마찬가지입니다." 그에게 몸은 모든 정신이 깃드는 화려한 축제의 제물이기 때문에 이제 글을 마치면서 유츄프라카치아 신령에게 이렇게 간청하고자 한다.

금빛 찬란하게 눈부신 신령님 유츄프라카치아여!
지조와 애정 결핍의 또 다른 이름이여!
당신에게 간절히 바라노니
이 여인이 더 이상 건들기만 해도 시들시들 죽지 않게 하소서
내일도 모레도 다시 손길을 주어 죽지 않게 하소서.
단 하루의 공복만으로 안절부절 죽어가지 않게 하소서

누설 또는 나는 시인이다 : 장옥관

시인은 소설을 쓰는 작가와는 다르다. 시간과의 싸움을 하고 인세를 받는 소설가와는 분명 다른 것이 시인이다. 시인이 소설가처럼 원고지의 양에 따라 인세를 받는다면 시인이란 호칭은 직업이 되지만 그렇지 않기에 그것은 경칭이자 존칭(?)일 뿐이다. 오늘날 시인의 자리는 소설가처럼 그렇게 탄탄하지 않다. 시인이 누구인가 하는 문제는 시가 무엇인가 하는 문제와 연결되어 있으므로 우리는 과거로 눈을 돌려 시인이 누구였던가 하는 문제로 돌아갈 필요가 있다. 고대사회에서 시인은 주술가이자 의사에 성직자였으며 때로는 가인(歌人)이자 예언가였다. 구약의 모세, 소크라테스 이전의 그리스 샤먼들(오르페우스와 아리온, 암피온은 모두 무당이었다), 켈트 족의 장군, 콰키우틀 인디언 족장들이 모두 시인이었다. 그러므로 인간이 이성으로 자연과 본성을 지배하기 이전까지 인간과 종족을 지배하는 자들이었다. 자연지배의 결과는 문학에서 산문, 즉 소설의 우위를 가져왔으나 유감스럽게도 인간의 본성은 그런 과정만큼 그렇게 쉽게 길들여지지 않았다. 그런 만큼 시인은 아직 존재하고 미래에도 존재할 것이며 소설가가 다 사라지고 난 다음에도 최후의 인간으로 남아있을 것이다. 그렇게 최후까지 남아있을 시인의 전형으로 나는 장옥관 시인을 꼽지 않을 수 없다. 우선 그의 시 「춤」이 나에게 그런 느낌을 준다.

> 흰 비닐봉지 하나
> 담벼락에 달라붙어 춤추고 있다
> 죽었는가 하면 살아나고
> 떠올랐는가 싶으면 가라앉는다
> 사람에게서 떨어져나온 그림자가 따로
> 춤추는 것 같다
> 제 그림자도 제대로 챙기지 못하는 그것이
> 지금 춤추고 있다 죽도록 얻어맞고
> 엎어져 있다가 히히 고개드는 바보
> 허공에 힘껏 내지르는 발길질 같다
> 저 혼자서는 저를 드러낼 수 없는 공기가 춤을 추는 것이다
> 소리가 있어야 드러나는 한숨처럼
> 돌이 있어야 물살 만드는 시냇물처럼
> 몸 없는 것들이 서로 기대어
> 춤추는 것이다
> 시도 때도 없이 찾아와 나를 할퀴는
> 사랑이여 불안이여
> 오, 내 머릿속
> 헛것의 춤
>   ─「춤」 전문

장옥관의 시는 (좀 더 분명히 하자면 장옥관 시인은) 말이 어떻게 몸과 충동과 믿음의 기능을 회복할 것인가를 숙제로 삼고 있는 것 같다. 그는 "비닐봉지"와 "한숨"을 무기로 시대를 겨누고 "허공"을 꿈꾼다. 그의 시 속에 있는 "몸 없는 것들"은 맺힌 "사랑"과 "불안"을 신명으로 풀어내며 덩실덩실 춤을 추고 있다. 이 춤을 추는 주체를 살풀이춤을 추는 무당이라 할까, 보들레르나 랭보가 말했던 "poète, maudit", 즉 "저주받은 시인"이라 할까? 원시와 현대가 만나는 이 시의 접점에서 나는 그만 판단을 잃고 만다. 무엇이 나로 하여금 저 백성들과 모세 사이에 넘어서는 안 될 시나이 산을, 에우리디케와 오르페우스 사이에 놓였던 저 죽음과 삶의 경계, 아케론 강을 넘어서게 한 것인가. 그것은 바로 그의 시가 만든 춤이기 때문이다.

이 시는 춤을 그리고 있다. 내가 말하는 춤은 이 시가 의미하는 춤이 아니라 이 시가 누설하는 춤이다. 그것은 시에 내재(동시에 외재)하는 춤으로서 언어적으로는 운율로 누설된다. 시의 내용을 생각하지 말고 그냥 음유하는 시를 들어보자. 그러니까 무당의 중얼거림(은어(隱語))처럼 소리로만 들어보는 것이 이 시를(아니 시인을) 감상하는 가장 좋은 태도일 것이다. 시인의 중얼거림은 (베를렌은 이를 흥얼거림이라 했다. 원시와 현대의 대비가 너무 잘 보이지 않는가!) 눈으로 볼 수 있게 시가 눈앞에 둥둥 떠다닌다. 우리의 문학비평에서는 시를 너무 이미지화해서 정물만 그리고자 앞장서는 데 어떤 한계가 있는 듯하다. 시의 음률에 대한, 특히 보이는 음률에 대한 연구는 소월이나 영랑의 시에서 끝나고 말았다. 그러나 그런 시조나 정형률의 시가 현대시에서 완전히 포기된 것은 아니다. 오히려 장옥관의 시에서는 그것들이 흔적으로 분명히 남아있다(그렇다고 그의 시를 전통시의 범주에서 파악하고자 함이 아니다)고 말하고 싶자.

마치 떠올랐다 가라앉았다 하는 독수리의 형상을 보여주는 알카이오스 송가의 리듬처럼 이 시는 빙의된 봉지가 "춤"을 추는 리듬을 가지고 있다. "흰 비닐봉지 하나"에서보면 "흰"이라는 부분에서 떠올라 "비닐봉지"에서 가라앉고 다시 "하나"에서 중간쯤 떠오르는 봉지를 볼 수 있을 것이다. "죽었는가 하면 살아나고/떠올랐는가 싶으면 가라앉는다"에서는 내가 이 글에서 그래픽으로 보여 설명해주지 않아도 "비닐봉지"의 비상(飛翔)이 마치 독수리나 사람의 영혼이 날아다니는 것처럼 묘사하고 있다. 그래서 이런 묘사는 에르빈 파노프스키가 말한 것처럼 누설에 해당하는 것이다. 파노프스키는 그의 도상기호학에서 예술 작품이 두 개의 시선을 요구하는데, 하나는 "그 예술품이 보여주는 것"에 대한 시선이고, 다른 하나는 "그 예술품이 누설하는 것"에 대한 시선이라고 말한 바 있다.(Erwin Panofsky, Meaning in the Visual Arts, p.37.) 이 "누설하는 것"(시인 스스로도 「붉은 꽃」이라는 시에서 "비언어적 누설"이라는 말을 사용한다)은 하나의 또는 여럿의 메타포를 가능하게 한다. 그 하나는 "죽도록 얻어맞은" 기억에 대한 "불안"이라는 추상에 대한 메타포고, 다른 하나는 "히히 고개 드는" 기억속의 "사랑"이라는 메타포. 이 둘은 서로 길항하며 긴장의 끈을 조였다 풀었다 하고 독자로 하여금 시의 미학 속으로 빠지게 한다.

프리드리히 니체는 그의 저작 『선악의 저편』에서 당시 독일 문장이

가지는 곤궁함에 대해 솔직하게 털어놓은 적이 있다. "예를 들어 문장의 템포를 잘못 쓴 것은, 문장 자체를 이해하지 못했다는 뜻이다! 음률상 결정적인 음절을 어정쩡하게 다루지 말 것, 너무 엄격한 대칭의 단절을 의도적인 것으로, 그리고 매력으로 느낄 것, 온갖 스타카토나 루바토에 섬세하고 참을성 있게 귀 기울일 것, 모음이나 복모음의 배열 속에서 의미를 헤아리고 그 모음들이 계속되는 동안 얼마나 부드럽고 풍부하게 채색되고 변색될 수 있는지 헤아릴 것. 책을 읽는 독일인들 가운데 그와 같은 의무와 요구를 인정하고, 언어에 숨어 있는 그렇게 많은 기교와 의도에 귀 기울일 만큼 충분히 호의적인 사람이 누가 있겠는가?"(책세상 니체전집 14권, 247쪽 이하) 이 말은 비단 당시 독일에만 적용되는 것도 산문에만 적용되는 것도 아니다(주지하다시피 니체는 시인이기도 했다).

장옥관의 시는 보이지 않는 문장부호를 통해(이 시에는 보다시피 쉼표도 마침표도 감탄사도 없다) 그의 욕동이 의도하는 몸짓, 표정, 감정의 동요를 만들어내고 있다. 문장의 템포를 통해 마치 춤의 빠른 동작과 느린 동작을 연상시키듯 시의 관객을 긴장시키고 있으며, "소리가 있어야 드러나는 한숨처럼/돌이 있어야 물살 만드는 시냇물처럼"에서 보듯이 문장의 반복(그리고 길항적 반복)을 통해 거듭 확신시키고 있다. 시간의 흐름을 주된 과제로 삼고 있는 산문과 시의 차이점은 반복을 통해 시간을 정지시키는 것이다. 시인은 시간을 정지시켜 확실한 진리의 경계 안으로 들어가기 위해 문장을 반복한다. 나아가 "지금 춤추고 있다 죽도록 얻어맞고/엎어져 있다가 히히 고개드는 바보"에서 보이는 대칭은 때로는 관찰자의 시선, 때로는 빙의의 언어, 때로는 의뢰인의 아픔으로 현대인의 "사랑"과 "불안"의 변증법을 그려내고 있다. 그래서 시인은 애니미즘을 신봉하는 춤꾼이자 가인(歌人)이며 주의(呪醫)이자 예언가이다.

장옥관의 시가 시의 전(前)형식에 무의식적으로 가까이 다가간 만큼 이나 그의 시는 현대의 주술적인 말에 대해, 말의 원시성에 대해 의식 적이다.

혀와 혀가 얽힌다
혀와 혀를 비집고 말들이 수줍게
삐져나온다
접시 위 한 점 두 점 혀가 사라져가면
말은 점점 뜨거워진다
말들이 휘발되어 공중에 돌아다닌다
장대비가 되어 쏟아진다
그렇게 많은 말들 갇혀 있을 줄 몰랐던
혀가 놀라며 혀를 씹으며
솟구치는 말들 애써 틀어막으며
그래도 기어코 나오려는
말들 또 비틀어 쏟아낸다
혀가 가둬놓았던 말들, 저수지에 갇혀 있던
말들이 치밀어올라
방류된다 평생 되새김질만 하던 혀는
갇혀 있던 말들을 들개들이 쏘다니는
초원에 풀어놓는다
　　　　　　　　　　－「혀」 전문

"이상한 나라의 앨리스"만큼이나 신기한 이 시의 "혀"는 이 시를 말의 주술(呪術)에 대한 알레고리로 읽게 한다. 현대의 시인이나 독자 어느 누구도 "말들이 휘발되어 공중에 돌아다닌다/장대비가 되어 쏟아진다"고 믿거나 "혀가 가둬놓았던 말들, 저수지에 갇혀 있던/말들이 치밀어올라/방류된다"고 믿지는 않을 것이다. 그럼에도 왜 우리는 그의 시가 베푸는 매혹에 빠지고 그 시의 화행을 믿게 되는가? 아리스토텔레스의 『시학』 제25장에 보면 "시의 목적을 달성하기 위해서는 믿어지지 않는 가능한 일보다는 믿어지는 불가능한 일을 택해야 한다"는 말이 있는데 이것은 바로 이 시를 두고 하는 말인 것 같다. 시는 언어 이전의 혼돈 상태를 마치 대상에 마법을 거는 것처럼 실행한다. 「춤」에서 시인이 비닐봉지에 마법을 걸어 죽은 사람을 살려 "그림자"처럼 둘이 춤을 추게 하는 것만큼이나 "말들이 휘발되어 공중에 돌아다니"게 하고 그것이 "장대비가 되어 쏟아"지게 하는 데는 주문(呪文)이 필요하다.

그러나 그 주문은 말해지기 이전에 전제조건이 있다. 그것은 우리의 산문세계에서 익숙하지 않은 것, 자연스럽지 않은 것, 모순적인 것에만 주문이 필요하다는 점이다. 너무 쉬운 말이지만 우리가 시를 쓰거나 읽을 때 간과하기 쉬운 부분이다. 시인은 스스로 그런 삶을 살기도 하지만 보통 세상이 돌아가는 것과 다른 것을 얻으려 할 때 시라는 마법어를 쓴다. 산문세계에서는 "혀와 혀가 얽히"는 것을 반긴다. 처음에는 "수줍게 삐져나온" 말들의 기세를 보라! "장대비"가 되고 "저수지"에 갇혔다가 급기야는 "혀"가 "말들"을 초원에 풀어놓는다. 그곳에는 "들개"가 있다. 이 시도 시가 의미하거나 말하는 것이 아니라(물론 어느 정도는 말하고 있다) "누설"하기 때문에 언어를 넘어선 언어를 보자면 시인이 산문 세계에 대한 저항을 마법을 통해 "누설하고" 있다는 것을 알 수 있다.

그리스-이집트 시대 마술 파피루스에서는 일상적인 일들을 신적인 현상으로 변화시키려는 신비한 주문들이 있다. "너는 포도주다, 너는 포도주가 아니라 아테네의 머리다. 너는 포도주다. 너는 포도주가 아니라 오시리스의 창자다."이런 말이 되지 않는 말을 우리는 주문(呪文)이라고 한다. 그러면 시인이 스스로 말하는 말이 '말'이 아니라는 모순적인 상황에 직면하게 된다. 장옥관의 언어는 이처럼 분명하고 동시에 애매한 모순을 체화하려는 몸짓을 하고 있다. "접시 위 한 점 두 점 혀가 사라져가면/말은 점점 뜨거워진다"에서 보이는 혀는 제의에 바쳐진 제물인가? 그 "혀"를 먹어버리는 현대인의 욕망인가? 이런 익숙하지 않은 시의 화행 속에 시인의 세계에 대한 인식이 살아 숨쉰다.

마르셀 모스 Marcel Mauss는 이런 언어마법을 이렇게 표현했다. "이 것이야말로 병발(併發)의 법칙이자 유사성의 법칙이며 대조의 법칙이다. 서로 스치는 사물들은 하나의 통일성 자체이거나 통일성을 이룬다. 유사한 것은 유사한 것을 가져온다. 반립들도 서로 영향을 미친다." 이 시에서 의미하는 것이 아니라 그저 누설하는 것을 보면 말(言)이 얼마든지 말(馬)로 읽힐 수 있고, 그와 동시에 말이 인간의 욕동으로 대체될 수 있는 한 말이라는 메타포를 가진다 하여 문제될 것이 없다. 말과 물이 가지는 유사성 또한 마찬가지다. 우리는 말을 물 흐르듯 유창하게 한다고 말한다. TV 홈쇼핑이나 여의도 국회의사당, 신문과 소설 같은 산문의 세계를 보라. 그곳에는 정말 화려한 말잔치가 벌어질 것이다. "초원에 풀어놓은", "들개"랑 어떤 점에서 다른가! 이것이 아리스토텔레스가 말한 그 "믿어지는 불가능한 일"은 아닐까?

독일의 시인 벤은 "서정시는 은둔자의 예술이다"라고 정의했다. 앞에서 말한 것처럼 시인은 시간과 글자 수로 인세를 받는 세상에서 글을 써서 돈을 벌 수 없다(시인 장옥관은 대학 교수이므로 시로 돈 버는 것은 아닐 것이다). 설령 전업시인으로 인세를 많이 받는 몇몇 시인이 있다 해도 그것으로 신경숙 같은 전업 소설가에 비교할만한 것은 못 된다. 고대 그리스에서는 시인에 대한 두 개념이 있었다. 하나는 포에타(poeta)였고 다른 하나는 아오이도스(aoidos)였다. 전자는 시를 만드는, 그러니까 수공업자 같은 사람을 뜻하고, 후자는 시인을 예언가, 즉 무슨 말인지 모를 말을 예언하고 계시하는 시인을 뜻했다. 이점은 현대시에서도 여전하다. 그러면 시인 장옥관의 존재는 어떤 것일까? 우리는 아마도 그가 후자에 가까운 모습을 하고 있다는 것을 그의 시 「거울 앞에서」에서 찾을 수 있을 것이다.

> 네 눈은 끝을 모르는 아득한 깊이
> 무명실 실타래를 풀어도 닿지
> 못할 어둠 까마득한 깊이 속으로
> 나는 자꾸 빠져든다 가문 강에 피라미
> 뛰듯 뛰는 네 맥박, 끼니마다 고봉밥
> 미어지게 떠 넣어도 미동도 없고
> 그 수면 아래엔 무엇이 살까 내속에는

네가 닿을 수 없는 어둠이 있고
떠먹여주어도 받아먹을 입이 없고
먼산바라기 네 눈빛 껴안고 싶어도
내겐 두 팔이 없고
        – 「거울 앞에서」 전문

첫 행 "네 눈은 끝을 모르는 아득한 깊이"라는 말부터 우리는 시가 무엇을 말하려는 것이 아니라 무엇을 계시한다는 것을 직감할 수 있다. 그리고 끝 행은 그런 예언자의 현실이 분명한 이미지로 조각된다. 이 구절에서는 하인리히 하이네의 에피소드가 떠오른다. 혁명의 와중에서 파리로 망명한 그가 폐병에 걸려 간신히 루브르에 있는 비너스에게(독자들은 비너스 상에 팔이 없다는 것을 알 것이다) 다가가 구원을 요청하자 비너스는 온화한 음성으로 "내 그대를 구원하고 싶건만 팔이 없으니"라고 말하는 것처럼 보였다고 한다. 릴케의 「고대 아폴로의 토르소」는 또 어떠한가! 시간의 흐름 속에서 머리와 팔다리를 모두 잃은 토르소를 완성해달라는 말에 토르소는 그것으로 충분했다고 한 미켈란젤로! 장옥관 시의 화행은 언어를 넘어서는 계시에 가까운 것이어서 독자로서 그것을 이해하려는 것보다는 차라리 그의 언어에 빠지는 것이 낫다. 그의 언어가 설명하기보다는 침묵하고 계시하는 것은 곧 그것이 시인의 존재 자체라는 것을 말해준다. 현대 사회에서 족장의 위치, 예언자의 위치, 가인의 위치를 상실한 시인은 폴 발레리의 말대로 "엔지니어", 즉 시를 만드는 기술자로 전락해야 할 것인가? 기실 그렇게 말한 그가 쓴 시도 예언가의 품위를 잃지 않았으니! 페트라르카는 그의 소네트에서 "고독하게 그리고 생각에 빠져 나는 외진 곳을 가로지른다.(Solo et pensoso i più deserti campi/vo mesurando")고 노래했다. 그런 낭만적 고독한 시인의 이상은 이제 장옥관의 시에서 부정적 이상, 추, 혼돈, 무로 돌아간다. 이제 시인은 "무명실 실타래를 풀어도 닿지/못할 어둠 까마득한 깊이 속으로" 들어간다. "닿지"와 "못할" 사이에 있는 행갈이 때문에 그 심연은 더욱 절망적이다. "내속에는/네가 닿을 수 없는 어둠이 있고"에서 보이는, '나'와 '너'로 체현되는 시와 시인의 분리에 대한 메타포는 만만치 않은 시적 예기(銳氣)를 품고 있다.

> 오늘 나 옛 노래의 청라언덕에 올라
> 대지에서 피어나는 흰 나리처럼
> 내가 네게서 피어날 적에, 네게서 내가 피는 것이 아니라 네가 내게
> 서 피어오르는
> 기적을 만나느니
> 가지 꺾고 뿌리까지 파봐도
> 꽃잎 한 장 없는 나무에 봄마다 환장하게 매달리는
> 저 꽃들, 꽃들
>
> —「네가 내게서 피어날 적에」부분

그 옛날 시인은 시편을 쓴 솔로몬 왕이었든지, 제후의 궁정에서 제후와 동등한 자리에 앉아 같은 권리를 누렸던 음유가인이었든지, 미래를 예언하는 무당들이었다. 그러나 현대의 시인들은 그런 봉사하는 시를 쓰는 사람들이 아니다. 그보다는 개인의 고독을, 자신만의 내적 언어를 그 불분명함과 불완전함으로 표현하여 독자가 파악하는 속도를

더디게 하는 시를 쓴다. 무릇 시와 시인으로서의 삶 사이에는, 다시 말해 "네가 내게서 피어나는" 것과 "내가 네게서 피어나는" 것과 사이에는 "생각하는 주체"(발터 벤야민이 das denkende Subjekt라고 말함)와 "생각한 대상"(das gedachte Objekt)이라는 극복할 수 없는 심연이 놓여 있다. "가지 꺾고 뿌리까지 파봐도/꽃잎 한 장 없는 나무"가 시인의 삶이라면 "봄마다 환장하게 매달리는/저 꽃들, 꽃들"은 그의 시를 말할 것이다. 그러니 그의 시는 아방가르드적 현대성을 모방하고 있는데도 불구하고 마치 예전에 고전적 시가 낭송되거나 노래로 불리는 듯한 느낌을 준다. 그것은 장옥관 시의 이미지가 인간이면 누구나가 보편적으로 느낄 수 있는 몸의 감각을 사용하기 때문이다. 그런데도 자꾸 시의 기의만을 생각(!)하는 독자는 이 시가 자기를 위한 시가 아니라는 생각을 하게 된다. 시에 녹아있는 시인만의 개별적 언어가 누구나에게 다가가는 언어는 아니다. 그러나 천천히 시간을 갖고 거듭 읽으면(이것은 시인의 의도이기도 하다) 시인의 존재가 그림으로 그려지며 모순적인 말에서 이미지의 단편(斷片)들이 살아나와 서로 경계를 허물며 비밀스런 계시를 누설한다.

― 〈나는 시인이다〉 연재를 마치며

이제 글을 마치며 동시에 그간 <나는 시인이다> 연재 전체를 마치고자 한다. <시와반시>가 계간이라 여덟 시인을 다루고 보니 2년이란 시간이 훌쩍 흘러갔다. 아무리 서정시가 시간을 초월한 장르라 하더라도 주제 자체가 시간을 담보한 것인 이상 더 이상 글을 지속하는 것은 독자의 즐거움을 빼앗는 일이 될 것이다. 토르소라는 시의 미덕을 최고로 여기는 나로서는 여기서 글을 맺는 것이 좋다는 생각을 했다. 장하빈의 수채화 같은 시에서 출발하여 장옥관의 춤 같은 시로 끝을 맺는 과정에서 만났던 시인들에게 감사를 드린다. 각기 시인마다 지니고 있는 고유한 세계관, 언어의 직조 기술, 어법과 계시는 내게 단순한 연애, 우정, 그리고 놀이 이상의 것이었다. 그들의 삶의 방법을 산문으로 이야기하는 것이 아니라 시 속에서 느끼고자 하였던 필자의 의도를 헤아려주길 바란다. 시의 화려한 전당에서 장님처럼 눈을 감고 더듬은 필자의 아둔한 손끝을 믿고 따라와 준 시인과 독자들에게 진심으로 감사를 드린다.

2부

비평은 누구를 위해, 왜 쓰는가?

문학적 성취와는 관계없는, 시인에 대한 찬양, 모티프에의 경도, 일
방통행의 해석과 추론에 나는 염증을 느낀다. 독일에 가서 철학을 하
려면 개념과 정의, 형이상학에 재주가 있어야 하고 프랑스에 가서 철
학을 하려면 과학적이고도 흥미 있는 분석적 사고를 요구당한다. 이렇
게 본다면 문학비평 또한 그것을 이끌고 가는 동기가 문화마다 다른
것은 인정해야 할 일이다. 그러나 시인의 성취를 그 고유함에서 읽으
려는 의지 없이 자기만의 프레임으로 된 비평을 쓴다면 그것은 독자들
을 위한 것이 아니라, 어떤 특정한 시인이나 그들의 동인들을 위한 것
이라는 혐의를 짙게 풍긴다. 과학적 성찰을 중심으로 살펴보면 우리의
논쟁문화는 쇼펜하우어가 말한 그대로이다. 그는 논쟁에서 이기는 방
법을 이렇게 말했다. "상대방의 주장을 확대 해석하거나 중구난방 식
의 주장으로 논점을 흐리고 상대의 화를 돋구어 실수를 이끌어내라.
여러 가지 근거를 제시하기보다는 권위를 내세우고 궤변을 늘어놓아
라. 그래도 상대가 우월해 자신의 정당성을 입증하지 못할 것 같으면

인신공격과 모독, 무례라는 방법을 사용하라." 과장된 것 같은 그의 이
말을 입증이라도 하듯 우리 문단에서는 비평의 길이 험담의 길과 옹호
의 길이라는 양극단의 길을 가고 있는 것을 볼 수 있다. 이런 맥락에서
조금 진전된 것 같이 보이지만 벤야민의 생각도 그리 벗어나지는 않은
듯하다. 「일방통행」Einbahnstraße 이라는 글에서 벤야민이 비평가에 대
한 말 또한 가관이다.

평론가의 기술 13조

I. 평론가는 문학투쟁에 있어서 전략가이다.

II. 편을 들 수 없는 사람은 침묵하고 있는 편이 낫다.

III. 평론가는 지나간 예술사조를 해석하는 사람과는 아무런 관련성
   이 없다.

IV. 평론은 기예(서커스)의 언어로 말해야 한다. 그 이유는 동인(同
   人)이란 개념은 슬로건이기 때문이다. 그리고 슬로건에서만 전투
   적 함성이 나올 뿐이다.

V. 투쟁해야 할 사안이 가치가 있다면 사건이나 사안 대신에 동인정
   신에 충실해야 한다.

VI. 평론은 도덕적 사안이다. 괴테는 휠덜린, 클라이스트, 베토벤과
   장 파울의 가치를 찾지 못했는데 이는 괴테가 그들의 예술을 이
   해하지 못해서가 아니라 그들의 예술을 이해하지 않으려는 그의
   태도 때문이다.

VII. 평론가에게는 문학자체보다 인맥이 더 중요하다. 관객이나 독자
   는 말할 것도 없고 후세에 이 글이 어떻게 읽혀질까 하는 것은
   더욱 가치 없는 일이다.

VIII. 후세의 사람들은 칭찬하든지 잊든지 둘 중의 하나이다. 평론가 만이 작가의 면전에서 평가한다.

IX. 평문이란 책 한 권을 몇 마디 말로 작살내는 것이다. 책의 내용 을 적게 읽으면 읽을수록 평론하기엔 더 좋다. 이렇게 작살낼 수 있는 사람만이 평론(비판)을 할 수 있다.

X. 진짜 논쟁적 평문은 책을 대할 때 마치 식인종이 젖먹이 아이를 잡아먹으려 들 때처럼 좋아한다.

XI. 예술에 대한 감동은 평론가와 거리가 멀다. 예술품은 평론가의 손에서 정신의 투쟁을 위한 무기다.

XII. 평론가의 기교를 한 마디로 요약하면 작품의 이념은 무시하고 핵심어를 찾아내는 것이다. 미흡한 평론의 핵심어는 생각을 유 행에 맞추게 한다.

XIII. 독자는 항상 부당함을 겪게 되면서도 이 평론가의 생각을 자기 의 생각처럼 받아들인다.

"아름다운 감정으로 좋은 문학이 되는 것"은 아니라는 것쯤이야 글 을 써 본 이는 모두가 공감할 것이다. 그 감정에 어떤 모습을 부여하 고, 형식과 내적 메시지를 표출시킬 수 있는 능력을 작품이 요구하듯 이 비평이란 것도 자기의 감정으로 이것은 잘된 시, 저것은 졸렬한 시 라고 단순한 평가를 내릴 수 있는 것은 아니나. 비평가는 우선 그런 좋 고 나쁜 감정을 가지되 그 감정을 떠나서 그 감정에 대해 얘기해야 한 다는 가장 큰 문학적 모순에 직면해 있기 때문이다. 더구나 그는 평가 문헌이 없는 가운데 시를 보고 자기의 생각을 정리하는 첫 시간의 사 람이기 때문에 처녀지에 발을 들여놓는 탐험가처럼 그는 외경과 숭고 함으로 아무도 보지 않은 자기 시대의 글을 범한다.

서정시인 릴케도 1905년까지 스스로 비평을 쓴 바 있지만 문예비평에 대해서는 좋은 감정을 가지지 않은 것 같다. 그는 "비평은 독자에 대한 편지인데 이 편지를 대할 때 그의 감정이 남의 편지를 뜯어보는 기분이다"고 말하였다. 이 말은 릴케가 비평 듣는 것을 꽤 두려워하는 것이라고 해석할 수 있다. 이와는 달리 비평을 기꺼이 읽는 작가도 있는 것 같다. 이렇게 본다면 비평을 편지에 비유한 릴케의 생각이 아주 훌륭한 어떤 것일 수도 있고 틀린 것일 수도 있다. 릴케의 생각은 한편으로는 비평이 독자를 알게 하면서도 비평의 공공연한 성격을 무시한 것으로 볼 수도 있다. 그의 말대로 만약 비평이 편지라면 기껏해야 우편엽서 같이 개봉된 편지일 것이다.

비평은 시작품에 문학적 공론장을 만들어 주어야 한다. 이런 의미에 있어서 현재의 비평이 일견 그 목적을 채울 수 있는 것 같지만 실상은 그렇지 못하다. 그것은 공론장이 아닌 지극히 자신만의 고유한 세계관을 그려놓은 개인영역이기가 십상이다. 그리고 한국에서 소위 말하는 '미래파'의 언어들처럼 특수한 문학적 엘리트의 언어유희일 경우도 허다하다. 독자는 현란한 언어의 시를 읽기도 벅찬데 그런 언어유희를 감당하기에는 너무 힘들다. 너무 쉬운 것은 독자로 하여금 지겨움을 느끼게 하는가 하면 너무 현학적이거나 난삽한 글은 그를 주저앉게 만든다. 브레히트 말을 인정하여 문학이 "과잉된 것"이라 해도 그것은 "즐거움"이나 "향수(享受)"를 위한 것이지 뒤틀린 어떤 언어의 표현이 아니다.

비평가에 대해 릴케보다도 더 격렬하게 반응한 사람은 괴테다. 현대에 가까울수록 작가는 비평에 대해 더 호의적이고 공론장이 대표적 성격을 띠었을 때일수록 부정적이다. 괴테는 1802년 1월 12일 바이마르에서 『예나 일반문학지』의 창시자이며 장관이었던 베르투흐 Justin Bertuch에게 이런 편지를 쓴다. "당신의 신문에 게재한 그 작자처럼 저질의 사람에게 내가 무엇을 기대할 수 있을까 하는 것이 내 머리 속에 분주히 스쳐갑니다. 그 글의 내용이 갖는 의도가 무엇인지 말해달라고 했을 때 공은 반쯤 인쇄된 글을 저에게 부쳤습니다. 그에 대해 내가 말할 수 있는 것은 단지 이것뿐입니다. 만약 당신이 그 글을 중단하게 하시지 못한다면 내가 직접 공작 전하에게 가서 모든 수단을 강구할 것입니다. 이유는 내가 이 일로 더 이상 머리를 썩이고 싶지 않고, 앞으로는 그런 불명예스런 일을 당하고 싶지 않기 때문입니다. 부탁컨대 네 시 전까지 이 점에 대한 당신의 입장을 분명히 해 주십시오. 종이 울리면 내가 생각한 대로 공작 전하께 올라가겠습니다."

마치 최후통첩 같은 글을 쓰고 자기를 비판한 비평가의 퇴진을 요구한 괴테가 스스로 많은 글에 대해 비평을 썼다는 것은 아이러니가 아닐 수 없다. 그는 남의 것에 대해서는 아낌없는 비평을 해대고 자신의 것은 늘 칭찬만 받기를 원했다. 더욱이 그는 문학비평에서 늘 인용하는 이런 극단적인 말을 하기도 하였다. "때려죽일 개 같은 놈. 이것이야말로 바로 비평가다. Schlagt ihn tot, den Hund! Es ist ein Rezensent." 잘 알다시피 독일어 es(이것)는 중성이다. 비평가를 er(이 사람)라고 말하지 않고 es(이것)이라고 표현한 것은 괴테가 비평가를 거세된 중성의 내시(환관)임을 주장하고 있다고까지 말할 수 있다. 환관은 그것이 어떻게 돌아가는지를 알기는 하나 그것을 할 능력은 없다.

역사적으로 살펴보면 문학에 대중이 생기면서 비평과 비평가가 생긴 것을 알 수 있다. 이유는 문학의 대상을 독자의 관심사에 따라 분류, 판단하고 그 문학에 대해 알려주는 기능을 필요로 하였기 때문이다. 그러면 왜 문학에 그런 새로운 영역이 필요하였던 것일까? 그것은 우선 문학이 내 주위에서 일어난 일을 다루지 않는 비의적인 일이기 때문이다. 역사적으로 소격된 것, 이국의 소재들, 그 이외에도 다른 사람의 생활양식, 의식, 작가의 의도, 언어의 중층구조들을 매개하여 문학을 작가나 독자의 주관에서만 향수하게 하는 것이 아니라 얼마간의 지식을 얻고 주관적 생각을 객관화할 수 있게 하기 위해서 비평이 생겨난 때문이다. 이것은 흡사 식사하는 것과 마찬가지다. 식사를 입(미각)으로만 하는 것이 아니라 눈으로(음식의 모양) 귀로(사각사각 하고 바삭바삭하는 소리 등)도 함께 먹고 또한 다른 사람과 음식에 대해서 또한 다른 것에 대해서 이야기하면서 먹을 때 더욱더 음식의 맛이 나는 것과 같은 것이다.

이렇게 되면 문학은 내가 살고 있는 전문적인 어떤 세계 (닫힌 세계)에서 다른 세계로 나아갈 수 있고 대화할 수 있는 어떤 세계(열려진 세계)의 형식으로 이전할 수 있다. 비평가는 그런 지식을 여행이나 경험 또는 문학작품, 이미지의 비교, 학문적 연구 등을 통해 얻을 수 있다. 그렇기 때문에 비평가는 저널리스트이지 문예학자(문학교수)일 필요도 시인일 필요도 없다. 그가 서 있는 곳은 문예 잡지나 신문, 방송이지 대학 강단도 문학동인도 아니다. 그리고 그는 독자를 위해 그의 비평을 쓰는 것이지 창작자를 위해 쓰지는 않는다. 창작자를 위해 쓸 경우, 잘 써서 아첨을 하지 않으면, 괴테나 릴케의 경우를 보다시피, 글을 더 이상 기고할 수 없게 된다. 작가나 시인은 자신의 글에 이미 도취해 있기 때문에 (또 그래야만 글을 쓸 수 있기에) 남의 말을 들을 필요도 없고 듣지 않는다. 듣는다 해봐야 "남의 편지 읽듯 하지" 자기의 것으로 읽지 않는다. 비평가는 시인이나 작가나 연출가나 화가나 연극인들에게 그 작품이 어떻게 돌아가고 있는가를 보여주기 위해 존재하지는 않는다.

이런 의미에서 "비평가는 그것이 어떻게 돌아가는지를 정확히 알지만 그것을 할 능력은 없다"라는 말은 옳은 말이기도 하지만 틀린 말이기도 하다. 즉 비평가가 존재하는 이유는 그들이 쓰고 연출한 것들이 관심 있는 독자, 관객들에게 어떤 메시지를 전하고 어떤 영향을 미치는지를 말해주기 위해 존재하는 것이다. 시나 소설을 읽고 극을 보는 사람이 비평으로부터 도대체 무엇을 얻을 수 있는가 하는 물음은 비평이 창조로서의 문학에 속하지 않는다는 사실에서 알아낼 수 있다. 즉 비평은 독자와 같은 시점을 갖고 있다는 점이다. 시인이나 소설가가 무의식적으로 또는 의식적으로 표현해내는 과정에 스며있어 모습을 드러내지 않는 것을 드러내는 것이 비평가의 역할이다. 물론 이런 것을 판단하는 데는 오류나 몰이해의 위험도 없지 않다. 이것은 다시 독자들에 의해서 교정되거나 문예학자들에 의해서 탐구되고 그것을 통해 작품이 온전히 이해될 수 있게 된다.

극단적으로 표현하면 작품이 잘 되었든, 형편없는 것이든 그것이 중요한 것이 아니라 그에 대해 잘 비평할 수 있는 것, 그것이 중요하다. 비평해야 할 문학작품이 재미없고 고루하다면 몇 줄만 쓰면 되는 것이다. 대학의 문학교수들이 소실되어갈 수 있는 (이것은 문화학자가 문화재를 보호하는 것과 같다) 작품, 내용상 이미 구시대의 낡은 지식이나 대상을 소실이나 망각으로부터 변호하고, 변명해주고, 구제하는 것과는 달리 비평가는 판단이라는 어려운 상황에서 자기의 생각과 느낌을 말하면 된다. 비평의 대상이 되는 문학을 판단하는 데 무엇이 중요한지 독일 사실주의 소설가 폰타네는 이렇게 말한다. "나의 해설이 아니라 내 감정이 심판정에 앉아 있으면 그뿐이다. 그것은 틀릴 수도 있다. 하지만 이런 오류 속에서 나의 느낌은 죽은 법칙보다 더 많은 것을 선사한다." 이 말은 비평가가 문학사가나 문예학자와는 다른 어떤 능력을 갖고 있어야 한다는 것이다.

비평가의 작업이라는 것은 느린 그림 (슬로우 비디오)으로 볼 수 있는 축구경기가 아니라 지금 막 진행 중인 축구를 봐나가는, 그에 대한 인상을 새기는 관중에다가 비유할 수 있겠다. 문예사가나 문예학자는 집에서 비디오로 녹화해 두고 느린 그림도 보고 나중에 다시 그 상황을 회상할 수도 있으나 비평가는 그 시대정신에 충만할 수 있어야 한다. 즉 그는 모든 참고자료를 동원하고 글을 샅샅이 뒤지는 그런 존재가 아니다. 그보다는 의심을 가지고 문학을 대하는 존재이기 때문에 대상을 대하는 순간 자신의 이야기를 시작한다. 그는 자기가 느낀 것의 이유를 논리 정연하게 이야기해야 한다. 그는 작자의 의도를 엿볼 수는 있어도 물어봐서도, 물어볼 필요도 없다. 그 대신 그는 작품의 성적을 매길 필요가 없고 그저 관찰을 하고 결론을 낼뿐이다. 이론도 필요 없고 자신의 생각에 충실하면 된다. 이 작품이 작가에게는 세계의 구심점이 될 수 있으나 비평가에게는 구심점이 될 필요가 없다. 그것은 루카치가 말한 대로 그저 "도약대"일 뿐이다.

이런 작가와 비평가의 관점의 차이가 없이는 작품과 독자의 간극이 불가능하고 간극 없이는 비평이 무의미하다. 이런 다른 관점을 비평가는 작품을 공감하는 독자보다도 먼저 가지고 있어야 한다. 그렇기 때문에 비평가는 문학에 꼭 필요한 사람이다. 이렇게 비평가가 작품에 속한 것이 아닌 만큼 독자에게 속한 것도 아니다. 독자는 작품을 자연스럽게 읽고 그 작품자체에 만족한다. 그에 반해 비평가는 독자가 작품에 대해 일으키는 반응에 대해서도 이유를 설명해야하기 때문에 작가가 보여주려는 것보다 작품을 훨씬 많이 읽어보아야 한다. 이렇게 되면 시점의 차이는 필연적으로 생겨나게 되고 심지어 독자에게 비판적인 태도를 취하는 경우도 있다. 비평가는 작품과 독자 사이에 서있다.

그러나 결국 비평가는 독자의 사람이고 작품이 말하고자 하는 바를 자기의 생각으로 표현한다. 그 때문에 서양문학에서 비평의 태두로 불리는 (주로 미국의 신비평가들에 의하여) 슐레겔은 "비평은 다시 시적이어야 한다"라고 말하였다. 다시 말해 잘된 비평이란 학문적 논문이 아니며 또한 자기의 문학적 상대에게 보내는 주례사도 아니다. 그런 의미에서 작가나 독자에게 굽신거릴 게 아니라 익살과 감정, 조소와 정신을 동원하여 써야하고 학식 많은 학자처럼 쓰지 말 것이며 철저히 저널리스트가 될 것을 요구한다. 그러나 실상 비평가는 저널리스트가 되길 원하지 않는다. 학자처럼 되길 원한다. 그것은 사회가 그를 잡문이나 쓰는 사람이라고 치부해버리기 때문일 것이다. 어쨌든 비평에 있어서 항상 중요한 것은 비평이 과거로부터 전승해 온 문학에 대해 말하는 것이 아니라 살아 움직이는 어떤 것을 대하는, 역동적인 일로서 문학적 대중을 위한 아주 중요한 한 부분이라는 점이다.

자끄 라깡과 현대시

    정신분석을 잘 이해하기 위해서는 치료를 하기 위해 찾아가는 정신병 환자나 신경증 환자를 잘 살펴보면 된다. 라깡에 의하면 이런 환자들은 하루 빨리 증상에서 벗어나고 싶다고 말한다고 한다. 하지만 이들이 증상을 쉽게 포기하지는 않는다. 왜냐하면 그들이 갖고 있는 증상이 자신들에게 쾌감을 주기 때문이다. 그러므로 라깡은 환자의 치료 의지를 믿을 수 없다고 했다. 그렇기 때문에 치료를 받는 사람은 주위의 가족이 권고하든지, 강제로 데리고 가든지, 아니면 본인의 고통 때문에 어쩔 수 없어서 응하는 것이 일반적이다.

    라깡은 이런 상황을 두고 환자가 자신에 대해 알기를 원하는 것 같지만 사실은 자신에 대해 모르기를 원하기 때문에 일어난 일이라고 본다. 다시 말하면, 환자들은 '무지의 대한 의지ne rien vouloir savoir'[3]를 갖고 있다. 환자들이 진정으로 알기를 원하지 않는데도 라캉 같은 의사를 찾는 이유는 그들의 증상이 자신에게 만족을 준다고 하더라도 가

---

3) 브루스 핑크, 라캉과 정신의학, 민음사 2002, 25쪽.

족이나 주변 사람들에게는 갈등과 고통을 주기 때문이다. 환자들 자신은 불만족과 불평을 표현함으로써 (또는 보상함으로써) 이런 증상의 발현으로 만족감을 얻지만 주위 사람들은 피곤할 뿐이다. 그러므로 실제 치료 현장에서는 치료사의 의지만이 환자를 증상에서 해방시킬 수 있다.

환자의 이런 만족을 라깡은 (비/정상적인) 주이상스jouissance라고 말했다. 내가 여기서 '비/정상적인'이라는 말에 괄호를 친 이유는 실제로 비정상적인 것은 없을 뿐 아니라 시에서는 이것이 오히려 심미적인 것으로, 즉 정상적인 것으로 보일 수 있기 때문이다. 가령 어떤 강박증자가 손을 반복해서 씻는다든가, 같은 말을 반복하여 지시한다면 본인도 그것이 주이상스이지 진정한 만족감은 아닐 뿐 아니라 주위사람들이 지치고 만다는 사실을 잘 안다.[4] 그러나 시에서 반복하는 일은 매우 재미있는 일이다. 가령 김영하의 소설 「엘리베이터에 낀 그 남자는 어떻게 되었나」에서는 반복해서 일이 안 되는 경우를, 토마스 베른하르트의 「보리스를 위한 파티」에서는 했던 명령을 취소하고 다시 명령하는 일을 반복하는 것을, 장정일의 『너희가 재즈를 믿느냐』에서는 실수를 반복한다.

각각의 주체들이 어떤 강박증세를 보이고 있는가? 그들과 같이 살라고 하면 평범한 우리로서는 살기 힘들 것이다. 그러나 그런 증상이 예술로 재현되면 매우 재미있는 '세상 읽기'가 된다. 프로이트가 말하지 않았던가. 신경증은 "기억하는 대신 반복한다"고. 그러니까 라깡이 현

---

4) 그래서 주이상스는 보통 쾌락을 넘어서는 쾌감으로 이해된다.

대시와 관계를 맺으려면 문학의 해석과 정신의학의 현실을 유비 추리로 보아야 한다. 전지적 시점으로 텍스트를 해석한다면 작가가 정신분석가의 자리에 앉게 되지만, 텍스트를 체험이라는 관점에서 본다면 작가는 환자의 자리에 앉게 되기 때문이다. 그러나 여기에 라깡의 정신의학과 문학비평을 혼동해서는 안 되는 이유가 들어있다.

― 라깡 정신분석의 구조

자끄 라깡을 이해하기 위해 그의 서적을 다 본다해도 나는 그를 진정으로 이해할 수 없다. 한마디로 그의 이론은 나에게 너무 난해하다. 그런 독해의 난해함에는 언어의 문제도 내재되어 있다. 프로이트가 영어권으로 망명하면서 많은 용어들이 영어로 번역되어 혼란스러워졌다. 그런데 그 이상으로 프로이트가 라깡의 불어로 번역되고, 영어로 번역되어 다시 한국어로 번역되자 우리의 혼란함은 차라리 '프로이트로 귀환'하자는 라깡의 말이 절실하게 느껴질 정도가 되었다. 언어적 혼란이 더욱 가중되었기 때문에 라깡을 이해하는 것이 어렵다. 내가 보기에 한국의 라깡 이해는 정신분석이나 정신의학에서보다도 영문학에서 문학비평의 차원에서 더 열심인 듯하다. 그러면 우리는 어디서부터 어떻게 라깡을 이해할 것인가? 내 생각에는 어렵기 때문에 그냥 아무데서나 시작하는 것이 좋다. 이것은 마치 프로이트가 정신분석을 고고학에 빗댄 것이나 같은 원리이다. 고고학이 깨진 기왓장부터 시작하든 주춧돌에서 시작하든 어디서 시작해도 마찬가지이듯이 라깡에 대한 이해도 마찬가지다. 그 이유는, 원래 해석이 보이지 않는 것을 보이게 하는 행위요, 해석학이라는 것이 전체와 부분에 대한 정합성 문제를 다루는 영역이기 때문이다.

우리는 이제 라깡을 시작하면 된다. 위에서 이미 언급한 '주이상스'에서 시작하자. 프로이트는 이를 만족 Befriedigung이라 하였다. 아이가 고추를 만지면서 쾌락을 얻고 '엘리베이터에 낀 남자'가 반복하면서 쾌감을 얻듯이 어떤 사람은 누구를 미워하면서 쾌감을 얻고 어떤 사람은 의처증으로 쾌감을 얻으며 어떤 사람은 밥을 먹지 않으면서 쾌감을 얻고 어떤 사람은 술을 마시면서 쾌감을 얻는다. 하지만 이런 쾌감들이 원래 다른 모습들이었다는 것이 라깡의 주장이다. 술을 마시면 다른 그 무엇이 즐겁게 된다는 식, 말이다. 이런 것이 드러나게 되면, 다시 말해 어떤 성인이 술을 마시고 '엄마'라고 부르짖는다면, 그것은 무의식의 현시물이 드러난 것이다. 이런 무의식의 현시물은 종종 '놀라움'을 동반한다. 우리가 실수할 때나 증상행위, 꿈속의 행위에서 놀라는 일이 자주 있듯이 말이다.

어떤 남자가 있었다. 오랫동안 계모를 미워했다. 그런데 아버지가 죽고 얼마 안 되어 거리에서 계모를 만났는데, 그때 자신이 애정 어린 마음으로 그녀를 대했다는 것을 깨닫고는 놀랐다. 사실 이 사람은 아버지에 대한 분노를 계모에게 전이시켜왔다는 것을 알지 못했다. 계모를 미워하면서 아버지에 대한 분노를 가졌고 그러면서 쾌감을 얻었다. 그런데 막상 아버지가 죽자 주이상스를 발현했던 뿌리가 사라졌고 - 이것을 오이디푸스라 했다 - 계모를 미워하는 것이 더 이상 쾌감을 줄 수 없었던 것이다. 현대시에는 이런 원리가 많이 반영되어 있다. 이것을 정신분석과 정신의학에서는 전이라고 한다. 독일말로는 Übertragung, 영어로는 transference라고 하고 불어로는 le transfert 라고 한다.

전이라는 것이 참 놀랍지 않은가? 이것이 놀랍지 않다면 독자는 라깡을 읽지 말아야 할 것이다. 소쉬르의 언어학을 원용한 라깡은 소쉬르를 무시했다. 소쉬르는 하나의 시니피앙과 하나의 시니피에는 1:1의 대응관계를 유지한다고 했는데 - 언어학자들이 늘 그렇다 - 라깡은 시니피앙이 시니피에에 일치하기는커녕 비슷하지도 않다고 보았다. 라깡이 본 것은 떠도는 시니피앙 le signifiant flottant 밖엔 아무것도 없었다. 계모를 미워한 사람이 어떻게 갑자기 계모를 애정어린 눈길로 본단 말인가. 라깡은 여기서 시니피앙의 절대 우위, 우리말로는 기표의 절대 우위 signifiant sur signifié(S/s)를 찾은 셈이다. 그러니까 사랑한다고 아무리 말해봤자 사랑의 느낌이 들지 않는 표현은 (가령 자기도 잘 알잖아 내가 핸드폰도 사주고 매일 문자 넣었지 따위) 사랑이 아니라는 사실을. 그리고 소리치고 헤어지자고 말해도 사랑하는 기표가 전달되는 것이 더욱 절실하다는 것. 드라마에서 가끔 너를 사랑하지 않는다, 헤어지자, 라고 하는 말이 상대방이나 시청자들에게 전혀 미워하거나 헤어지자는 말로 느껴지지 않는 것과 같다.

라깡은 여기서 프로이트에게 훔쳐온 - 공식적으로 프로이트에게서 빌려온 말이라고 했으므로 훔쳐온 것은 아니다 - 응축(Verdichtung, condensation 어떤 사람은 압축이라고 번역한다)과 치환(Verschiebung, displacement 어떤 사람은 전치라고 하기도 하고 전위라고 하기도 한다)이란 개념을 구조주의 언어학의 도움으로 은유métaphore와 환유métonymie란 말로 바꾸어 사용한다. 그러니까 계모에게 (또는 자신에게) 자기의 무의식을 들킨 이 사람은 그 메시지를 부정해버릴 공산이 크다. 그냥 실수로 했다고 말할 수도 있다. 이 경우에는 라깡의 말대로 '떠도는 기표'란 표현이 적당할 것 같다. 우선 자신의 오이디푸스적 욕망(아버지에 대한 분노)은 계모를 미워하는 것(또는 애정 어린 마음)으로 응축하고(즉 은유하고) 그것이 발견될까봐 다른 변명을 함으로써 치환한다(즉 환유한다). 치환은 욕망의 발현이 상징계 (프로이트는 현실원칙 Realitätsprinzip이라고 함)의 법에 의하여 거세의 위협을 받을 때 유기체가 자기를 검열하는 과정이다. 거짓말이 거짓말을 낳는 이유는 바로 이 환유의 과정에서 비롯된다.

이때 라깡은 데카르트가 말하는 주체(Sujet)와는 다른 의미의 욕망의 주체란 S와, 프로이트의 '알 수 없는 그 무엇 Es'(발음이 주체의 약자 S와 비슷함)를 함의하는 $(사선 친 S)라는 주체를 만든다. 그리고 나서 (사유하는 또는 완벽한 주체가 아니라) 욕망하는 주체가 바라보는 대상을 불변의 대상이나 물자체로서의 오브제가 아닌 언제나 변하는 대상으로 탄생시킨다. 이것을 라깡은 타자(他者)라는 프랑스어 대타자 l'Autre의 변화하는 형식인 소타자 a로 나타낸다. 라깡은 이런 관계를 조합해서 $ ◇ a라는 욕망의 공식을 만들어냈다. 여기서 마름모꼴 ◇은 대상이 결코 욕망하는 주체를 만족시키지 못한다는 양자 사이의 관계를 의미한다. 즉, 둘 사이의 관계는 이접($\vee$), 연접($\wedge$), 큰($>$), 작은($<$), 또는 무엇에 대한 욕망으로 나타날 수 있다.

라깡이 보기에 욕망은 대상이 아니라 원인자이기 때문에 고착은 곧 원인에 대한 고착이다. 라깡은 환자가 원인에 고착되어 있는 상태를 본환상이라고 불렀다. 본환상은 주체가 자신이 선택한 원인과 맺는 근본적인 관계이다. 이런 맥락에서 라깡은 문학을 독자가 (근본적인 의미에서 모든 정상적인 사람도 신경증자라는 의미에서) 타자에 욕망을 전이한 것으로 본다. 이때 원인자란 무의식이 자신에게 건네는 꽉 찬 말 la parole plaine로서 전이된 대상들일 뿐인 텅 빈 말 la parole vide과는 구별된다. 다시 말하자면 욕망은 대상이 아니라 원인이다. 그러므로 엄밀한 의미에 있어서 라깡은 인간의 욕망에는 대상이 없다고 주장한다. 왜냐하면 욕망하는 어떤 것이 주어지면 주체는 더 이상 욕망하지 않기 때문이다.

― 라깡과 현대시

라깡은 정신분석을 문학연구의 한 분과로 생각하고 있고 문학연구를 위해 정신분석을 알아야 한다고 보았다. 왜냐하면 정신분석 또한 기표 속에 감춰진 은유와 환유를 잘 해석해내기 위해서, 다시 말해 숨바꼭질 놀이에서 숨은 사람을 잘 찾기 위해서 필수불가결하다고 보았기 때문이다. 그러면 현대시와 라깡의 사유는 어떤 관계에 있는가? 다음의 시를 보자.

> 탱자나무 울타리를 돌 때
> 너는 전반부 없이 이해됐다
> 너는 註釋 없이 이해됐다

내 온 몸에 글자 같은 가시가 뻗쳤다
가시나무 울타리를 나는 맨몸으로 비집고 들어갔다
가시 속에 살아도 즐거운 새처럼
경계를 무시하며

1초만에 너를 모두 이해해버린 나를 이해해다오

가시와 가시 사이
탱자꽃 필 때

나는 너를 이해하는 데 1초가 걸렸다

- 유홍준의 「주석 없이」 전문

시가 얼른 이해가 가지 않는 것은 다행한 일이다. 왜냐하면 크리스테바의 말대로, 독자는 이 시를 죽이고 싶지 않고 나아가 시인을 죽이고 싶지 않기 때문이다. 그런 독자는 떠도는 기표처럼, 창밖에 내리는 비처럼 이 시를 응시하고 있으면 그만이다. 하지만 우리가 하는 이 해석의 시도는 어떤 경우든 시인과 텍스트를 죽이는 일이다. 탱자나무가 비평하는 나의 욕망의 대상으로 변하면 그 순간 시인은 죽고 마는 것이다. 이제 텍스트는 비평자의 것이 되고 비평자의 욕망의 창이 된다. 하지만 어쩔 수 없는 일, 라깡을 위해 텍스트를 죽여보자.

"탱자나무 울타리를 돌 때" 우리는 무엇을 응시하고 있다. 신기루처럼 빛나는 욕망의 대상들을 응시하고 있나. 환상의 공간을 응시하고 있다. 욕망하는 주체는 타자를 무시하는 버릇이 있다. 그것을 라깡은

'오인'(méconnaissance)이라고 했는데 이것이 바로 상상계의 본질이다. 주체가 대상을 축소하여 주머니 속에 든 마스코트처럼 여기는 것이다. 이때는 내 멋대로 이해하면 되는 것이니까 "전반부 없이", "주석 없이" 이해되는 것이다. 그러나 상징계, 즉 아버지의 이름 le nom du père (또는 아버지의 금지 le non du père)으로 요약되는 "글자"와 "경계"의 법칙과 사회의 법칙을 깨닫는 순간 모든 응시가 신기루처럼 사라지고 만다. "내 온몸에 뻗친 가시"가 곧 상징계요, 상처이며, 금지이고 욕망이다.

라깡은 머리로 이해하지 않는다. 데카르트의 절대이성, 존재론의 실존적 자아, 현상학의 의향적 주체, 어떤 것도 몸으로 이해되는 (이 경우 느끼는) 주체를 재현할 수 없다. 금지된 가시나무 울타리가 아니라면 들어가고 싶지도 않거니와 이해할 필요도 없는 것이다. 라깡은 아이가 거울 속의 이미지에 리비도를 투사하며 그 이미지를 내면화하는 단계를 거울단계 mirror stage라고 명명하였다. 그러나 거울 이미지는 사실상 부모가 그것을 인정하고 승인하는 한에서 중요성을 갖는다. 이런 승인을 공준(公準)이라고 하는데 이런 공준을 통해서 아이는 차츰 최초의 감각과 지각을 하나의 질서로 재편성해나간다. 상상계가 이 새로운 언어질서, 즉 상징계에 의해 덧씌워질 때 비로소 아이의 실존이 가능하게 된다. 이점을 통해 라깡은 상상계를 중요시한 대상관계이론을 정면으로 비판한다.[5]

---

[5] 신경증과는 달리 정신병의 경우는 이 덧쓰기가 일어나지 않는다. 즉, 아버지의 은유가 작동하지 않고 거세 콤플렉스가 시작되지 않는다. 상상계만이 계속 지배권을 행사할 뿐이다.

이 시를 보면서 문학이 왜 라깡의 정신분석을 필요로 하는지 알 수 있다. 라깡은 의식의 상관물이나 객체처럼 여겨졌던, 그래서 시의 소재나 대상이었던 무의식과 몸의 언어(상처)가 주체로 작용한다는 것을 주장한다. 라깡은 "무의식은 언어처럼 구조되어 있다"고 말함으로써, 문학적 주체를 의식과 이성으로부터 무의식과 욕망으로 돌렸다. 그에 의하면 문학은 이성적으로 만들어진 것이 아니라 '알 수 없는 그 무엇' $가 그 욕망에 따라 굴절되는 대상과 어떤 관계를 맺고 있느냐 하는 것을 보여줄 뿐이다. 그런 모습을 보기 위해 또 하나의 시를 죽여보자. 허만하의 시다.

틈을 주무른다. 애절한 눈빛으로 서로를 더듬는 알몸의
포옹이 만드는 캄캄한 틈. 멀어져가고 있는 지구의 쓸쓸한
등이 거느리고 있는 짙은 그늘. 진화론과 상호부조론 사이
를 철벅거리고 건너는 순록 무리들의 예니세이 강. 설원에
쓰러지는 노을. 겨울나무 잔가지 끝 언저리, 푸근하고도 썰
렁한 낙타빛 하늘 언저리. 안개와 하늘의 틈

지층 속에서 원유처럼 일렁이고 있는 쓰러진 나자식물
시체들의 해맑은 고함소리. 바위의 단단한 틈. 뼈와 살의
틈. 영혼과 육신의 틈. 빵과 꿈 사이의 아득한 틈. 낯선 도시
에서 마시는 우울한 원둣빛 향내와 정액빛 밀크 사이의 틈,
외로운 액체를 젓는 스푼.

존재는 틈이다. 손이 쑥쑥 들어가는 적막한 틈이다.
- 허만하 「틈」 전문

유홍준의 시에서 상상계와 상징계 사이에 어떤 경계가 있느냐를 찾을 수 있었다면 이 시에서는 상상계의 풍부한 내용이 상징계를 넘어 베일처럼 모습을 드러낸다. "틈"은 상징에 의해 만들어졌고, 그러므로 "틈 속"은 바로 상상계다. 아버지의 이름, 아버지의 금지로 된 상징계가 없이는 상상계가 없다. "손이 쑥쑥 들어가려면" 그것이 "틈"이어야 한다. "틈"이 아닌 큰 구멍에 "손"을 넣을 필요는 없는 법 아닌가. 남자가 남자의 변소에 들어가 보고 싶지는 않는 것과 같은 원리고 산을 보고 있는 동안 산을 상상하지 않는 것과 같은 원리다. 그 "틈 속"은 때로는 "알몸의 포옹"처럼 보이고, "원유처럼 일렁이고", "해맑은 고함 소리"이고, "원두빛 향내"이며 "정액빛 밀크"이다. 상상계에 있는 이런 대상들은 진부하다. 상징계의 금지가 없으면 상상계의 욕망이 없기 때문이다.

욕망은 욕구나 요구와는 다르다. 아이가 우는 경우를 상정해보자. 아이가 울면, 즉 엄마가 와줄 것을 요구하면 그것이 기저귀를 갈아달라는 뜻인지, 배가 고프다는 뜻인지, 아프다는 뜻인지, 잠이 온다는 뜻인지 그런 욕구들 중의 하나일 것이다. 아이의 울음이 그중 하나라면 부모가 기저귀를 갈아주는 등의 행위는 아이의 요구를 욕구로 축소시키는 행위다. 동시에 이것은 아이가 타자(부모)를 향해 무엇인가를 요구한다는 사실을 지워버리는 것이다. 그러나 아이의 욕구가 충족되었는데도 불구하고 아이가 계속해서 울면 울음은 자기에 존재에 대한 관심을 표명하는 욕망이 된다.

욕구와는 관계없는 존재, 믿음, 관계, 관심 등과 같은 비가시적인 것이 곧 욕망의 실체다. 이처럼 이 시는 요구를 좌절시켜 그 속에 싹트고 있는 욕망을 부각시키는 일을 게을리하고 있지 않다. "틈을 주무를" 수는 없다. "틈"이 적어도 하나의 은유가 아니라면. "캄캄한 틈"은 없다. 캄캄한 "틈 속"은 있어도 "존재가 틈"일 수는 없다. "영혼과 육신의 틈"을 메울 수 있는 '엄마의 젖가슴'이 있었다면, "애절한 눈빛으로 서로를 더듬는 알몸의 포옹"이 있었다면 이런 욕망은 나오지 않았을 것이다. 그것은 욕구의 충족으로 끝났을 것이다. 하지만 욕구로 충족되지 않은 '우수리'는 욕망의 자리를 만들고 반복적으로, 충동적으로 채워도 채워지지 않는 빈자리를 만들어 둔 것이다. 그렇기 때문에 이런 구도에서 쓰여진 현대시는 시의 기의, 즉 요구하는 내용이 아니라, 기표 즉 다른 것을 들음으로써 욕망의 공간이 열리는 방식으로 수행된다. 그렇기 때문에 시의 형식은 은유적 축이 강한, 몽타주처럼 만들어져 있다. 문장과 문장 상이의 호흡이 짧고 그 연결이 접속사가 없이 파편처럼 만들어져 있는데 이것을 연결하는 것은 다만 반복과 부정일 뿐이다. 시에는 시간성이 결여되어 있고, 시는 알 수 없는 그 무엇에 의해 조종된다.

라깡에 따르면 욕망은 결여에서 나오기 때문에 욕망이 충족되면 독자는 지루해하며 더 불평을 늘어놓는다. 그렇기 때문에 시는 욕망을 명징하게 해석하여 제시하면 안 된다. 그러면 독자는 시인의 해석에 순응하게 되고 차츰 무의식을 내보이지 않게 된다. 시/시인은 다의적인 해석을 내놓아야 하고 시어는 모호하고 신비로운 여백을 만들어야 한다. 욕망의 해석학은 다양성을 먹고 살기 때문이다. 시를 통해서만 이성이 무의식적인 욕망에 자리를 양보한다. 독자의 고착된 욕망은 시적 언어를 통해 명징하게 재현될 수 있다. 이것이 라깡이 현대시에 미친 영향이다.

라깡에 따르면 삶은 신기루의 세계이다. 다가가면 저만치 멀어지는 것이 신기루다. 그러나 그 신기루가 없으면 욕망하지 않으며 욕망하지 않는 삶은 없다. 현대시는 선이 아니다. 가르침도 아니다. 넋두리도 아니다. 그보다는 문제 있는 개인의 탄원서다. 그러나 그 문제가 의식적이고 이성적인 문제를 말하지 않는다. 알지 못할 그 무엇이 욕망의 법칙에 따라 옮겨 다니는 '떠도는 기표'로 재현되는 것이 곧 현대시다. 이성복 시인은 「그 날」이라는 시에서 "모두 병들었는데 아무도 아프지 않았다"고 했고, 「기억에 대하여」에서는 "나는 아직 다쳐 본 적이 없다 이목구비가 썩어가도 모든 게 거짓말이다"고 했다. 육체는 배반한다는 그의 시만큼 절실하게 라깡은 아버지의 금지에 시달리는 육체와 욕망의 주체에 대해 날카로운 시선을 보냈다. 그는 인간의 물질성을 통해 물질이라는 이데올로기에서 해방시킨 마르크스 만큼이나 인간의 욕망을 통해 인간이 욕망에서 벗어날 수 있다는 메시지를 던지는 것이다. 떠도는 기표에 농락당하는 우리의 삶을 라깡은 철저하게 해부하고 있다. 철저하게 욕망에 종속된 (그래서 "아프지 않다"는 신경증을 가지고 있는) 우리가 욕망의 원리를 다룬 현대시를 통해서 해방될 수 있다는 믿음을 준다. 자기가 보고 있는 환상의 창이 상징계라고 믿는 우리에게 그것이 바로 내 안에서 나를 움직이는 그 무엇이 조정하는 것이라는 것을 우리는 라깡을 통해 알 수 있다. 위에서 인용한 시같은 현대

시들이 보여주는 반복, 환유, 치환은 곧 인간을 계속 살게 하는 욕망의 동인이다. 보기만 하는 주체는 보임을 당하는 주체와는 다르다. 이런 주체는 대상성에서 벗어나지 못하는 거울단계의 주체이다. 우리가 보는 것은 허구이고 욕망의 조화이지만 그 대상을 넘어 다른 대상을 찾아가고, 끊임없이 대상에서 벗어나는 반복 없이는 삶을 지속할 수가 없다.

영향으로서의 문학과 영향미학

김수영론

풀이 눕는다
비를 몰아오는 동풍에 나부껴
풀은 눕고
드디어 울었다
날이 흐려서 더 울다가
다시 누웠다

풀이 눕는다
바람보다도 더 빨리 눕는다
바람보다도 더 빨리 울고
바람보다도 먼저 일어난다

날이 흐리고 풀이 눕는다
발목까지
발밑까지 눕는다
바람보다 늦게 누워도
바람보다 먼저 일어나고

바람보다 늦게 울어도
바람보다 먼저 웃는다
날이 흐리고 풀뿌리가 눕는다

우리는 김수영의 이 작품을 잘 안다. 그러나 이 작품을 두고 사람들은 소위 그 명징성이란 이유로 오해될 만큼 일정한 해석에만 매달려 온 것 같다. 숱하게 돋아나 있는 풀은 민초(民草)에 대한 은유로, 바람은 억압에 대한 은유로 읽히는 교과서적인 내용이 그것이다. 풀이 비를 몰아오는 바람에 나부껴 눕다가 울다가, 마침내는 바람보다 먼저 일어나고 웃는다는 비교적 단순한 은유로 이해되어 온 것이다. 그렇게 되어 이 시는 필자에게 정말로 영향을 많이 준 '영향으로서의 시'가 되었던 것 같다. 하지만 이 시가 정말로 영향을 준 이유는 그런 반영(反映)이론과 사회주의 리얼리즘의 표상이 아니다. 아마도 그 시대는 암울했기에 그 시가 그렇게 읽힐 수밖에 없었을 것이다. 하지만 이 시를 나는 그렇게 읽지 않는다. 시를 늘 일정한 관점에서만 보라는 법이 있기라도 하단 말인가? 시는 독자에게 늘 새로운 기대지평을 제공한다. 그 이유는 시의 의미가 항상 독자가 처한 사회 역사 환경과 관여하기 때문이다. 작품 속에 약호화된 기대지평은 고정적이지만 실제 삶에서의 기대지평은 가변적이다. 그러므로 이 시를 정당하게 읽게 하는 영향미학은 나에게 매우 중요하다. 이것이 이 시를 단순한 반영이론으로만 읽고 주제를 정하는 우를 탈피하게 하고 신선한 충격을 준 것이다. 이 시의 언어는 미묘한 무늬와 파장을 일으키고, 반복되는 언어 리듬은 어떤 은밀한 마음의 충동을 자극한다. 그런 각도에서 이 시를 두고 필자는 영향 받은 문학이라고 충분히 말할 수 있다.

우선 이 시의 소재는 단순히 "풀"과 "바람" 그 자체만이 아니다. 풀과 바람은 다만 어떤 상징적 가치를 가지고 있다. 소재주의자들처럼 풀을 그저 세상에 있는 생물 중에서 가장 흔한 것이라고만 볼 수 없는 것은 풀이 가진 색채, 촉감, 생태가 확산적 상징의미를 내포하고 있기 때문이다. 이 풀은 질긴 생명력을 지닌 것으로 느껴진다. 그것은 일부러 가꾸지 않아도 자라나고, 없애려고 해도 없어지지 않는다. 이와 같은 생태적 속성 때문에 풀은 세상에 무수히 많이 있으면서 시련을 견디는 사람을 상징한다. 이 작품에서의 풀 역시 그러하다. 풀의 이미지에는 유한한 표현된 것 속에서 표현되지 않은 무한함이 들어있다. 그것은 우리가 전문적인 용어로 미정성과 부정성이라고 말하는 어떤 것이다. 미정성이란 미리 말한 바대로 풀의 무한한 의미장(意味場)을 말함이고 부정성이란 화자/독자 자신을 끝없는 존재의 남루로 몰아가는 힘이다. 아도르노가 표현했듯이 "달아나면서 공격하는", 자신을 부정하며 정당화하는 그런 힘이 있어 이것을 부정성이라고 한다. 미정성은 이 시에서 풀의 함축적 의미인 희망('푸른 것'), 동물과 식물의 두 가지 속성, 그리고 마지막으로 슬픔과 죽음("눕는다")을 내포하고 있다. 그러면 이 의미들은 사람의 삶을 은유하면서 의미끼리 서로 상호 작용하고 그 파장을 증폭한다.

이렇게 볼 때 이 작품의 소재는 매우 환상적이다. 마음으로 기어들어 아픈 데를 건드리는 마력이 있고 꿈을 자극하는 신선함이 있으며 크레용을 한 통 다 쓰게 하는 힘이 있다. 그런데도 많은 해석들은 마치

"바람"을 압제나 힘으로 "풀"을 억압받는 사람들로 비유하곤 하는데 좀 억지라는 생각이 든다. 텍스트를 잘 살펴보면 어디에도 이런 위계나 인과는 성립하지 않는다. 풀과 바람의 싸움, 굳센 생명들과 그것을 일시적으로 억누르고 괴롭히는 힘과의 싸움이라는 증거가 턱없이 보인다. 그보다 이 시의 언어는 애매모호한 정황만을 그려놓고 있다. 그리고 왜 그럴까, 라는 질문만을 던진다. 왜 먼저 누웠는지, 왜 울었는지, 왜 바람보다 먼저 일어났는지, 어느 구석에도 그에 대한 확실한 정황 증거는 없다. 이것이 이 시가 내게 주는 환상적인 면이다. "잘 그린 궁궐보다 잘못 그린 하수구가 낫다"(칼 크라우스)는 의미를 다시 한 번 확인케 하는 것은 바로 시의 이런 미정성 때문이다. 시인이 말하고자 하는 바는 인과성과 언어의 명징함에 있는 것이 아니라 불투명하게 드러나는 정서와 그것의 형상화에 있다. "날이 흐리고 풀뿌리가 눕는다"에서 우리는 의미를 찾지 말고 그 아우라를 보아야 한다. 시는 교훈적 이야기도 이데올로기의 대변도 아니다. 그저 사물을 형상화하고 직관할 뿐이다.

어떤 반성적인 언어로 풀의 움직임이 바람을 앞질러 버린다는 것을 이해시킬 수 있을까? 그리하여 어떻게 바람보다 늦게 눕고 늦게 울어도 바람보다 먼저 일어나고 먼저 웃으며 급기야는 바람이 미치지 못하는 땅 속 깊은 곳에서 풀뿌리가 스스로 눕는 경지에 이르게 되는 과정을 연속적으로 설명할 것인가? 그리하여 종국적으로 '바람'과 '풀'의 관계를 대립과 갈등으로 보게 되는 것이 시의 미덕일까? 그렇다면 나는 이 시에서 어떤 영향도 받지 못했을 것이다. 그렇게 보았다면 나 같은 자유주의자에게 이 시는 학교 교장 선생님의 훈계와 같이 되었을 터, 시는 망각으로 소멸되었으리라. 그리고 나 또한 바람이 나부낄 때 몸부터 희망부터 움츠러드는 현실을 체험하지 않았으면 이 시의 영향력은 없었을 것이다. 날이 흐리면 관절이 아프고 뼈가 쑤시는 경험을 하지 못한 사람이었다면 이 시의 영향을 체험할 수 없었을 것이다. 그래서 자연의 대상이 어떤 내면적인 것에 대한 예감에 찬 비유로 변하게 되는 시의 영역에서는 은유가 진부한 정확성 이상의 의미를 지닌다. 그러므로 이런 논리적 비약과 불투명한 언어의 나열은 영향미학의 구도에서 더욱 진실한 페이소스를 부축 받는다. 제1행 "풀이 눕는다"와 제2행 "비를 몰아오는 동풍에 나부껴" 제3행 "풀은 눕고" 사이에는 인과적 관계가 성립하지 않는다. 그것을 수용자가 베를렌이 말한 것처럼 그저 중얼거리는 소리로 들을 수 있을 뿐이다.

이렇게 이 시는 불연속적 파편화를 통해 의미의 불확정성을 더욱 키운다. 그러므로 바람과 풀의 관계는 김수영의 시에 있어서 매우 불확정적이고 원심적이다. 바람은 언젠가 그냥 지나가는 것, 풀은 땅에서 그 생명력을 지니고 있는 것, 고단한 꿈을 꾸고 있는 것으로 해석해볼 수 있을 듯하다. 나 스스로 풀 같은 존재라고 이름 붙인 적이 있지만 풀과 더불어 인생을 출발한 사람은 바람에 대항해 무엇인가를 획책했을 때 실패한다는 것을 잘 안다. 풀은 눕고 싶다. 풀은 죽음의 충동을 가졌기 때문에 여러 번 반복된다. 이런 충동적 언어로 인해 시는 지시하지 않고 환기한다고 말할 수 있다. 이 시가 풀이나 바람밖에 이야기하지 않지만 내 생의 전반을 환기하게 하는 힘이 있었다. 풀을 뽑으며 고달픈 삶에서 눕고 싶다는 생각을 해볼 때를 환기하며 도회의 문화 속에서 풀처럼 바람보다 먼저 일어났던 일, 내 다시 바람이 불면 기필코 누우리라 생각했던 어려운 상황들을 보게 하는 힘이 있다. 이 시를 읽으면 그 편안한 모성의 땅을 베개로 하고 누우리라는 다짐을 해 본다. 회귀하려는 본능을 지닌 인간은 누구나 풀로 흙으로 회귀하려는 본능을 지닌 것이 아닐까. 이런 시적 정서를 통해 세상에서 얻으려고 싸움을 하는 인간을 시인은 훈계보다 더 철저히 각성시킨다. 그것이 이 시가 가진 역사적 부정을 통한 미적 긍정의 힘이다. 내 언젠가 기필코 내가 쓰는 "바람"의 언어를 포기하고 "바람"의 풀로 돌아갈 것이다. 그것이 언제 올 것인가. 아직은 바람보다 먼저 일어나는 삶이지만 비를 몰아오는 동풍이 있을 때나 흐린 날이 오면 그곳에 눕고 싶다. 발목까지 발밑까지 눕고 싶다. 풀뿌리로 눕고 싶다.

메타모르포제 또는 키르케로서의 시인

김언희론

> 오류가 동물에게서 인간을 만들어냈다.
> 진리가 인간에게서 다시 동물을 만들어낼 수 있을까
> — 프리드리히 니체 「인간적인 너무나 인간적인」에서

시를 정서의 소산이라고 생각한다면 그것은 맞는 말이다. 그러나 감정의 소산이라는 말과는 거리가 있다. 더구나 시가 슬픔 같은 특정한 감정의 소산물이라는 말과는 더욱 거리가 있다. 시는 어떤 특정한 감정을 생산해내지는 않는다. 그보다는 기억과 관련이 있을 것이다. 우리가 보통 시라고 생각하는 그런 시를 쓰는 시인들이 우울과 슬픔의 기억에 집착한다면, 김언희 시인은 혐오감과 강박 같은 기억에 의존하고 있다. 하지만 그의 시는 다가가서는 안 되는 것, 다가갈 수 없는 것을 과감하게 표현하고 있다는 점에서 비정서적인 시처럼 오해받기도 한다. 정서는 말이나 이성뿐만 아니라 몸과 충동과도 관계된다. 그래서 그의 시는 밥을 먹지 못하게 하는 장치, 섹스를 못하게 하는 장치 등과 같은 금지를 통해서 욕망을 극대화하는 방식으로 정서를 표출하고 있다.

충족되지 못한 욕망은 강박을 생산한다. 강박은 자신의 충족되지 못한 본능을 방어하려는 욕망이다. 달리 말하면, 불합리한 생각이 떠오르는 것을 막기 위한 - 왜냐하면 그런 행동이나 생각을 할 경우 처벌 받으니까 - 일체의 관념이나 행동을 강박이라고 한다. 그러므로 강박은 오류이다. 니체는 "오류가 동물에게서 인간을 만들어냈다. 진리가 인간에게서 다시 동물을 만들어낼 수 있을까"고 말했다. 이런 의미에서 김언희는 우선 현대인의 몸이 그런 오류로 인하여 반복하는 기계처럼 작동하게 되었다는 것과, 그런 오류를 적시함으로써(showing) 욕망이 하나의 환유체계라는 진리를 보여준다. 이런 오류를 체화하기 위하여 그는 모든 상식을 없애 버리고 새로운 언어를 선택하며 발칙한 상상력을 발휘한다. 나는 오늘 그의 시를 몸으로 읽으면서 바로 그의 욕망이 금지된 언어의 가장 자리에서 변신할 때마다 어떤 황홀한 기쁨을 느끼는지 그 흔적을 추적하고자 한다.

- 은유에서 환유로

우리가 보통 언어라고 한다면 이성적으로 제어된 것만을 생각하기가 쉽다. 그것은 주로 일상어의 형상을 갖고 있다. 나는 학교에 가고, 기러기는 울고, 우리는 슬프다. 그러나 조금만 더 깊이 지성과 감성의 지층으로 들어가 보면 감정과 정서의 언어가 왜곡되어 있는 층을 발견하게 된다. 그 감성과 정서의 언어는 약간 왜곡되어 있긴 하지만 그것이 이해 못할 성질의 것은 아니다. 그럼에도 불구하고 이런 언어를 잘 읽어내지 못하는 사람도 있다. 가령 "그대가 한밤내 / 초롱초롱 별이 되고 싶다면 / … (나는) / 어둠이 되어 주겠습니다."라는 시어를 도저히 공감하지 못하는 사람들이 있다. 이런 사람들을 우리는 보통 정서장애라고 한다. 정서장애가 아니라면 현실에서는 불가능한 일이지만 은유의 세계에서는 가능한 일이고, 거기에는 어떤 선의(善意)의 폭력이 개입되어 있다는 것을 알 수 있다. 언어적 폭력, 이것을 두고 우리는 은유라고 한다. 나의 정서적 폭력이 '그대는 별', '나는 어둠'이라는 말을 표출하게 했을 것이다. 초기 김언희의 시세계도 이런, 하지만 위에서 인용한 시와는 다른, 독특한 은유가 있다.

> 죽어서
> 썩는
> 屍臭로밖에는 너를
> 사로잡을 수 없어
>
> 검은 시반이 번져가는 몸뚱어리
> 썩어갈수록 참혹하게
> 향그러운
> 이 집요한, 주검의
> 구애를
>
> 받아 다오
> 당신
>
> ─「모과」 전문

같은 은유이지만 그의 은유는 부정적으로 체현되어 있다. 어둠에서 별을 쳐다보는 것을 0→1로 표시한다면 시신이 된 내가 일상의 당신에게 '구애를' 하는 것은 −1→0으로 표시할 수 있을 것이다. 은유의 구조상으로 볼 때는 1이라는 같은 가치를 지니는 은유이나 문학적 형상화로 볼 때는 전혀 다른 느낌을 부여한다. 전자의 이미지는 긍정에 맞춰져 있고 후자의 이미지는 부정에 맞춰져 있다. 전자가 낭만주의적이라면 후자는 자연주의적이다. 문학사에서는 전자를 미적 모더니즘(즉 아직 실제적 모더니즘이 아니란 뜻)이라 칭하고 후자를 두고 (그냥) 모더니즘이라고 한다. 적어도 서양에서는 보들레르 이후를 뜻하는 것 같다. 그러나 첫 시집 「트렁크」에 있는 이 시는 같은 시집 안에 있는 다른 시를 위한 머릿돌에 불과할 뿐, 이미 다른 시들은 변신(metamorphose)을 시도하고 있다. 시집의 제목이기도 한 시 「트렁크」를 보면 "이 가죽 트렁크 / 이렇게 질겨빠진, 이렇게 팅팅 불은, 이렇게 무거운"이라고 쓰면서 어떤 은유를 생산해내고 있다. 몸을 아름다운 언어로 장식하려는 이들에게 이런 언어는 금지된 공간일 것이다. 하지만 금지된 것을 이야기할 때 우리는 가장 많은 느낌을 받는다. 왜냐하면 금지는 욕망을 낳기 때문이다. 가령 죽음에 대해 이야기하는 것도 얼마나 힘든 타부였던가를 생각해본다면 "수취거부로 / 반송되어져 온" 몸을 통해 '몸짱'을 향해 불나방처럼 달려드는 욕망을 가히 짐작하리라. 시인은 이런 금지된 말을 하고 장난을 함으로써 자신의 힘겨운 기억이나 현실에서 빠져 나와 안온한 잠을 이룰 것이다.

그러나 내가 여기서 말하고자 하는 것은 시인이 이런 시적 장치에 안주하지 않는다는 것이다. 시인은 "토막난 추억이 비닐에 싸인 채 쑤셔박혀 있는, 이렇게"로 시작하는 시행에서 독자의 상상력을 무력하게 만든다. 이제 시인은 자신의 몸에서 빠져나가 그 몸을 관찰하고 있다. 이것이 김언희 시의 첫 번째 변신이다. 지금부터 우리는 이 읽기 방식에 익숙해져야 한다. 정신분석에서는 이것을 치환이라 하고 라캉의 정신분석비평에서는 환유라고 한다. 이런 시작 관습은 「말라죽은 앵두나무 아래 잠자는 저 여자」에서부터 점점 더 분명해지기 시작한다. 거기에 수록된 「시」를 보자.

내 죽은 몸을 떠나지 못하는

내, 구더기의

영혼
－「시」 전문

시행이 두 줄마다 하나씩 이루어지는 것으로 봐서 독자들에게 빨리 읽는 것을 이 시는 허용하지 않는다. 다시 말하면 쓰이지 않은 시행 또한 시간을 가지고 읽어야 할 듯하다. 그리고 "내, 구더기의" 시행에서 보이는 콤마 또한 어떤 의미를 두고 읽어볼 수 있을 것 같다. 물론 시인은 자유를 위해 시를 썼다고 하지만 읽는 자는 마음을 두고 읽어야 할 듯하다. 이 시는 분명히 은유적으로 구성되었지만 이 콤마에 엄청난 치환의 가능성이 숨어 있다. 그것을 시인은 한마디로 "영혼"이라는 기표로 정리하고 있다. 하지만 그 기표의 미끄러지기는 범상하지가 않다. 시가 "구더기"와 '관련'되어야 하고, "내" 또한 어느 말과 연관관계를 맺어야 한다. 하지만 그 모든 것은 모호하다. 그 모호한 상태에서 시는 어떤 절대기표를 생산해내고 있다. 독자의 상상공간에서 불확정적인 것이 체화된다. 음악가 쇤베르크가 "우리는 그림(이미지)을 그리는 것이지 그림이(이미지가) 나타내는 것을 그리지는 않는다"고 말하였다면 그것은 김언희의 시에도 적용된다. 쇤베르크의 말은 시가 경험 세계를 거부하면서도 소통을 하고, 경험 세계에서의 범주적 규범들을 부정하지만 그 자체에선 경험적 존재자를 감추고 있다는 뜻이다. 굳이 해석하자면 몸은 죽어도 기억은 남아 있을 만큼의 시, "구더기" 같은 내 몸을 떠나지 못하는 영혼 같은 시 정도로 말할 수 있을 것이다. 하지만 어찌 시의 아우라를 말로 표현할 수 있을까.

– 기표의 절대우위

이런 치열한 매체에 대한 성찰이 없다면 예술은 무기력한 위안부의 일만 확대 재생산할 뿐일 것이다. 보통 상처는 상처를 만든 창으로 치료한다는 말이 있다. 김언희의 시에 등장하는 대부분의 고통스런 언어들은 고통을 치유하기 위해 고안된 '환유'이다. 시가 경험세계를 거부하지 않으면 경험 세계의 우월한 힘을 알 수 없게 된다. 시가 경험세계에 대한 부정이 없다면 껌이나 포테이토칩을 씹는 것이나 매한가지가될 것이다. 이러한 의미에서 김언희의 시는 확실한 시적 마술을 포기함으로써 - 위에서 언급한 시의 언어, '별과 어둠'처럼 - 새로운 마술을 시도하는데 「가족 극장, 그러엄, 이내」가 그 대표적인 경우다.

> 익숙해진대두…… 고온, 도마는…… 칼, 때문에 있는 거야…… 칼
> 맞는 재미로 사는 거라구…… 난자당하는 맛에, 그래…… 금방, 익숙
> 해질 테니……
>
> — 부분

이 시를 읽기 싫은 사람은 그냥 도마를 갖다 두고 점선 (소위 말하는 말없음표) 부분을 칼로 두드려보라. 그리고 그것을 반복해보라. 반복은 일단 휴지(休止)부가 있어야 한다. 그 휴지부에 시의 말을 (정직하게 말해서는 자신의 말을) 집어넣어서 읽어보라. 중요한 것은 얼마나 쾌감이 있느냐는 것이다. 거기다가 마늘을 넣든지 고기를 넣든지 아무것이든 좋은데 (아마 시인이라면 자기 다리를 갖다 넣었을 것이다) 익숙해져보라, 난자당하는 일에. 김언희의 시는 이렇게 변신한다. 그의 새로운 예술은 검고 우중충하고, 끔찍하고, 또는 금욕적이고, 반복적이다. 그는 이런 변신을 통하여 밝고, 깨끗하고, 아름답고, 반복 불가능한 것을 탄핵한다. 하지만 위안부로서의 시, 가령 '얄리 얄리 얄라셩'에서 보이는 반복과는 다른 반복이다. 이는 파국적 세계상에 대한 상상 속의 보상이라고 말할 수 있을 정도이다. 그리고 어쩌면 속박 속의 자유이기도 하다. 그의 시는 이렇게 마술을 포기함으로써 어떤 새로운 마술을 실현한다.

앞에서 나는 은유를 폭력이라고 지칭한 바 있다. 그렇다. 어느 순간

자유를 포기하고 회기하고 순응하는 시를 은유적인 시라고 말할 수밖에 없다. 그러나 이것은 온전한 의미에서 발칙한 상상의 자유라고 하기엔 미흡하다. 수학적으로 말하면 은유는 나누어서 떨어지는 자연수이다. 하지만 환유의 언어는 떨어지지 않는 10 나누기 3이나 (3.33333…) 원주율 파이의 값처럼 (3.1414213…) 모습을 바꿔가며 자유연상으로 도망친다. 잡히는 순간은 곧 (도덕적) 죽음을 의미하기 때문이다. 현대 사회의 그물, 현대 사회의 감시, 현대 사회의 기계가 두렵지 않은가! 아래의 시는 그런 '말하지 않고 말하기'의 특성을 단적으로 드러낸다.

> 1
> 신음, 발효, 악몽, 侵水를 막고 있는 백지 한 장, 시는, 쓰자마자, 시가, 아니다
>
> 2
> 섹스의 찌꺼기, 딸꾹질의 찌꺼기, 불안의, 환멸의, 시의, 좌절의 찌꺼기, 너는 대입하는 X의 값, X의 화대에 따라 다른 답이 나오는 음탕한 방정식
>
> 3
> 각막에 붙은 껌, 치모에 붙은 불, 이를 갈아대면서 웃는 거품 속의 개, 입은 없고, 혀만, 있다. 리본처럼 너울너울 공중을 부유하는
>
> 4
> 가공할 망상의, 음부, 망상의 분비물, 너는 네가 죽인 것을, 먹는다.

鳥葬, 새벽 세 시의 鳥葬, 人肉을 먹이는, 먹는, 앵무, 謹弔, 謹弔, 謹弔,
귀를 씹는 앵무

5
숙련된 갈보의, 산들거리는, 문자의, 恥毛, 리플레이, 리플레이, 리플
레이 되는 집요한, 荒淫의 트랙, 시는, 쓰자마자,

— 「볼레로」 전문

중세의 교회에서는 타악기를 금지하고, 완전4도를 배격하고, 형상
(종교적으로는 우상 Bilder)을 금지했다. 그중에서도 타악기를 금지한 것은
성적인 욕구와 관련이 있었다 한다. 이런 관점에서 볼 때, 이 시 「볼레
로」는 어떤 반복충동의 체현을 시사한다. 그런 반복의 에스컬레이션,
그것이 1 2 3 4 5란 숫자가 상징하는 바가 아닐까. 소리 「볼레로」가
상징하는 이미지는 어떤 것일까? 그러나 "신음, 발효, 악몽, 侵水를 막
고 있는 백지 한 장"이라는 기표 사이에는 오로지 심연만이 놓여 있다.
기표의 기의는 아무런 연장(延長 : Ausdehnung)을 갖지 못한다. 기의가 있
다면 그 기의는 '기표의 절대 우위'로 만들어져 있다. 그러나 그것이
만들어져 있지 않기 때문에 시는 어렵다. 기표들의 차이가 기의를 가
능케 하면서도 그 기의는 꼬리를 물고 연결된다. 그러므로 "시는, 쓰자
마자, 시가, 아니다"에서 보듯이 '시가'와 '아니다'는 은유적 관계를 맺
고 있으면서 콤마로 꼬리를 물고 연결된다. 시인은 이것을 "대입하는
X의 값"이라고 표시해두고 있다. 그러니 김언희의 시에서 욕망은 텅

빈 말, 텅 빈 기표이고 완벽한 기의를 갖지 못한다. 그러므로 "시는, 쓰자마자"로 끝난다. 반복되는 '볼레로' 같이 기의는 환유, 즉 치환일 뿐인 기표로 생산될 뿐이다.

- 억압의 반복, 역겨운

미적 체험이란 정신이 세계로부터 혹은 자신으로부터 아직 소유하고 있지 못한 것에 대한 체험이다. 이렇게 본다면 그것이 욕망과 별다름 없다. 욕망은 성취되지 않을 경우에만 생기기 때문이다. 만약에 욕망이 채워지는 순간이 있다면 그것은 죽은 것이다. 김언희는 시를 죽이지 않기 위해 - 셰헤르자드가 죽지 않기 위해 계속 이야기를 했듯이 - 계속 반복하고 반복한다. 반복하는 한, 시는 죽지 않는다. 마치 넘어가지 않기 위해 자전거 페달을 계속 밟듯이. 그리고 팽이가 쓰러지지 않기 위해 계속 두드려 맞듯이. 이런 경로를 통하여 김언희의 시는 죽은 존재가 아니라 존재하는 존재(das seiend Sein : 마르틴 하이데거는 이를 실존이라 함)가 된다. 이렇게 하여 김언희는 시가 행복에 대한 약속을 그리지만 끝내 그 약속이 이루어지지 않는다는 미적 체험을 가능케 한다.

> 메운 지
> 20년이 넘는 우물 속에서
> 커엉
> 컹
> 죽은 개가 짖는다

뚜껑 덮인 우물 속에서
다리 없는 개가 달리는 능멸의
트랙, 우물 속
끓어 넘치는 양잿물이
20년 동안 삶고 있는 피서답
부글부글 끓어 넘치는
피거품, 아버지
내 몸에는
사천 개의 경첩이 박혀 있어요
아버지의 경첩이 박혀 있어요
아버지의 경첩이, 귀
우물에 대고
장롱이 된 지 20년이 넘는 나무가
외마디를 지른다 베어진 지
20년이 넘는
나무가

-「耳鳴」 전문

　말할 수 없는 것이 말로 표현되지 않고 표현되는 것이 해체주의에서
의 진실이다. 왜냐하면 말이 진실이 아니라 몸의 흔적만이 진실일 수
있기 때문이다. 가끔씩 나의 할머니가 이명을 두고 동갑내기가 죽으면
나는 소리라고 하는 것을 들은 적이 있다. 그것이 사실이든 사실이 아
니든 시인과는 아무런 상관이 없다. "메운지 20년이 넘는 우물", "20년
동안 삶고 있는 피서답", "장롱이 된 지 20년이 넘는 나무"는 이미 지
나간 일이요, 죽은 것들이다. 그런데 어찌 죽은 소리가 다시 나는가.

시인은 이명이라는 현상에서 억압(Verdrängung)되어 있는 기억들을 건져 올린다. 정신분석에서 말하는 억압이란 곧 망각을 말하고 이 망각은 완전히 망각되지 않은 망각 즉, 어떤 특정한 양식의 기억을 말한다. 이런 억압, 즉 마음에서 밀쳐놓은 것이 이명(耳鳴)의 순간에 회귀한다. 그러므로 우리가 대충 이해하는 억압과 욕망을 시인은 온전한 진실인 몸의 흔적으로 재현하는 것이다. "개", "피거품", "나무"는 억압의 순간에 만들어진 생채기를 의미할 것이다. 몸에 난 상처랄까. 김언희 시의 장치 곳곳에서 발견되어지는 원한, 겁탈, 살인, 분열, 불알, 똥, 구멍, 추행, 매독, 수음, 자지, 음부, 치모, 변기, 피, 자궁 등은 바로 이런 생채기에 대한 유비 추리로 이해된다. 하지만 그 순간에 어떤 체험이 성취되는지 아무도 알 수 없고, 동시에 모두가 다 안다. 그러므로 그가 말하는 이명의 순간은 현대인에게 상실된 '신화'의 순간이기도 하다. 이런 메타모르포제의 현장은 그의 시에서 주도동기(Leitmotiv)처럼 산재한다.

변기 없는 변소에서
피 흘리는 촌년

[…]

가면 아래
鬼面늘
귀면 아래 푸른
곰팡이 아래

그 어디……

─「용의 국물」 부분

김언희의 시가 모방하고 재생산하는 추, 악, 그로테스크, 트라우마 등은 무의도적 굴욕을 보상하고 그 굴욕을 탄핵하기 위해서 만들어졌다. 육체적으로 불쾌하고 역겨운 것들("변기 없는 변소에서 / 피 흘리는")을 시의 언어로 선택하는 것을 보고 우리는 그것이 이미 현실에서 충분하지 않느냐고 반문할 수 있다. 그래서 별과 달을 노래하는 것이 합당하지 않느냐고 반문할 수 있다. 그러나 김언희는 그런 추와 악을 숨기지 않고 반복함으로써 시가 축출되고 거부된 기억들을 자율적으로 옹호한다는 점을 보여준다. 자율적이란 말은 현실이 된 그런 기억에 봉사하지 않겠다. 일반적으로 '서정시'라고 말하는 시들의 '아름다움' 속에 억제된 부정성은 "귀면들", "푸른 곰팡이"로 존재하는데 이를 통하여 시는 역동성을 얻는 것이다. 잘 이해가 되지 않거든 가만히 있는 자를 깨물어보라.

– 욕망의 변증법

시를 고문하고 취조해보라. 어떤 말이 튀어나오겠는가. 고통스런 사람은 소리칠 권리가 있다. 그 소리는 아름다운 소리가 아닐 것이다. 그래서 김언희는 시인과 시 사이에, 시인과 독자 사이에, 시와 독자 사이에 한 치의 우월도 한 치의 열등도 허락하고 있지 않다. 과거의 시인들은 – 우리가 일반적으로 서정주나 김춘수라고 하자 – 시의 위의를 지킨다는 말을 많이 하든가, 아니면 누군가가 그렇게 만들어주었다. 말하자면 '보지'나 '자지'란 말보다는 '음부'란 말이 더 가치 있는 말로, '썩음'과 '죽음'보다는 '빛'과 '생명'이 더 좋은 말로 여겨져 왔다. 이런 불평등을 김언희는 시정하고 있다. 왜냐하면 현실에서 적어도 그런 시어들은 발기불능이기 때문이다. 현대인들의 아무런 감정도 이끌어낼 수 없다. 독일 시인 한스 마그누스 엔첸스베르거의 말대로 시도 옷이나 다름없고 칼이나 다름없다. 유행이 바뀌면 그것으로 이제는 그만이다. 서정이라는 말도 시대에 따라 달리 받아들여진다. 서정이 적어도 서정주 시대에는 귀족으로 받아들여졌다. 그 이후 7,80년대에는 멜랑콜리로 받아들여졌다. 지금 누가 서정을 멜랑콜리로 받아들이는가. 어쩌면 강압과 폭력, 반복과 욕망을 서정으로 받아들이는 것 같다. 지금은 춘향이 그네 타는 시절의 서정을 말하지 않는다. 아마도 그런 서정이 "성인전용 채팅 방에서", "HOTEL ON HORIZON"에서 이루어지는 것을 말할 것이다.

문에 걸려 있는 죽은 개,
썰어진 간,
자궁 속의 귀뚜라미,
괄호 속의 똥,

그것들을 덮고 지우고 보내버리기 위해서

밥에 섞인 돌,
밥에 섞인 글자,

밥에 엉긴 머리카락,
밥에 엉긴 가래,
밥에 엉긴 정액

●

마침표를 찍자
분수처럼 구더기가 솟구쳐 나온다

- 「뜻밖의 대답」

　시인은 아마 심장이 오른쪽에 있는 듯하다. 그렇지 않고서야 기존의
시인들이 말하려는 방법과 어찌 이렇게도 거꾸로 쓸 수 있는가. 그것
은 이 시가 우선 어떤 것을 성취하려고 하지 않고 유발한다는 점에서
그렇다. 금지는 욕망을 낳는다고 라캉은 말한다. 서로 사이좋게 잘 노
는 아이들에게 백지를 한 장만 줘보라. 그러면 이 아이들은 그것을 가
지려고 싸운다. 이 시의 상황을 가정해보자. 가령 처음처럼 시인이 글
을 쓰려고 했다가 어떤 반대에 부딪쳐 그 다음처럼 시를 썼다. 하지만
욕망은 ("구더기가") "분수처럼 솟구쳐" 나온다. 어떤 것을 말하지 않
지만 시는 어떤 이미지를 유발하고 그 이미지는 끝내 성취되지 않는다.
이것을 보르헤스는 '심미 자체'라고 표현하는데 그것은 욕망의 변증법
에 기초하고 있다.
　어린아이가 울 때 우리는 많은 생각을 한다. 우선 이 아이가 똥을 싸
거나 오줌을 싸지는 않았는지, 그리고 아프거나 잠이 오지는 않는지
걱정한다. 하지만 이 모든 것이 다 이루어진 경우에도 아이는 계속 울

수가 있다. 아이가 우는 것을 요구라고 한다면, 그리고 그것이 어떤 육체적인 문제라면 그것은 욕구가 될 것이다. 하지만 이 아이가 이런 욕구가 충족되었을지라도 계속 울 수 있다. 엄마가 옆에 와 있어주길 바라는 욕망을 표현하고 있다. 또한, 자기의 존재를 알리기 위해서 그럴 수도 있는데 이때도 욕망의 표현이다. 이런 욕망의 변증법을 이 시는 잘 표현하고 있다. 내가 원하는 것은 −이야. 그러나 그 욕망이 채워지면 내가 원하는 것은 −이 아니야, 마지막으로 내가 진짜 원하는 것은− 이야. 뜻밖의 대답은 이런 욕망의 변증법을 체현하고 있다.

− 마치는 말 : 메타모르포제

김언희의 시를 읽으면 시가 없다. 그냥 시로 가는 이정표만 있거나 안내 표지만 있는데 막상 가보면 아무것도 없다. 그러니 그의 시를 보면서 자위행위를 하거나 시에 대해 혐오감을 표시하는 것은 그의 시와 무관한 일일 것이다. 그의 시에서 보이는 이런 해부학적 혐오감이나, 육체적으로 혐오스럽고 역겨운 요인들은 어떤 감정을 유발하고 즉시 도피하는 뮈라의 모습을 취하고 있다. 오비디우스의 『변신이야기』에 나오는 몰약(沒藥)이라는 '눈물'을 흘리는 뮈르 나무는 원래 아버지를 탐한 나머지 벌을 받은 뮈라라는 공주였다. 이런 정황을 김언희는 이렇게 표현하고 있다.

나? 인생이
달라지는 수술을 받고 밥그릇에
모락모락 똥을 누고 있는
중이야, 환희의 원천이
환멸의 원천이
되는 건
시간문제 아냐?

-「앨리스 2」 부분

  이상한 나라의 앨리스는 어느 날 난데없이 나타나 '조끼 입고 시계를 보는' 토끼를 따라 다른 세계로 내려간다. 뭐든 먹거나 마시고 나면 몸이 커졌다 작아졌다 하고 멸종한 동물들도 살아나서 말까지 하며 툭하면 공간이 바뀌는 희한한 나라, 그 전에 알고 있던 모든 상식이 오히려 엘리스를 이상한 사람으로 만드는 나라에서 엘리스는 이런 문제들 때문에 결코 괴로워한다거나 속상해 주저앉는 일이 없다. 김언희 시 또한 "밥그릇에 모락모락 똥을 누는" 오류를 앨리스 같은 눈으로 보고 있다. 그는 "환멸의 원천"을 괴로워하지 않고 "환희의 원천"을 굳이 찾지도 않는다. 이런 시인의 키르케 같은 태도는 그의 시가 바로 욕망의 메타모르포제, 욕망의 선이를 지향하고 있음을 보여주고 있다. 그리고 그의 시 또한 은유에서 환유로 변신하고 있는 듯하다.

사냥과 사랑의 변증법

성미정론

독자가 성미정 시집의 제목 『사랑은 야채 같은 것』을 보고 이해지평을 설정하는 것은 부정할 수 없는 일이다. 나도 물론 그런 사람 중의 하나이다. 제목을 보고 나는 야채 같은 사랑을 썼거니 하고 짐작했다. 하지만 그 기대는 여지없이 무너졌다. 그는 스스로 인정하듯이 "실험적이고 모더니티한 시를 쓴다"는 평을 받아온 것이다. 이 시집의 제목은 아마도 그런 "성미정"으로부터 탈출을 하려는 듯한 의도에서 나온 것 같아 보인다. 그것도 아니면 독자들의 그런 '오인'을 실망시키려고 작심을 했을 터이다. 모든 인식은 실망에서 온다는 전제 하에서 말이다(이 시집 속의 시 「무지갯빛 토마토」를 보라). 근대 철학의 아버지 데카르트가 "내가 모든 것에 대해 회의할 때조차 내가 회의하고 있다는 사실에 대해서는 회의할 수가 없다는 것"을 알고 인식의 첫걸음을 내디디었을 때처럼, 처녀시집에서는 부정하는 주체가 있고 시인 스스로에게는 예외를 두면 되었다. 하지만 민주주의가 민주주의 자체에 대해 표결하지 않고, 위는 위벽 자체를 소화해서는 곤란한 일이며 재판관이 잘못된 판단을 해도 스스로에게는 형을 선고하지는 않듯이 성미정은 첫 시집에서와는 달리 굴절하는 주체에 대해 자신 있게 말할 수 없는 처지가된 듯하다. 이번 시집의 시들은 바로 그 부정하는 주체가 다른 주체에의해 다시 부정되는, 그리고 그것이 계속 반복되는 것을 나타내려 한것 같다. 다시 말해 "사랑은 야채 같다"고 주체가 말하지만 그것은 사랑이 고기 같거나 야채 같지 않다는 "부정"에 의해서 다시 부정되며,그런 가운데 주체가 다른 단계로 이전하게 되는 변증법적 과정이 이시집의 핵심을 이루고 있다는 뜻이다.

> 그녀는 그렇게 생각했다
> 씨앗을 품고 공들여 보살피면
> 언젠가 싹이 돋는 사랑은 야채 같은 것
>
> 그래서 그녀는 그도 야채를 먹길 원했다
> 식탁 가득 야채를 차렸다
> 그러나 그는 언제나 오이만 먹었다
>
> 그래 사랑은 야채 중에서도 오이 같은 것
> 그녀는 그렇게 생각했다
> [⋯]
>
> — 「사랑은 야채같은 것」 부분

물론 시인이 시의 방향을 미리 정해놓고 쓰는 것은 아닐 것이다. 오히려 세상 공포의 그물망에서, 또는 이데올로기의 조종에 포획되어 있었던 체험을 무의식적으로 보여줄 것이다. 시 속의 화자는 자신이 누군지 모른 채, 사랑이 무엇인지도 모른 채 사랑에 대해 말하고 있다. 하지만 이런 생각은 상대방의 태도에 따라 변한다. 이런 인식의 미끄러지기는 급기야 "사랑은 그가 먹는 모든 것"이라는 고백을 하게 만든다. 시가 말하지 않으면서 말을 한다. 물론 그의 첫 시집이 가졌던 삶의 아이러니는 여전하다. 「성미정 베이커리」에서 "그이는 도무지 살이 찌지 않"고 "도리어 내가 살이 찐다"고 서술한다거나, 「너어스 김수영」과 「시인은 자고로 예민해야」에서도 언제나 불확실한 나의 내부는 그저 외부에 대해 두려워 할 뿐이다. 외부는 언제나 무장을 하지만 나는 무장해제된 채 나의 감옥에서 그저 외부가 지시하는 대로 움직일 뿐이다.

I

어느 날 짧은 대화에서 시인은 나에게 "부담 갖지 말고 쓰라"고 주문하였다. 정말이지 평론이란 그렇게 시인의 말대로 부담 갖지 말고 쓰는 게 옳고 그것을 나 또한 독자들에게 당부하고 싶다. 부담을 갖지 말고 제일 첫 시 「어느 푸른 밤엔 이 모든 풍경을…」은 읽지 말라고. 나는 이런 류의 시를 쓰는 시인들이 정말 싫다. 왜냐하면 이 제목 밑엔 "김원숙의 그림 「Single Reflection」을 보고…"란 말이 적혀 있는데 김원숙이 누구인지, 그가 어떤 그림을 그리는지 그걸 자꾸 알아보고 싶은데 답답하기만 할 뿐이다. "…하면 좋겠소"로 끝나는 것이 무슨 정태춘이 노래하는 것 같았다. 같은 맥락에서 「모형 심장에서 붉은 잉크가…」라는 시와 「하루에도…」, 「나는 공원에서…」, 「나는 드디어…」, 「비밀한 발은…」, 「아직은 안해의 거울을…」, 「쓰레기 통에 버려진…」, 「언젠가 한번은…」이란 시들은 모두 읽을 필요가 없을 듯하다. 이 시들은 제목을 내용으로, 내용을 제목으로 읽으면 충분할 듯하다. 하지만 「사랑은 야채 같은 것」과 그놈의 「커다란 가방 때문에」는 정말 좋은 시다. 이들 시에서 나는 인간학적 형질을 발견한다. 화자가 "우리 부부가 헤어지지 못하는 이유가 정말 / 커다란 가방 때문일까요"라고 자문하는 구절에서 실로 우리가 "그놈의 커다란 가방 때문에" 아무것도 못한 것을 느낄 수 있기 때문이다. 치환이라고 설명할 수 있는 이런 심리적 방어기제는 우리 존재의 한 부분이 되어 있다. 궁금함과 착각, 원망(願望)과 불안, 자존심과 오기가 그 가방 때문에 일어난다면 그 가방은 바로 우리의 실존이유가 될 수도 있다.

여기서 보다시피 성미정은 그로테스크한 시적 태도에서 생활인의 아이러니로 접어들고 있는 듯하다. 첫 시집에서 그는 "음모를 잡아뜯어 대머리의 가발을 만들어" 주었고 "뇌 속으로 머리털이 자랐다". 그런 만큼 이 시집의 첫 부분은 그런 경향성을 많이 지니고 있는 것이 당연하게 여겨지기도 한다. 「장래 희망은 인어」도 읽을 것이 없을 듯하다. 에세이처럼 보인다. 에세이는 시에 비해 예술적 성과가 미흡하다고 루카치가 지적하지 않았던가. 「실용적인 마술」은 그러나 재미있다. 비록 그 언어는 산문의 영역에 있다 하더라도 이 시는 진정성을 부여한다. 눈속임의 마술에서 실용적인 마술이란 것은 어쩌면 시인의 시적 태도 변화와 병행하는 것 같다. "오천 원으로 푸짐한 밥상 차리기"가 가능한 일이 때문이다. 「식성」에서는 다시 그로테스크가 고개를 든다. 「불멸의 털」은 대머리나 미용실 하시는 분만 읽어 봐라. 나 같은 보통 사람은 읽어서 무슨 뜻인지 모를 것이다. 「사냥의 즐거움」또한 사냥꾼에게 적합한 시이다. 다소 엽기적인 강박관념은 희생자인 현대인의 심성을 그대로 표현하고 있는 듯하다. 토끼가 사냥꾼을 물어 죽인다는 것은 강박적 현실을 그려낸 것으로 읽을 수 있다.

II

시집을 대하면 시인에 대해 뒷조사하는 것이 제일이겠지만 이 시집을 제맛나게 읽으려면 74쪽을 먼저 보면 좋겠다. 표지 날개에 있는 경력이야 시인의 외부이지만 거기에 있는 「경력, 시인의 꼬리」라는 시가 씌어 있어 시인의 내부를 보여주기 때문이다. "존재가 적으면 적을수록 그대는 더 많이 소유하게 되고 그만큼 그대의 소외된 삶은 커진다"란 마르크스의 말을 확인케 하는 시로 읽을 수 있다. 경력이라는 것이 화려하다고 좋을 것 없다는 뜻을 시인은 "꼬리를 잘라 버림으로써" 해방되고 싶어 한다. 시인으로서 존재하고 싶은 마음을 솔직하게 노래하는 것일 게다. 아마도 1997년 시집 『대머리와의 사랑』 출간이란 꼬리도 떼고 1994년 『현대시학』시 등단이란 꼬리표도, 1967년 강원도 정성 출생이란 꼬리표도 떼면 그렇게 될 것이다. 시인이란 말도 떼고 성미정이란 이름도 떼면 존재가 모습을 드러낼 것이니까. 하지만 어느 누군들 이런 꼬리의 집요함에서 벗어날 수 있으랴. "글을 써주니 어떤 이는 묵은 김치를 주고 … 어떤 이는 도자기를 주고 …어떤 이는 사진을 찍어준다". 시가 이와 같은 원시적 물물교환 단계를 넘어선다면 오히려 그것은 위험한 일일지도 모르기 때문이다. 그래서 시인은 자고로 '예민해야' 하는 것이다. 이런 메타 시들을 보면서 이 시대의 시인의 역할을 감지하게 된다. 성미정의 시는 마스코트처럼 만질 수 있어서 좋다. "실험적이고 모더니티한 시를 쓴다는 성미정 씨의 고백"을 들어보면 그런 만지작거림이 핍진성을 지닌 채 느껴질 것이다. 때로는 조약돌처럼. 때로는 열쇠고리처럼.

"옛날에 빨간 머리 남자가 살았는데 그는 눈도 귀도 없었다. 그는 머리칼도 없었는데 그저 예의상 빨간 머리라고 불렀다. 그는 입이 없어서 말할 줄도 몰랐다. 코도 없었다. 그는 팔도 다리도 없었다. 위장도 없었고 등허리도 없고 등뼈도 없고 내장도 없었다. 그는 아무것도 없었다. 그러니 우리가 지금 누구에 관해 말하고 있는지 알 수가 없구나. 그러니까 그 사람에 관해서는 그만 얘기하는 게 좋겠지." 다닐 하라무스의 말이다. 그는 말하자면 인간의 본연의 모습, 본연의 모습이란 위에서 말했듯이 사회화와 더불어 왜곡되지 않은 상태를 말한다. 어린 아이 단계에서 얻는 즐거움을 말한다. 성미정의 시가 가정이라든가 가족에게서 쉽게 찾을 수 있는 소재라든가 어린 아이에게 들려줄 수 있는 동화 같은 것이 많은 이유는 그가 바로 이렇게 어렵고도 왜곡된 삶의 질곡으로부터 해방을 지향하고 있기 때문이 아닐까 한다. 그의 시들은 현실의 왜곡도 시인의 이상이 추구하는 낯선 친숙함의(unheimlich :

보통 우리가 '언캐니'라고 알고 있는 것) 어떤 세계도 아니다. 그가 추구하는 것은 늘 감추려고 시도하지만 드러나는 것, 도회의 문명에서 스스로 발설되는 어떤 소시민적인 것이다.

> 양재동 꽃시장에 야생화를 사러 갔었습니다
> 손톱처럼 앙증맞은 풍로초를 하나 사고
> […]
> 버스가 흔들릴 때마다 꽃이 떨어질 듯 위태로웠지만
> 그래도 무사히 집으로 돌아왔습니다
> 흔들릴 대로 흔들려도 지지 않는 꽃에게 c'est la vie라는
> 이름을 붙여주었습니다
>
> ─「꽃의 이름은 c'est la vie」 부분

초기의 그의 시집 『대머리와의 사랑』과는 비교할 수 없을 정도의 정밀과 친근함은 팬시리 큰 포즈를 취하며 사람을 위협하는 '야인시대'를 벗어나고 있다. 이렇게 시적 언어가 광기나 폭발, 격정과 공포에서 작은 것과 친밀한 것으로 이동함으로써 시인은 차츰 시인으로서의 페르소나를 벗기 시작하는 것 같다. 기억하기 위해 전에는 문신을 새기고 담뱃불로 몸을 지졌다면 지금은 약간의 우울과 약간의 고독으로 시적 연상을 창조하는 듯하다. 이전의 시가 기억되기 위한 것이었다면, 지금의 시는 삶을 살기 위해 잊어버려야 할 것이라도 말하고 싶다. 어색하지 않은 진솔함에 한 표를 던지고 싶다.

III

성미정의 이 시집에는 또 하나의 보이지 않는 소재가 있다. 그것은 정신분석학적으로 읽어낼 만한 소재이기 때문에 나는 재미를 더 할 수 있었다. 「사냥의 즐거움」에서나 「다소 엽기적인」, 「샴토끼 혹은 삶, 토끼」, 「보테로 식으로 토끼를 그리는 토끼」, 「네모난 토끼」, 「털갈이의 계절」, 「어린 병원」 등에서 보이는 "소심하고 겁 많은" 짐승은 바로 시인의 삶 자체일 수도 있다. 거기에는 항상 포수가 있지만 그것이 현실원리에 의해 움직이지 않는다. 「다소 엽기적인」에서는 토끼가 포수를 사냥한다.

> 알려진 바에 의하면
> 토끼는 온순하고 채식만 즐긴다지만
>
> 알려지지 않은 바에 의하면
> 토끼는 다소 엽기적이고 때로는 육식을 즐긴다

얼마나 재미있는 표현인가. "알려지지 않은 바에 의하면" 이라는 말이 "아무것도 없는 사람"에 대해 무엇을 말하려는 것을 포기하는 순간 그것의 환상을 잡아낼 수 있듯이 바로 알려지지 않은 것에 대해서도 마찬가지로 말을 할 수 있다. 그 알려지지 않은 바는 "토끼가 가장 즐기는 요리는 사냥꾼이 주재료"라는 사실과 "사냥꾼 하나를 다 먹어치울 때쯤이면 / 토끼의 몸은 싱싱한 피로 가득 차고" 그래서 "눈까지 빨

갖게 충혈된다"는 사실이다. 이런 에고와 이드의 분리는 그의 시 「샴 토끼 혹은 삶, 토끼」에서 의료진들이 두 토끼를 분리하려고 애쓰는 것으로 체화되어 있다. 우리의 몸에 분명히 있고 그것도 분리할 수 없는 동형이체로 살아가는 것이 곧 에고와 이드/수퍼에고가 아닐까? 이 무의식은 화자를 끝까지 따라다니며 괴롭히는 것이다. 이런 학문적으로 파악할 수 있는 마음을 시인은 직관적인 그림으로 더 분명하게 보여준다. 등뒤에 붙어 있어서 "알려지지 않은 것", 관에 들어갈 때까지 한 몸으로 존재하면서 적대시하는 것, 임종 직전에 서로의 존재를 완전히 잊어버리는 것, 서로를 사냥꾼이라 부르는 것(이상 「샴 토끼…」에서 인용). 그 '알지 못할 그 무엇'에게 감시당하고 때로는 처벌당하고 있다. 궁금한 것은 이렇게 처벌된 자아가 살아가는 모습이다. 그는 어떤 모습으로 살아갈까?

IV

이렇게 건성으로 나는 아무것도 말하지 않으려는 시인의 글을 읽었다. 귀도 눈도 코도 없고 말할 것도 없는 시를 읽었다. 그러므로 내가 말한 것이 성미정이라고 누가 말할 수 있을까? 그의 시는 '실험적'이지도 않으며, 더욱이 시인은 '모더니스트'도 아니다. "패셔너블"하지도 않고, "아방가르드한 모자"도 쓰고 있지 않다. 그저 평범한 모자를 쓰고 '첼로 케이스' 안에서 거듭나길 희망하며, "띠뽀리"를 손질하는 재미로 살며, "남편이 밥먹을 때 똥을 싸고" '구두'와 '김종삼처럼 큰 귀'

를 갖고 싶어할 뿐이다. 그러나 '삶, 토끼'에게 주어진 것은 강박적 반복충동 밖엔 없다. 끝없이 많이 띠뿌리만 손질하고 누가 나에 대해 말하는 것을 꾸준히 아니라고 부정하고, 그 부정한 것을 부정하는 사람에 대해 또 부정해야할 준비를 해야하고…… 그러니 삶이나 사랑이라는 것이 바로 이런 포획된 굴레, 사냥으로부터 벗어나는 일이 아닐까? 사랑이라는 것이 사냥으로부터 가능하고, 정화라는 것이 처벌로부터 온다면 이런 시인의 자기 처벌로 인해 독자는 정화를 얻을 수 있고 행복해지지 않을까. 마치 하루끼의 소설을 읽듯이 빗과 더불어 대화하고 아이의 똥을 주물러서 입에도 넣어보고, 토마토를 굴러서 구슬치기하듯 성미정의 따스한 시를 읽으면 누군가에게 버림받은 듯한 느낌을 가지게 될 것이다. 비 오는 날 우산도 없이.

낡은 집의 미학

이상규론

종교인이 되는 데 반드시 경전이 필요한 것은 아닐 터, 시를 쓰는데 무슨 이론이 필요치는 않을 듯하다. 그러나 종교인이 되는데 반드시 구속의 믿음이 있어야 하듯 시를 쓰는 데는 반드시 행복에 대한 갈망이 있어야 한다. 그런데 모름지기 행복이라는 것은 모순율에 자기존재의 토대를 두고 있음을 벵갈의 성자 라마크리슈나는 이렇게 말하지 않았던가! "당신이 행복하지 않다면 집과 돈과 이름이 무슨 의미가 있겠는가. 그리고 당신이 이미 행복하다면 그것들이 또한 무슨 의미가 있겠는가." 다르게 읽어보자. 당신이 행복하지 않다면 시를 쓰는 것이 무슨 의미가 있겠는가. 그리고 당신이 이미 행복하다면 그것이 또한 무슨 의미가 있겠는가. 그렇다. 그러므로 더욱 시인은 행복하거나 행복하지 않은 사람이 아닌 것이다. 그는 행복의 약속을 기다리는 사람이다. 메시아를 기다리는 사람들의 계시처럼 그는 이 기다림의 자기 부정을 응시하고 있다. 이런 의미에서 보면 시인 이상규는 앞 시대의 몰락을 그리면서 취소된 또는 유보된 행복의 약속을 그리고 있다고 할 수 있

다. 그 앞 시대라는 말을 그의 이전 시집에서 꾸어 와 '낡은 집'이라고
붙여보자. 그리고 읽어보자.

> 언어는 가장자리가 모자라지 않고
> 중심일수록 먼저 허물어져 내린다
> 세상만물은 외각부터 먼저 닳는데
> 언어는 가운데가 앞서 변하는 기표다
> […]
> 풍화하는 기의와 기표
> 중심과 변두리 사이
> […]
> 기표와 기의가 털걱거리는 마찰음
> 가운데가 허물어지고 있다
>
> ─「세대교체」 부분

시에 매개되지 않은 것, 그러면서도 우리의 눈앞에 보이는 것, 그것
이 시인이 암시하는 몰락의 미학이다. 그것은 물리적 세계와는 달리
"외각부터"가 아니라 "중심일수록 먼저 허물어져 내린다". 시에 매개
되지 않은 이 표상은 말할 수 없이 많다. '그들'이 사용하는 은(언)어를
'이들'은 알지 못한다. 그들이 '삼행시'를 '시'라고 말할 때, 이들은 어
이가 없다. 이들이 특정한 시를 '시'라고 말할 때 그 언어는 이미 중심
에서부터 허물어져 내린다. 왜냐하면 이들은 언어의 바로 그 '낡은' 집
에 살고 있기 때문이다. 아파트에 사는 사람은 이 낡은 집을 더 이상
'집'이라고 하지 않는다. 그러므로 "기표와 기의가 털걱거리는 마찰음

은" 더 이상 언어가 아니라 "세대교체"이다. 이상규의 시가 기댈 곳은 전통의 시가 지향한 고전적 불멸의 세계, 말하자면 보편자가 아니라, 그 보편자의 몰락과정이다. 중심과 변두리 중의 양자택일이 아니라 중심과 변두리가 함께 겪는 몰락의 과정이다. 시인은 그의 세 번째 시집 (거대한 낡은 집을 나서며, 포엠토피아, 2002)에 수록된 「불온성 없는 세상 2」에서 "의사들은 타인의 원죄를 무심히 엿본다"라는 표현으로 이 상황을 묘사하고 있다. 그의 시에는 푸른곰팡이 핀, 꼬린내 나는 50년대나 60년대가 못에 걸려 있다. 현대인의 미학적 경험의 토대라고 할 수 있는 "기표"나 "기의"라는 말이 갖는 환유성을 안다면 얼마나 그의 시가 몰락하는 것에 집요한 시선을 던지는지 짐작할 수 있을 것이다. 어쩌면 행복의 약속이란 처음부터 그런 고향과 순수, 서정과 생태적 공존이었을지도 모른다. 다만 그는 이런 자연에 도달하기 위해 자연의 집에서 나와야 한다. 마치 "나는 생각한다, 고로 나는 존재한다"라는 말을 하는 사람이 그 생각 밖에 있어야 하듯 말이다. 마치 자기의 지난날의 삶이 아무것도 아니었다는 말을 하는 듯하다.

도요새의 노래와 퍼덕이던 갯바람 냄새가 추억의 비늘구름으로 증발하고 없는 동경만 바다는 이미 바다가 아니다. 꿈이 달아난 모래알에는 이제 거친 숨소리만 남아 있을 뿐 동경만 푸른 물길에는 거대한 짐승들만 오가고 있다. 우람한 철골 구조물 레인보우 브릿지로 이어진 바다에는 갈매기나 또는 도요새 다리를 젖게 하는 군청빛 파도는 멀찌감치 달아나고 갯벌에 살던 가재들은 사람들이 숨어 있는 고층빌딩 속으로 이사를 떠난 지 오래다. 눈부신 동경만 태평양의 해안선이 맞닿는 곳에는 전쟁 때 깨어져 밀려 든 소라껍질의 아픔만이 수런거리고 있다.
일본 자위대가 재무장을 하는 유사법안이 통과되는 날에 맞추어 한국
의 대통령이 천왕을 만나러 왔단다.

- 「동경만」 전문

그가 어느 날 갑자기 사라졌다. 그리고 갑자기 동경에 나타났다는
것이다. 시인이지 국문학자인 그가 그 낯선 동경에 간 이유는 무엇일
까? 그곳에 가서 민족이 일제의 신음 하에 쓰던 말들을 하고 있다. "동
경만"과 "도요새의 노래"는 서로가 얼마나 낯선 언어들인가? 달에 푸
른 치즈를 붙여 놓은들 이보다 더 낯설어지지는 않을 듯하다. 마치 불
연속적인 돌발 사건을 서로 연결시켜 놓아 의미를 발생시키는 몽타주
원칙으로 시가 만들어진 듯 하다. 몽타주가 사실성을 포기하고 심미적
형식에 굴복하는 것은 새로운 언어를 만들고자 하는 우리의 의도에서
비롯된 것이다. 그렇다면 시의 흐름과 별 연관성이 없어 보이는 마지
막 연 "일본 자위대가 재무장을 하는……"은 의미의 위기를 탈출하기
위한 시적 전략이라는 생각을 들게 한다. 신문에서 오려 붙인 듯한 몽
타주로 된 이 시구는 호소구조 Appellstruktur를 갖고 있다. 호소구조란
무엇을 읍소(泣訴)한다는 뜻이 아니라 무엇을 생각나게 한다는 뜻이다.
이를테면 우리는 마스코트에서 사랑의 호소구조를 볼 수 있는 것이다.
이 호소구조는 그의 생태학적 상상력과 이데올로기 비판이라는 양수겸
장의 정수를 보여주고 있다. "거대한 짐승들만 오가는" 것과 "전쟁 때
깨어져 밀려 든 소라 껍질의 아픔"이 무엇을 호소하고 있는지 우리는
알 수 있다. 지배의 구조는 개선되지 않는다. 동경만의 사건은 오늘도

같이 되풀이 될 뿐이다. 하지만 지배의 구조가 입을 틀어막고 없앴 던 기억들이 시의 환기라는 장치를 통하여 우리들의 의식의 촉수에 와 닿는다. 그의 이런 생태학적, 이데올로기 거부적인 세계관은 텍스트에 실수의 흔적으로도 남아 있다. 그것은 바로 "천왕"이란 단어이다. 나는 이 텍스트를 읽고 이 부분이 실수임을 알면서도, (그리고) 아무 말도 하지 않았다. 왜냐하면 그것이 '귀중한 실수'이기 때문이다. 천황이나 일왕은 있어도 천왕은 없다. 사천왕이나 고국천왕의 '천왕'은 있어도 그냥 "천왕"은 없다. 그의 이데올로기에 대한 폄하가 무의식이라는 경 로를 통해 백 마디 말보다 진실하게 표현되어 있다. 이런 시의 맥을 짚 기 위해서는 그가 이전에 썼던 시를 리뷰하는 것이 필요할 것 같다.

> 팀스피리트 한미합동 군사훈련에
> 징발된 전투기의 굉음이 한낮동안 어질러 놓은 어둠
> [⋯]
> 그것은 고요가 아니다
> 치르르 여치 울음이
> 환청으로
> 낮 동안 어질러 놓은 비행기 굉음자리에
> 그 오선지에 불규칙하게 흩어져
> 4분음표 2분음표 반음표처럼
> 거꾸로 줄타기하고 있다
> 　　　　　　　　　　　　　　－「전투기와 여치」 부분

정신의학에서 보통 환청이나 환각은 보상의 메커니즘으로 이해된다.

적개심이 풀리지 않으면 그것은 (무의식적) 억압으로, 그것도 모자라면 환청이나 환각, 作話(Konfabulation)로 전이된다. 아니 오히려 그런 증상으로 보상하면 된다고 생각하는 것이 더 적절할 것이다. 한계상황에 달한 인간이라면 참을 수 없는 고통을 아름다운 시절에 대한 기억으로 보상하는데 이때 보상은 당사자에게는 다른 무엇을 상징하는 것이 아니라 보이는 그 자체 즉 실제라는 것이 정론이다. 여치가 전투기에 대한 억압의 보상이 아니라 전투기가 여치로 보이는 것이다. 시인의 시인다움과 시의 시다움이 바로 여기에 있다. 시인의 이데올로기 비판은 일견 도피 같기도 하고 피학 같기도 하지만 시인이 "전투기"로 "팀스피리트"로 이 특정한 이데올로기에 대적할 수 없는 한, 도망의 길을 최선의 공격으로 택할 수밖에 없다. 시인은 자기의 꿈으로 도망하면서 공격한다. 시인은 "여치"라는 무기(!)로 한미합동 군사훈련을 뒤죽박죽으로 만들어 놓고 ("그 오선지에 불규칙하게 흩어져 / […] 거꾸로 줄타기하고…") 있다. 지하실에서 고문이 심해지면 질수록 고문 받는 사람은 천장과 기둥이 너무도 튼튼히 지어져 있다는 사실에 경악하고 말 것이다. 군사훈련으로 떨어질 전투기는 한 대도 없을 것처럼 보인다. 그러나 그런 만큼 "여치"는 생태적 세계관과 이데올로기를 넘어 미적 상상력을 얻는다. 이런 시인의 시적 개인사에서 최근 그의 시를 연장시켜 본다면 뭔가 변화의 조짐이 있다. 어쩌면 위에서 이미 언급한 낡은 집에서 홀홀 털고 나오는 모습을 보여준다고나 할까.

찬바람 일으키며 전철이 헤쳐 가는
고층빌딩 뒷길, 술이 덜 깬 사나이가
지난밤의 끈적한 외로움을 털던 흔적들을
옷섶에 주렁주렁 달고
전철 반대 방향으로 걸어간다
[…]
제 흔적을 지우지 못해
새벽일수록 슬퍼하는 별들이 많다

전기불 빛이 퍼지는 새벽하늘이 흔들릴 무렵
딸강거리는 청소차는 입김을 뿌옇게 내뿜으며
밤새도록 버려둔 사람들의 욕망의 찌꺼기를
차에 실고 어둠이 차차 지워지는 곳으로
숨어 버린다.
[…]
이 도시는 아무도 존재하지 않는다.

-「새벽」 부분

동경만을 도요새 울음소리로 채우고, 전투기의 굉음이 지나간 자리를 여치 울음으로 채우며 이데올로기의 '빈자리'를 자연의 끈기로 채운 시인의 부단한 의지는 이제 토대를 잃은 듯하다. 주체의 의지에 골몰하는 순간 존재 자체가 흔들린 것이다. 아니 존재에 대해 문제 제기를 하는 동안 주체가 모호하게 되어 버렸다고 함이 더 옳을까. 그래서 우리는 이 낡은 집의 미학에 대해 좀 더 고민을 해봐야 한다. "제 흔적을 지우지 못하는… 별들", "술이 덜 깬 사나이가 지난밤의 끈적한 외로움을 털던 흔적들"은 시적 화자의 주체와 존재를 보장해주었던 형이상학적 공간이었다. 그곳에서 주체는 권위와 권력과 담론을 가졌었다. 그러나 이 모두는 이제 본의 아니게 "전철의 반대 방향으로" 걸어가게 되었다. 그러므로 화자가 지닌 기억의 흔적은 이제 이마고(imago)로서의 가치밖엔 아무런 가치가 없다. 그래서 시인은 이 낡은 집의 미학에 집중하는 것이다. 시 「그것이 살아 있다는 것이다」에 등장하는 오브제 "눈이 유난히 큰 여인"이나 "들풀" 들은 이런 기호를 가지고 있는 것이다. 이 기호가 "기운 집의 창문"과 대화하는 방식들이 곧 이상규 시의 캠프들이다. 그는 이제 가지고 있는 것이 아니라 가지고 있는 것의 탈루, 왜곡, 변화에서 시의 집을 다시 짓고 있다. 무릇 근대시가 그러하듯 이상규 시의 지향점은 상실된 세계의 아우라를 회복하려는 것도 아니요, 어느 날 그러했던 것처럼 자기 담론을 의미 있게 전달하자는 것도 아닌 듯하다. 그의 시는 갑자기 중심에서부터 내려앉은 존재를 적시하고자 하는 듯하다. 근대의 시가 정서에서 나왔다면 현대의 시는 이런 충격에서 나온다.

우리는 아무도 자기를 연기하지 않는다. 그래서 수시로 가면(persona)을 바꾼다. 그리고 그 가면을 연기하는 것이 자신(person)을 연기하는 것보다 훨씬 편하다. 세상을 봐도 그렇다. 언제는 파란 옷을 입은 사람들의 의견이 중앙인줄 알았는데 이제는 노란 옷을 입은 사람들이 중앙이 되었다. 언제 다시 빨간 옷을 입은 사람, 검은 옷을 입은 사람이 우리에게 무엇인가를 요구할지도 모른다. 집단으로 바뀌는 동안 바뀌지 않은 개인은 희생을 요구 당한다. 그런 변화의 와중에서 낙오자들은 동경만의 소라껍질처럼 수런거리고 옷에 붙은 외로움이나 털고 다니게 되었다. 의식과 행위의 진보성을 떠나서 시는 채우지 못한 원혼의 달램인 듯하다. 김수영이 그랬고 하이네가 그랬다. 미적 화해는 진실로 미 외적인 것에 대해 죽음을 의미한다. 그래서 이상규의 시는 현실적인 화해를 희생시켜 비현실적인 화해를 이룩하려는 그의 삶으로 읽혀진다.

문장이 이르지 못하는 곳

송종규론

돈키호테는 "지나치게 정상적인 것은 미친 것과 같다"고 했다. 지나치게 정상적인 것은 곧 우리를 에워싸고 있는 일상일 것이다. "호수를 빙빙 도는 일", "제 그림자 자꾸 따라가는 일", "하루 세 번씩 꼬박꼬박 밥을 챙겨 먹는 일, "그를 따라 간 일", 이런 것들이 우리들에게는 일상이지만 송종규 시인에게 있어서는 문장이 이르지 못하는 영역에 있기도 하다. 문장이 이르지 못하는 곳, 사실 그곳에 시가 있으므로 우리는 또한 정상적인 것을 알지 못한다. 이것이 우리에게 숙제로 내주는 시인의 아포리아일 것이다. 우리가 도처에서 찾아볼 수 있는 것에는 사실상 아무 것도 없다. 거기에서는 "빨주노초 내 몸의 사계를 누가 밟고 가"(「사계」)며, 그곳에서 "나는 아직도 살아있"고, 또 그곳 "세상에는 너무 많은 사람들이, 아직도 살아 있다". 이렇게 오랜만에 만난 송종규의 시는 아포리아로 내게 인사를 해왔다.

그를 따라 갔는데 경찰서였다 그를 따라 갔는데 햇빛 환한 자작나무

숲이었다 그를 따라 갔는데 밤이었다 그를 따라 갔는데 여름이었다 그
를 따라 갔는데 성당 입구였고 그를 따라 갔는데 시청이었다 그를 따
라 갔는데 시뻘건 국물 끓어오르는 국밥 집이었다

　　그는 도서관 같기도 하고 더러, 친절한 애인이나 사기꾼 같기도 하
지만

　　그를 따라 갔는데 호젓한 물가였다 그를 따라 갔는데 변방이었고
그를 따라 갔는데 한 시대가 흘러가고 있었다 그를 따라 갔는데 별빛
이 녹아내리는 熱河였다

　　그는 구름의 발자국과 헐거워진 짐승의 뱃가죽을 갉아먹었다 그는
상투적으로 계약을 파기하고 상투적으로 나는 파 먹혔다, 그러나
　　나는 슬픔으로 터질 것 같은 서쪽 하늘을 그와 함께 바라보기도 했
다

- 「손목 시계에 얽힌 일화(逸話)」 전반부

　　송종규의 이런 아포리아를 읽기 위해 우리는 시를 정독할 필요가 있
다. 누군지 모르는 "그는 상투적"이다. 그리고 나는 그에게 "파 먹혔
다". 그는 "사기꾼 같기도 하지만", 나는 "그와 함께" 있기도 했다. 시
가 무언가를 지칭하지 않는다면 "그"라는 대상은 "손목 시계" 같은 것
이 아니라 그것과 결부된 '시간' 같은 어떤 기호일 게다. 또 시간을 지
칭하는 것이 아니라 시간과 결부된 존재의 아날로기아 analogia로 이해
하는 것도 더욱 아름다운 시적 미덕일 것이다. 시는 그 존재 자체가 의
미의 부정으로 만들어지는 것이기 때문에 시는 삶의 균열 속이거나,

대상이 죽는 곳에서 발생할 수 있다. 그렇다면 "경찰서"에도 있고 "별빛이 녹아내리는 열하(熱河)"에도 있는 것은 무엇일까? "짐승의 뱃가죽을 갉아먹"기도 하고 나를 "파먹기도" 하는 그는 누구인가? 그는 범죄영화처럼 좀처럼 얼굴을 내비치지 않으므로 다만 하나의 아포리아일 뿐 우리가 머릿속에서 구체화할 수 있는 대상이 될 수는 없는 듯하다.

문제는, 서로에게 피안이 되지 못한다는 것
문제는, 우리는 서로에게 응전의 한 방식으로 존재한다는 것

그는 밥이나 도토리묵을 먹듯 나를 갉아먹었다 내가 아무리 꺽꺽, 운다 해도 그는 떠나지 않을 것임을 안다 애초부터 그는 선량한 동행자는 아니었다 그러나 이 길 위에서 그가 행한 무례를, 그가 베푼 달콤한 환각의 기억을 잊을 수 없다 그러므로

마침내 나는 없어질 것이다

그를 따라 갔는데 지하철이었고 그를 따라 갔는데 공원이었다 그를 따라 갔는데 적멸에 이르는 길이었고 그를 따라 갔는데 註釋 가득 달린 긴 문장이었다

그는 마치 집요한 스피커나 목각인형의 배꼽 같기도 하지만
- 「손목 시계에 얽힌 일화(逸話)」 후반부

나는 그의 시에서 나 자신을 읽어 보았다. "서로에게"를 '사랑하는 사람'으로 읽어보기도 했고, 사랑하지 않지만 어쩔 수 없는 '인연 때문

에 사는 사람'으로 읽어보기도 했다. '사랑해주길 바라는 상대'에다 대입해보기도 했고, 그저 '갈등 이상의 그 무엇도 아닌 사람'이라 읽어보기도 했다. 사랑이 필연적으로 같이 있을 것을 요구한다는 사실은 우리가 새삼 이 시를 읽는 실마리를 마련해준다. 그러나 "애초부터 그는 선량한 동행자"가 아니고, 그가 "무례를 행하며" 또한 "달콤한 기억"을 베푼 아포리아의 대상이라면 그것은 더 이상 어떤 구체적인 사랑도 삶도 아닐 것이다. 나는 그 대상을 '시간'으로 이해하기로 마음먹는다. 한결 여유가 있어진다. 우리의 삶을 환원한다면 돌아갈 수 있는 마지막 원자가 시간 아니던가! 그 시간을 시인은 촌철살인으로 이렇게 표현한다. "註釋 가득 달린 긴 문장"! 송종규 시의 매력은 묘사하지 않고, 말하지 않고 의미하지 않는 데 있으므로, 그래서 가끔씩 그것이 나의 무지를 드러내게 하고 나의 감정을 건드리곤 한다.

시인의 시에서는 "문장이 이르지 못하는 곳"을 많이 만들고 있는데 그중 하나가 바로 오고 감의 반복이다. 우리가 보통 파충류 뇌라고 명명하는 반복충동의 뇌는 부지불식간에 무의식적으로 수행되는 것들이다. 그렇기 때문에 이미 어떤 것을 그리려고 하면 그 순간이 사라지기 때문에 대상을 그리면서 많은 고충을 토로한 인상파 화가들처럼 시인 송종규는 삶을 문장으로 파악하기 위해 고난의 여정을 마다 않는다. 그런데 결국 그 순간은 말이어야 하므로 그의 시는 "문장이 이르지 못하는 곳"에 있다는 아포리아를 만날 수밖에 없다.

잠시 비비새가 다녀갔다 녹색의 정원과 공중에 뜬 저 많은 구름의

형상들을 지나서 왔다 이글거리는 불꽃과 불꽃의 어린 파편들이 타닥
타닥 소리를 내는 협곡을 건너서 왔다 한 세계에서 한 세계로 건너가
고 있는 것들 연기, 환영, 구름, 우레를 건너 실오라기처럼 가벼운 깃털
을 달고 왔다 그의 깃털은 굴곡진 삶을 부양하기 위해 끝없이 나래 치
거나 지루한 삶에 노래를 불어넣는 일 따위가 아니라 제례祭禮의 형식
으로 존재한다 그러므로 꿈결의 한 찰나처럼 짧은 순간 내 발은 공중
으로 들어 올려질 수 있는 것이다
　　고요한 부리와 가벼운 깃털로 성聖과 속俗의 내밀한 접경을 건너는
것은, 그가 삶을 대하는 지극한 방식이다 그곳은 멀고 그곳은 깊은 공
중
　　내 문장이 거기에 이르지 못하므로 나는 또 비비새를 기다릴 수밖에
없다 내 혼미한 날들의 기록은 결국 비비새를 위한 헌사이다
　　깃털에 실려 온 봄날 오후가 창마다 연둣빛 입술을 매어단다
　　　　　　　　　　　　　　　　　　　－「비비새를 위한 헌사」 전문

성과 속의 경계는 오고가는 비비새의 깃털에 있다. "그의 깃털은 굴
곡진 삶을 부양하기 위해 끝없이 나래 치거나 지루한 삶에 노래를 불
어넣는 일 따위가 아니라 제례祭禮의 형식으로 존재한다". 그러니 그
의 비비새를 향한 메타포는 이제 반환점을 돌아 지루한 삶을 제례로
파악하는 인식에 있다. 그 많은 정상적인 것들(그래서 미친 것들)은 공중
으로 들어 올려질 때 파악할 수 있는 것들이다. 그 인식, 즉 "내 혼미
한 날들의 기록"은 문장으로 파악하지 못하는 공중으로 들어 올려진(그
러나 또한 그 땅에 발을 디뎌야 할) 아포리아의 영역에 존재한다. 혹시 시인
의 환생 reincarnation일지도 모를 비비새는 "연기, 환영, 구름, 우레를
건너"왔다. 그러므로 비비새를 위한 헌사는 자신일지 아닐지도 모를

경계에서 머물고 있다. 녹색부전나비 또한 "내 겨드랑이에서 날개가 돋아 날 것을 짐작하지는 못했으나 / 나는 내게, 우월한 족속이라는 최면을 건 적 있다"고 고백하고 있다. 알 수 없는 것, 송종규의 아포리아의 세계를 접하면서 나는 갑자기 월트 휘트먼이 쓴 시가 생각난다. "이들은 밤낮없이 내게 왔다가 다시 멀어져 간다. / 그러나 그들은 나 자신이 아니다." 송종규 시인을 독자로 만난 지 벌써 15년이 지났다. 그러나 그가 자신을 모른다 했으므로 나는 그가 누군지 모르고 있는 것이다. 더구나 그를 바라보는 내가 누군지도 모르겠다. 그의 시를 인용하겠다. "문제는, 서로에게 피안이 되지 못한다는 것 / 문제는, 우리는 서로에게 응전의 한 방식으로 존재한다는 것". 나 또한 나를 따라온 그에게 보여줄 수 있는 것이라곤 이렇게 "註釋 가득 달린 긴 문장" 뿐이다. 그녀가 어느 날 이런 주석 달린 문장에서 벗어난 새로운 시의 세계를 잠시 보여주었다. 그녀의 새로운 지평을 열게 하는 새로운 시다.

달걀하고 커피하고 자두를 사러갔는데 노란버스가 신호등을 방금 통과해 갔는데 매미소리가 진동하는 팔월의 주말 엿가락처럼 늘어진 생각들이 자작나무를 올라타고 앉았는데 나는 애드벌룬처럼 둥둥 공중으로 떠올랐는데 어느 해 여름인지 감자 찌는 냄새가 자욱했는데 나는 매캐한 햇살을 눈꺼풀 밖으로 털어냈는데 어느 여름 눈부신 하루해가 덜컥 공중에 걸렸는데

자, 달걀하고 커피하고 자두를 사러가자 신호등 앞에서 자작나무 그림자가 뚝 멈춰 섰는데 누군가 솟구치고 누군가 태양 속으로 걸어 들어갔는데 백설기처럼 말랑한 말들이 구름을 부풀어 올렸는데 구름의 발목에서 물방울 같은 것이 반짝하고 사라졌는데

자 이제, 달걀하고 커피하고 자두를 사러가자 달걀하고 커피하고 자
두하고 12시가 시들기 전에 독배처럼 향기로운 정오의 커피를 끓이러
가자 물방울 같은 말들이 반짝하고 사라지기 전에 자작나무 숲을 건너
가자 신호등을 부수고 가자

　달걀하고 커피하고 자두를 사러갔는데 다리 한 쪽이 덜컥 자작나무
꼭대기에 걸려있었는데 바람이 스치고 지나가는 정오의 햇살이 자욱했
는데

–「자작나무」전문

　이 시를 읽고 있노라면 엄마에게 늦게 온 이유를 잔뜩 설명하고자
침을 삼켜가며 허둥대는 아이의 모습이 보인다. "달걀하고 커피하고
자두를 사러갔는데" 그 다음 이야기는 없다. 그 다음이 없으므로 이 구
절은 마음 속에서 반복되고 반복된다. 마치 이유 없이 어떤 노래구절
이 입에서 반복되듯이 만들어진 이 구절은 롤랑 바르트가 말했듯이
"육체의 즐거움이 생리적인 욕구로 환원될 수 없듯이, 텍스트의 즐거
움 또한 그 문법적인 기능으로 환원될 수 없다"는 말을 생각하게 한다.
시인이 주는 즐거움을 언어적 표현의 아름다움과는 관련이 없는 어떤
상상의 즐거움이다. 그런데 왜 시의 제목이 자작나무일까? "자작나무"
는 생각과 느낌을 대리하는 상관물일 뿐이다. 시인이 이 시에서 유발
하는 감정은 전통적인(자연적인) 감정이 아니다. 그보다는 그 감정이 자
연스럽지 않게 배출되는 정황들이다. "달걀하고 커피하고 자두를 사러
갔는데"라는 금지는 다른 모든 감정들을 알아차리게 하며 즐김의 파렴
치한 진실을 엿보게 한다. 그 즐김이란 "자작나무를 올라타고" 앉아,

"애드벌룬처럼 공중을 떠올라", "눈부신 하루해를" 만끽하는 것이다. 하지만 그 즐김은 금지에 의해서 만들어진다는 것을 알 수 있다. 그러니까 시인이 구상하는 시적 진실은 현대인이 바로 이런 정황에 있고, 그 현대인의 즐김은 르네상스 목가에서 보는 즐거움이 아니라 억압이나 금지에서 만들어진 비뚤어진 쾌감을 즐기는 것이라는 통찰일 것이다. 그것이 송종규가 지향하는 문장이 이르지 못하는 곳이다. 시인은 변신한다.

> 개를 샀는데 고양이였다
> 고양이는 시간에 속도를 가한 것,
> 전화기를 샀는데 당나귀였다
> 당나귀는 시간에 가속도를 입힌 것,
>
> 저 나무, 저 나무는
> 저 외투, 저 외투는
>
> 소매가 뒤틀린 윗도리를 입고 신호등 아래 서 있다
> 마가린처럼 녹아내리는 달빛,
> 그녀의 흰 그림자가 내 곁을 지나가지 않았다
> — 「휘어진 여자」 전문

이 텍스트에서 의미를 구하는 것은 무의미한 일이다. 그러나 그렇다고 해서 부의미한 시가 아니다. 어떤 리듬감, 속도감, 그리고 비의적인 언어는 오히려 불분명함과 불완전함으로 인해 시의 읽기를 더디게 하고 오히려 고전의 시가 같은 느낌을 준다. 특히 2연의 반복은 주술가가 주술을 하는 듯한 반복된 언어로 쓰여 있다. 의미적인 것을 구하는 독자들은 이 시가 내가 읽을 시가 아니라는 인상을 받게 된다. 그 이유는 시 안에 녹아있는 비밀스런, 그리고 개인적인 언어를 이해하지 못하기 때문이다. 그런데 재미있는 것은 이 시가 의미를 포기하면서 오히려 이미지의 단편들은 의미를 만들지 않고도 독자의 시선을 끌기에 충분하다. 여기서 인격은 극도로 제한되어 있다.("그녀") 그러나 이 인격 또한 말하고 있는 자아를 지칭한다. "개를 샀는데 고양이였다"와 "전화기를 샀는데 당나귀였다"는 어떤 무의식의 발로이자 강박적 의식의 표출처럼 보인다. 무의식과 강박적 의식이란 제의적 시대에는 믿음이자 충동적 몸짓이다. 송종규 시의 (포스트) 현대성은 바로 "달빛"이나 "그림자" 같은 제의적 흔적을 현대적 삶의 현실과 교차시키고 있다는 점이다. 이와 더불어 독자는 팝 콘서트에서나 느낄 수 있는 전체적이고 도취적이고 비밀스런 체험을 하게 된다. 어떤 의미를 희생시키지 않고도 "엄마야 누나야 강변살자" 같은 느낌을 부여받을 수 있다. 이 시가 조금 더 내면적이고 비의적이라면 다음의 시는 일상적이고 친근한 소재들을 통해 비밀스런 내적 과정을 거쳐 제의로 승화시키고 있다.

　　너는 그냥 꽃, 너는 그냥 글씨
　　너는 그냥 눈물, 너는 그냥 사마귀

　　모든 상식과 사건과 사실들을 의심하는 일은, 벤자민이 세상을 건너
　는 하나의 방식

너는 그냥 빗물, 너는 그냥 포오크
너는 그냥 계단, 너는 그냥 빛

벤자민은 이십 구층에 있다, 이십 구층은 아득한 섬

슬프다, 라고 말하는 것은 진부하지만 그립다, 라고 말하는 것은 신
파 같지만
그립고도 슬픈 섬, 너는

그냥 햇빛, 그냥 의자
그냥 거짓말

너는 그냥, 아득한 세월

─「벤자민을 위하여」 전문

이 시는 모든 사물과 대상들을 있는 그대로 봄으로써 릴케가 말했듯
이 "사물이 스스로 말하게" 하는 경지에까지 이르고 있다. 만약에 우
리가 시의 제의적 기원을 인정한다면 여기의 "너"는 곧 물신(物神)일 것
이다. 모든 것을 내려놓은 물신처럼 "꽃", "글씨", "빗물", "포오크" 등
의 사물은 시인의 인격을 대변한다. 만약에 우리가 기도를 한다면 "아
득한 세월 참 많은 고난을 겪었습니다. 나를 평화롭게 한 신이여, 감사
하나이다" 같은 기도가 될 듯한 분위기다. 그런데 이런 평화에 이르기
위해서는, 아니 이런 행복에 이르기 위해선 "이십 구층의" 섬에 있는
"벤자민이 필요하"고 그의 "의심하는" 행위가 필요하다. 왜냐하면 의
식하지 못하는 행복은 행복이 아니기 때문이다. 그 옛날 어느 시인이

수사학적으로 "머언 먼 머언 먼 젊음의 뒤안길에서 이제는 돌아와 거울 앞에 선 내 누님같이"라고 표현한 것을 시인은 아주 일상적이고 통속적인 소재로 수사 없이, 의미하려고 애쓰지 않고 구성하고 있다. 독자로서 나는 구름 아래 초원 위에 누워 있는 느낌을 받는다. 특히 현실을 인정한 산문 같은 다섯 번째 행 "슬프다, 라고 말하는 것은 진부하지만 그립다, 라고 말하는 것은 신파 같지만"이라는 통속적인 표현은 오히려 시인의 소박하고 편안한 느낌을 만들어준다.

언어 뒤에 숨은 언어

류인서론

지문 채취가 어려울 경우 냉동 한 후, 가열하는 방법으로 지문을 채취한다고 한다. 어쩌면 류인서의 시를 읽기 위해서 우리는 이런 과정을 거쳐야 할 듯하다. 그렇지 않으면 그의 시는 너무 완강해서 해석을 거부당하기 쉽다. 쉽게 읽히는 시가 아니라는 뜻이다. 그의 시를 읽기 위해서 종래의 방법으로 물을 떠놓고 삼신께 기도하거나 돼지 머리를 바치고 무당처럼 온몸을 떠는 방식도 적합하지 못한 것 같다. 만약에 그런 식으로 그의 시에 접근하면 어떤 시인들이 평가한 대로 "류인서의 시에는 생경한 반어법, 과다한 수사, 잘못 끼어 입은 듯한 옷매무새들이 군데군데 돌출한다. 이 돌출은 신선하기도 하고 괴기하기도 하다. 그러나 이 범상치 않은 발상법의 제조가 그의 시의 원천적인 혈류가 된다는 점을 인정하지 않으면 안 된다"(대구시인협회상 수상작에 대한 평가, 2013.12.2. 대구매일신문)고 생각하기가 쉽다. 그의 시가 뜨거운 가슴과 나트륨과 수사학적 영탄으로 만들어지지 않았기 때문에 그의 시를 읽을 때도, 그의 지문을 채취할 때도 우리는 그런 방법으로 접근할 수 없는 것이다. 우선 그는 부정성이라는 방법으로 시를 제조하였고, 뜨거운 가슴을 찍은 음화를 바탕으로 시를 썼기 때문에 (사실은 그렇기 때문에 그의 시는 가짜다) 그의 시를 진짜로 여기는 자들에게 시인은 비밀을 누설하지 않는다(그렇기 때문에 그런 독자들에게 시가 가짜로 보일 수도 있다). 시인은 세상의 진리에 대해 절대로 믿음을 주지 않는다(시인은 세상을 가짜로 본다). 그렇기 때문에 우리는 「공벽」이란 그의 시에서 진짜를 찾을 수 있다는 희망을 가진다.

> 소리를 굳혀 소리벽돌을 쌓는다 쌓을수록 모자라는 말들, 자꾸만 남아도는 소음들, 그림자 지는 쪽으로 쓰러지는 웃음과 울음들의 도미노 절름대는 소리와 벽돌 벽돌과 소리 사이에 소리를 저며 만든 흡음 타일을 끼워 넣는다 소리가 닫힌다 눌리고 접히며 애도도 없이 지워지는 소리의 뒷면, 남는 표정들
>
> – 「공벽」 부분

건축가가 건축을 할 때 쓰는 재료는 벽돌이나 타일은 되지만 말이나 소리, 소음, 애도 같은 것은 아니다. 하지만 시인의 재료는 벽돌이나 타일이 아니라 그 반대의 것들이다. 더구나 이런 소음이나 애도 같은 것들이 시의 건축에서는 서로 배제할 수 없는 것들이며 유기적으로 구성이 되어야 시의 건축이 완성된다. 에밀레종을 만들 때 소리를 위해 아이의 울음소리가 필요했듯이 류인서의 시에는 "공벽"이라는 보이고, 들을 수 있고, 만질 수 있는 것 뒤에 보이지도 들리지도 만질 수도 없는 인간이라는 소리가 필요하다. 그러므로 시인이 구상하는 시는 묵음

(silence)으로 인해 드러나는 소리와 같고 빈 공간이 있어야 울리는 "애도"같은 것들이다. 아, 나는 그의 시를 읽을 때마다 동굴 속에서 외치는 공허한 메아리를 들을 수 있다. 등 뒤로 들리는 사람들의 왁자지껄한 소리 속에서 비웃는 소리를 들을 때처럼 화끈거리는 얼굴을 감지할 수 있다. 그 소리는 시인이 이 시의 후반부에서 말하듯이 "반군처럼 증식"하고, "차갑고 얇은 내식성"이며, "수맥처럼 뚫고 지나가는 수직사막"일 것이다. 시인은 세상을 믿지 않는다. 그보다는 차라리 공벽 같은 가짜를 믿고 있다. 어쩌면 가짜를 믿는 것이 더 진실하고 시적인지도 모르기 때문이다. 시인은 이런 가짜라는 부정성을 통해 내적 긍정에 이르고 있다. 시인이 죽은 대상(글 또는 사물)에 관심을 보이지 않고 살아 있는 소리에 관심을 두는 만큼 내면에서 웅크리고 있는 동요를 시적으로 승화하는 데 많은 노력을 기울인다. 그것은 가히 천재적이다.

　　눈이 온다
　　와서
　　먹어치운다

　　가등아래 남자를 먹어치운다
　　벤치뿐인 벤치를, 거기 붙은 빈자리를 먹어치운다
　　공터의 이글루 같은 자동차들을 먹어치운다

　　먹어치운다
　　엘리뇨와 라니냐의 소란한 탁자를 먹어치운다
　　던킨도너츠 커피 한잔을 순식간에 먹어치운다

담벼락과 포장마차의 낡은 연애를
돌아와 쓰러져 눕는 반 토막 그림자를 먹어치운다

[…]

다 먹어 텅 빈 눈의 식탁 눈의 위장
소화불량
폭설이 온다

- 「눈」 부분

이 시에서도 시인의 가짜에 대한 시선은 날카롭다. 시인은 언어 뒤에 언어를 숨김으로써 시인이 된다. 그는 "눈" 뒤에 많은 "눈"들을 숨긴다. 아니 많은 "눈"들이 "눈" 뒤로 숨는다. 그러니 눈은 기의로서의 눈과 기표로서의 눈을 모두 포함하고 있다. 시인은 여기서 비트겐슈타인이 말한 "언어놀이"를 실행하고 있다. 언어가 놀이이므로 "말해질 수 없는 것에 대해 아무런 의미도 부여하지 못했음을 입증하는 것"(논리철학고 6.53 참조)이 철학에만 적용되는 말이 아니라 이 시에도 적용된다. "말해질 수 없는 것"이란 본디 마음이나 욕망, 그리움, 고통 이런 것일 게다. 아이에게 "눈"이 세상을 다 먹어치운다고 말하면 이이는 곧잘 알아들을 것이다. 그럼 "던킨도너츠 커피 한잔을 순식간에 먹어치운다"는 말을 들으면? 아이는 알아들을 수 없다. 말이 어려워서? 아니다. 그것은 아마도 아이의 마음에 그 말에 따라 떠오르는 기억이 없기 때문일 것이다. 더구나 이 문장의 주어는 "눈"도 아니기 때문에 더욱 알아들을 수 없다. 그러면 이 문장은 오는 눈을 보다가 커피 한 잔을 마시는 동안 의식하지 못한 주체를 나타내는 것이라 해석될 수도 있다. "소란한 탁자"나 "낡은 연애", "반 토막 그림자"는 모두 이 언어유희에 들어갈 때만 의미가 있다. 그러므로 그의 언어유희는 사람들이 말하는 "과도한 수사(修辭)"와는 전혀 관계가 없다. 그보다는 정동, 증후 같은 비이성적 언어와 관련이 있어 보인다. 이런 언어들은 언어와 언어 사이의 연사가 지워진 채, 독립적인 명사로만 존재하여 때로는 한숨이나 말더듬으로 대변되는 구어적 비약으로 존재할 수밖에 없다. 아래 시 또한 산문의 형식을 유지하고 있지만 문장의 여백이 품고 있는 증후적 경향성을 지울 수 없다. 물론 그 증후는 독자의 몫이다.

    그가 맡기고 간 것은 사건의 나무라는 표찰이 붙은 커다란 사기 화
분,
    나의 직업은 그것을 잘 돌보는 것
    화분 둘레에는 미궁처럼 얽힌 그 나무의 가지에서 잘라낸
    손가락만 한 삽목용 잔가지들도 몇 꽂혀 있었다
    나무의 그중 볼품없는 가지에는 새가 앉아 있었다
    (혀 잘린 벙어리 새였다) 새는
    그러나 그 나무에 온전히 깃들지 않고
    눅은 마음자리인 듯 공중의 그늘을 딛고 쪽창처럼 파랗게 앉았다 날
아가곤 했다

    그동안 그는
    몇 장의 사진으로 나에게 나음 일감을 알려왔다
    사진에는 내가 맡아 키워야 할, 줄기와 가지를 혀접 붙인 또 다른
사건 나무가 있었다

그는 한 번도 내게 그가 맡긴 새의 안부를 물은 적이 없다
사진 속의 그는 늘 나무의 건너편, 화각 바깥에 숨어 있어서
그의 새는 혀보다 발바닥이 더 시렸을 것이다
너에게는 충분한 햇빛과 공기가 필요해, 상한 혀끝에서도 새 눈이
틀 거야,
말끝에 나는 화분을 양지로 옮겼다 그늘과 함께
새는 그렇게 시야에서 사라져버렸다

　　　　　　　　　　　　　　　　　－「파랑새」 전문

　서정시의 언어는 부수적이라는 미덕을 이 시는 잘 실현하고 있다.
우선 시의 언어 "사기 화분", "혀접", "사건 나무", "새 눈" 등은 각각
'사기(詐欺)', '혀(舌)', '사건(事件)', '새(鳥)'와 관계없으면서도 관계를 맺고
있다. 다시 말해 부수적인 의미가 시의 진짜 의미를 대체하고 있다. 시
가 산문의 형식을 띠고 있지만 산문이 지향하는 설명, 설득, 논증, 묘
사와는 아무런 상관이 없는 문장들로 구성되었다는 점을 감안한다면
우리는 이것을 시(알레고리)라고 말한다. 우리가 "사기 화분을 잘 돌보는
것"이 화자가 하는 일이라는 것과, "혀 잘린 벙어리 새"가 "앉았다 날
아가곤 한다"는 상황을 어떻게 지각할 수 있을까? "또 다른 사건 나무
가 있었다"는 말을 어떻게 이해할 수 있을까? 파랑새는 없기 때문에
(실제 파랑새를 말하는 것이 아니다) 파랑새 증후군을 말할 수 있다.
그것을 우리는 "그 나무에 온전히 깃들지 않고"란 말에서 그저 감지할
수 있을 뿐이다. 하는 일과 사는 세상 속에서 믿을 수 있는 일과 사람
을 찾지 못하는 화자에게　파랑새는 그저 시적 파랑새로만 존재한다.
속절없는 세상을 "양지로 옮김"으로써 시적 화자는 "혀보다 발바닥이

더 시린" 세상을 살아갈 힘을 얻는 것이다. 하지만 "새가 그렇게 시야에서 사라졌다"는 것을 세상에 대한 패러디로 읽을 것인가, 시인 자신에 대한 아이러니로 읽을 것인가, 그것은 우리에게 열려있다.

중세 독일의 신비주의자 에크하르트 신부는 이미지의 생성을 세 단계로 분류했다. 첫째가 육체의 심상 단계이고, 두 번째가 육체적 심상의 심상, 그리고 마지막은 심상 없는 심상, 초월적 심상이다. 류인서의 다음 시는 바로 세 번째 단계에 이르고자 하는 힘을 가지고 있다.

> 만일 네가 혼기 꽉 찬 아가씨라면
> 네 집 담장 위에다 꽃 핀 화분 대신 유리 항아리를 올려놔주렴
> 행인들 중 몇은 이날을 기다려 찾아온 젊은이,
> 그중 발 빠른 손이 항아리를 집어 던져 깨뜨릴 테니
> 깨진 유리 조각을 밟고 혼례의 승낙을 구하려 네 집 대문을 두드릴
> 테니
>
> ─「별」 전문

이 시는 일견 시의 제목과 시의 언술이 아무런 관련성을 맺고 있지 않는 듯 보인다. 그러하기에 시는 내게 더욱 의미심장하다. 이 시를 이해하기 위해 나는 건물을 지을 때 쓰는 비계(飛階)를 가져오기로 한다. "저렇게 많은 별들 중에 별 하나가 나를 내려본다 / 이렇게 많은 사람 중에 그 별 하나를 쳐다본다"라는 노래가 언뜻 생각난다. 다만 하나의 비계로 가져와보자. 그러면 기다림과 만남, 설렘의 이미지, 그리고 "던져 깨뜨리는" 유리 조각이라는 결혼에 대한 제의적 이미지를 결합시켜

놓은 시가 보일 것이다. 그러니 우리는 보르헤스가 「끝없는 갈림길이 있는 정원」에서 말한 대로 이미지가 만들어지기 위해서 우리는 절대 그 이미지를 발설해서는 안 된다는 점을 인정하게 될 것이다. 시에 "별"이라는 말이 등장하는 순간 그것은 산문이 될 수밖에 없거니와 "별 하나가 나를 내려 본다"와 같은 육체적 심상은 너무 구태의연할 수밖에 없기 때문에 시인은 별의 이미지를 다른 데서 찾고 있다. 그것은 환유적 관계에서 마치 비계처럼 만들어진다. 별의 이미지는 무엇인가? 계시, 그리움, 친구, 순수함 등일 것이고 그런 환유적 상황은 "혼례의 승낙", "기다림", "유리 항아리", "대문을 두드림"으로 구현되지 않을까? 하지만 이 모든 것은 독자인 내가 생각해보는 것이거니와 시인은 의식하지 않은 채 말로 표현하지 못할 어떤 이미지를 발설하는 것으로 시를 완성하였을 것이다. 이 시 "별"은 별과 지구 사이의 거리만큼이나 먼 여백을 가지고 있다. 이런 여백이 다소 비약적이라고 생각한다면 그 이미지 구상의 변화를 그의 시집 『여우』(문학동네, 2009)에서 찾아보는 것이 좋겠다.

아홉시에서 열한시 사이,
석가가 거리로 나가 밥을 빌었다는 시간
그 시간 당신도 거리에 있고 끼니를 구걸중에 있다

당신의 법(法)도 어쩌면 많은 집에서 많은 밥을 얻는 것일지 모른다
당신은 매일 수많은 문을 두드리며 이곳에 온다
이곳에는 관가와 상가와 은행가가 있다

아홉시에서 열한시 사이는 구걸하기 좋은 시간
거리에는 막무가내 태양의 핏빛을 색주머니에 퍼담는 꽃들과
낯선 잎손을 내밀어 초록을 구걸하는 나무들
당신은 또다른 문 앞에 서 있고
당신의 수상쩍은 주발은 옆구리에 매달려 흔들린다
서쪽으로 놓인 당신 그림자는 나귀를 닮았다

아홉시에서 열한시 사이
당신의 머리 위로 남루의 구름 함지를 이고 새들이 날아간다
-「명료한 열한시」 전문

　"아홉시와 열한시 사이"에 도회의 사람들은 브런치를 먹는가? 그 시간이 화자에게는 "석가가 거리로 나가 밥을 빌었다는" 누미노제 (Numinose)의 시간이다. 그런데 문을 두드리고 구걸을 하는 집은 "관가와 상가와 은행가"다. 그리고 그 시간 "꽃들과 나무들"도 "태양의 핏빛"과 "초록"을 각기 "구걸"한다. 그러나 여기서 우리는 "구걸"이라는 이런 어휘들로 인해 이들이 세속적 한계를 벗어나 구도의 순간, 종교적 의식(儀式)의 순간에 있음을 직관하게 된다. 그러므로 당연히 세속화된 "관가와 상가와 은행가" 또한 세속화되어 사람을 착취하는 패러디로서 받아들이게 하는 것이 아니라 예나 지금이나 언제나 통용되는 법(法)의 구도에 대한 상관물(Korrelat)로 작동하게 한다. 시는 반복을 통해 범상한 것을 제의의 반열에 올려놓고, 화자 자신을 제물로 승화하며, 대상들은 영혼의 언어로 정화된다. 그러므로 우리는 "서쪽으로 놓인 당신의 그림자는 나귀를 닮았다"는 시어에서 "구걸하는" 화자를 구도

하는 화자로 바꿈으로써 독자의 가슴을 "흔들리게" 한다. 동시에 이 시의 마지막 행에서는 신의 운행이 ("당신의 머리 위로 남루의 구름 함지를 이고 새들이 날아간다") 가시거리에 와 있다. 시인은 시를 통해 세속화된 세계를 노래하지만 영적이고도 변화시킬 수 없는 세상을 탄핵하고 있다. 시는 세상을 공격함으로써 공고화된 세상의 지배를 인정하는 것이 아니라 오히려 그런 세상으로부터 희생됨으로써 세상의 지배를 철저하게 거부하는 것이다. 굶주린 자는 아름다운 언어로 신들을 칭송할 때 비로소 선물을 받을 수 있다. 시인은 이런 경험세계에 대한 마법을(비록 이런 마법이 소용이 없다는 것을 알지만) 시화함으로써 원시성을 회복하고 있다. 그가 만드는 육체적 이미지에 관한 측면에서 예기(銳氣)를 품고 있는 시가 첫 시집 『그는 늘 왼쪽에 앉는다』에 실려 있는 다음 시다.

　　남도의 왕대밭 지나다 성당에서 들은 고색창연한 파이프오르간 소리 다시 듣는다 하늘천장을 수직으로 받치고 선 이 묵직한 청동 파이프 다발 속에도 그윽한 울음의 때를 기다리는 따뜻한 공기기둥들이 들앉았는지, 어둠 깊은 바람상자 속에 갇혀 치잣빛으로 익어가는 새벽바다와 댓잎 건반을 두드리다 돌아가는 서느런 손끝의 햇살

　　잔광의 사원 같은 겨울 기슭 왕대밭에서 메시아여 메시아여, 예언처럼 아득한 당신 목소리의 궁륭을 본다 온 몸으로 갇힌다
　　　　　　　　　　　　　　　　　　　　　　　－「파이프오르간」

신을 부르고, 신을 칭송하고, 신에게 간청을 하는 왕대밭. 하지만

"울음" 밖에는 아무것도 신에게 바칠 것이 없는 "어둠 깊은 바람상자 속에 갇힌" 고독한 "왕대"(화자)는 "서느런 손끝"으로 "치잣빛으로 익어가는 새벽바다와 댓잎 건반을 두드릴" 뿐이지만 역설적이게도 신에게 "온 몸"을 바칠 수 있다. 그 옛날 제의가 있었던 때 바치던 숫염소와 큰 양(美=羊+大)은 없지만 시인은 대자연의 파이프오르간으로 신에게 제의를 행한다. 절대자를 "수직으로 받치고 서서" 듣는 신의 "아득한", "목소리"는 이제 아름다움 자체로서만 현현한다. 대나무의 서걱거리는 소리 너머로 들리는 에피파니에서 시인이 들은 목소리는 여운으로만 남아있을 뿐 들리지 않는다. 그 여운은 궁륭 속에서 찬트처럼 불분명하게 퍼지나 그만큼 또한 분명한 평화의 계시를 남긴다. 그것은 긴 호흡이거나, 심장의 박동, 도취, 울부짖음 같은 '언어 뒤의 언어'로서 시인은 이에 충실한다. 이것이 류인서가 지향하는 진지한 언어유희다.

3부

현대시와 통속미

이 글은 최근에 소위 말하는 '난해한' 시에서 탈피하여 대중과 공감할 수 있는 감성적, '쉬운 시'들이 등장한 데 대한 나의 반응에서 출발한다. 이런 시를 쓰는 시인들은 다행스럽게도(?) 많은 부수의 시집 판매로 시인들과 독자들의 부러움을 사고 있다. 시는 사회에 속한 '사람들'이 쓰는 이상 아무리 자율성을 얻었다고 해도 그것은 사회적 산물로서, 그리고 사회와의 연관성을 받아들이는 한, 다시 그것은 타율적으로 돌아갈 가능성이 많다. 통속소설이 대표적으로 그런 경우다. 자본주의의 확실한 영향을 받은, 소위 말하는 "잡지의 표지처럼 통속하는"(박인환의 「목마와 숙녀」) 장르가 다수의 문학 대중들을 위해 생겨나는 것이다. 이런 통속문학은 그야말로 독자들을 '선데이 서울'로 상징되는 '관능'이나 '금력', '권력' 같은 자본주의 사회의 타율적 가치에 탐닉하도록 하기 때문에 독자를 충동적이고, 그야말로 '개념 없는' 상태로 몰아가 형이하학적인 데 마비되도록 한다는 점에서 비판받고 급진적인 문학가들은 이를 예술에서 제외하고 있다. 그에 반해 고급문학은 당연히

사회라는 가치 안에서 살고 있기에 그로부터 소재를 취하지만 예술성
을 지향하면서 이데올로기적 의도나 상업적 의도를 성찰하고 비판하며
부정하고 전도하는 문학으로 간주된다. 그러나 통속미의 문학은 다르
다. 그것은 윤리적 측면에서 벗어나거나 쾌감만을 지향하지 않고도 대
중들에게 위안을 주는 경우여서 일방적으로 통속문학이라 할 수 없다.

– 통속문학과 통속성

통속문학과 고급문학의 대비는 그 난해함의 정도에 있다. 후자가 예
술성을 지향하기 때문에 쉽다는 점이고 전자는 대중을 목표로 하기에
어렵다는 점인데 지금 논의가 되고 있는 '통속미'(원래는 通俗味, 하지만 通
俗美라고 읽어도 무방할 듯하다)의 시들도 이 범주에 소속된다. 굳이 문학사
를 일별하지 않더라도 보들레르나 말라르메의 시와 이상의 「오감도」에
서 김춘수의 「처용단장」, 김수영의 「공자의 생활난」에 이르기까지의
시들은 난해시의 무리에 끼일 것이다. 그에 반해 신동엽, 신경림, 정호
승, 류시화의 시들은 평이한 언어로 독자를 얻는 데 성공한 시들을 썼
다. 서구에서는 미국의 로버트 프로스트, 윌리엄 카를로스 윌리엄스,
독일의 베르톨트 브레히트를 꼽을 수 있다. 이들의 시는 평이한 일상
어로 만들어져 있다. 신경림의 「농무」나 「갈대」는 누구나 쉽게 읽을
수 있고 감정을 가질 수 있는 시들이며, 우리에게 잘 알려진 프로스트
의 「가지 않은 길 The Road Not Taken」이나 윌리엄 카를로스 윌리엄
스의 시도 쉽지만 어딘지 모르게 의미심장한 메시지를 던져준다.

Hey!

Can I have some more

milk?

YEEEEAAAAASSSSS!

—always the gentle

mother!

(여기요! / 우유 좀 더 / 주실래요? // 그으으으래애애애애! / —항상 친절한

　　엄마!)

"키치는 교양을 신봉하는 자들이 원하듯이 단순히 불충실한 순응에 의해 생겨난 예술의 타락물이 아니다. 그것은 예술 속에서 항상 다시 나타나는 기회, 즉 예술 밖으로 뛰쳐나갈 기회를 엿보고 있다."라고 아도르노는 말했는데 만약에 우리가 이 시를 키취라고 간주한다면 이 시에 딱 들어맞는 표현이다. 시는 일기나 일상어와 선뜻 구별이 되지 않는 어휘와 문장으로 이루어져 있다. 그러니까 최현식의 말을 인용하자면 "통속의 재현이 아니라 통속미의 표현"(류근, 상처적 체질, 해설)이랄 수 있겠다. 그렇다면 쉬운 시들은 모두 통속미의 표현일까? 여기 어떤 시인의 시가 있다.

먹구름이

몰고 온 여름에

수많은 이야기가

들판으로 모여든다

할아버지 수염을 달고
익어가는 옥수수가
가난한 여인의
치마폭에 감싸여
이야기를 만들고 있다
　　　　－ 용혜원의 「옥수수」 부분

　행갈이를 통해 이 텍스트는 시처럼 보이지만 풀어놓으면 여느 산문과 다를 바가 없고 또한 시적 이미지나 그로 인한 긴장감이 전혀 없는 말 그대로 통속적인 문장이다. 우리가 이런 글을 시라고 동의하기에는 망설임이 있을 것이다. 카를로스의 시에서는 단어들이 연결되는 순서가 소리로 말하는 시간의 순서와 같다. 카를로스의 텍스트가 어떤 고유한, 물리적인 연대기를 벗어난 시간을 요구하지 않는데도 우리는 그것을 시로 받아들인다. 두 텍스트가 시가 되기 위해 다른 점은 무엇일까? 그것은 아마도 카를로스의 시가 반복이라는 서정시의 법칙을 따르고 있거나 그런 흔적을 갖추고 있으며 (내 생각에는 "hey"와 "yes", "milk"와 "mother"사이에). 시 텍스트가 통속적인 자료를 갖고 있고 그저 연 구분과 행갈이로만 이루어지는 것은 아닌 것 같다. 텍스트가 미학적 준거에 대한 기호를 갖추지 못한다면 시라고 읽기는 힘들 것이다. 브레히트는 「차를 끓이면서 신문보기」라는 시에서 통속미에 대해 확실한 모범을 보여주는 것 같다.

아침에 나는 신문에서
교황과, 왕들과, 은행가들, 석유재벌들의 세기적 계획을 읽는다.
다른 눈으로 나는
찻물을 끓이는 주전자를 지켜본다
흐려지는지 부글부글 끓기 시작하는지 그리고 다시 맑아지는지
그리고 주전자의 물이 넘어 가스불이 꺼지지나 않는지.

우리가 브레히트의 이 텍스트를 그저 위에서 본 「옥수수」처럼 읽는다면 통속시가 될 것이다. 그런데 통속문학이라는 말은 있어도 통속시라는 말은 없다. 왜냐하면 어떤 텍스트가 시가 되면 시이고 아니면 아니지 통속적일 수는 없기 때문이다. 이 텍스트를 시행 구분 없이 본다면 자동화되어있는 아침 식사준비를 하는 저자의 일상쯤으로 보일 것이다. 하지만 일상을 말하는 것 같아 보이는 말들을 담은 이 시는 우리에게 그 상황을 은유적으로 이해하고 통속적인 일상 뒤에 있는 깊은 의미를 발견하게 하고 어떤 해석의 욕구를 자극한다. 끓는 주전자를 프롤레타리아 혁명(또는 소련군)에 대한 기호로 변화시키고, 그것이 강대국들에 의해 추동된 자본주의적 착취(또는 제2차 세계대전)의 "불"을 끄는 상황으로 보게 한다. 우리 중 누구도 이 텍스트가 시라면 그저 신문을 읽고, 찻물을 끓이고, 주전자를 지켜보는 것을 보고하는 텍스트로 읽지 않는다. 만약 "신문"이 '현재'를 의미하고, "교황"은 '전통적 힘'을 의미하고, "은행가"는 '현대의 권력'을 의미하고, "흐려지다"는 '위기'를 의미하고, "맑아지다"는 '전략적 우월'을 의미한다고 해도 지나친 해석은 아닐 것이다. 현대시에 등장하는 통속적인 이름들은 단순히 통속의

재현이 아니라 어떤 누미노제 das Numinose의 상황을 모방한다.

- 서정시의 기원과 화행(話行)

이제 우리는 무엇을 시라 하고 무엇을 시라 하지 않는지 어느 정도 감을 잡을 수 있게 되었다. 하지만 아직 대답을 듣지 못한 부분은 원래 시가 어떤 모습을 하였는가 하는 점이다. 시연이나 시행, 운율이나 이 미지로만 시라고 판단할 수는 없기 때문이다. 그렇다면 고대로 거슬러 올라가 시가 무엇인지 살펴보아야 한다. 그런 과정에서 시의 본질이 드러날 것이기 때문이다. 『삼국유사』 권2 가락국기조에 전하는 일명 구지가(龜旨歌)라고 불리는 고대가요를 보자(나는 이것이 원래 시의 모습이었다고 생각한다.).

龜何龜何 首其現也 若不現也 燔灼而喫也
거북아 거북아 머리를 내어놓아라. 만일 내어놓지 않으면 구워 먹으리라.

이 시에 대한 해석은 해석을 하는 사람 수 만큼 많을 것이다. 그리고 그 노래가 발생되었을 당시, 이를테면 B.C. 6세기경의 세계의 모습에서 이 노래가 과연 노래였을 지에 대한 추측 또한 무성하다. 어차피 가설이니까, 우리의 담론을 따라 자의적으로 해석해보겠다. 우선 이 노래는 누가 불렀을까? 후세대에는 몰라도 그 당시에는 신을 부르는 행위로서 무당이나 제주, 족장이 불렀을 것이다. 그렇게 되면 부른 사람은 족장으로서의 무당, 무당으로서의 족장이었음에 틀림없다. 그 이유는 첫 구절이 누군가를 부르는 소리로 만들어져 있기 때문이다. 제사를 지낼 때 혼백을 부르듯이 (나는 어릴 때 외가에서 직접 혼백을 부르는 외조부의 음성과 행동을 아직도 생생히 기억한다.) 거북을 부른다. 물론 이런 맥락에서 아이들이 소꿉장난 할 때 하는 말 "두껍아, 두껍아 헌집 줄게 새 집다오."와 마찬가지의 주술이라고 할 수 있다. 다만 권위 있는, 시적인 현대어로 번역하자면 "오, 거북님, 거북님이여, 용모를 보이소서!"라고 해야 할 것이다. 신성하고 권위 있는 존재(신)에게 가증스럽게 "거북아"라니! 그것은 신성모독이자, 진지한 언어행위의 희화화일뿐이다. 현대의 산문화된 학교에서 애들의 유치한 이해를 위해 만든 무식한 번역이었을 것이다.

그 뿐만이 아니라 이 가요는 원시제의의 문화를 포괄적으로 제시한다. 원시인들은(우리나라 조상들을 원시인이라 하면 불경인가?) 이 노래를 통하여 무엇인가를 구하려고 했을 것이다. 그것이 말하자면 시의 화행(話行) speech act이 될 것이다. 그 화행이란 아마도 무당이 남자의 씨(성기)를 받는 것, 혹은 족장(머리)이 되는 것, 그 무엇일진대, 그 화행이 성취되는 조건은 곧 이 노래의 탄생을 말한다. 제물을 바치고, 노래를 바친 후에야, 그에 대한 보답으로 신(하늘)에게 무엇을 바라는 정황이 성취된다. 이때 노래는 평이한 일반인들의 언어로는 불가능하다. 왜냐하면 신들은 아름답고 리듬에 실린, 그리고 비의적인 언어와 노래여야 하므로 특별한 것이어야 한다. 그래야 신들은 인간의 소원에 응하여 복을 준다. 구지가에서는 비록 한자로 기록되면서 그 말이 소실되어나갔지만 그 흔적은 찾아볼 수 있는데 거북(龜)이란 비의적인 상징과 나타나다(現)란 말이 반복되고 끝에 있는 어조사 아(也)를 빼면 각기 네 글자로 이루어져 있다는 것을 알 수 있다. 그러므로 이 노래에는 춤과 노래가 동반되었을 것이 틀림없다. 그리고 동시에 정화를 위해서는 계몽된 사회에서 증후적 symptomatic 언어라고 볼 수 있는 제의적 언어가 있었을 것이다. 그리고 거기에는 부족이라는 공동체가 있어서 노래를 제창했을 가능성이 있으며, 그 노래를 부를 때 큰 제전이 있었을 것이다. 우리는 서양의 디오니소스 제전을 잘 알고 있고 그 규모에 대해서는 잘 알려져 있으므로 그런 제전이 어떻게 이루어졌다는 것을 안다. 그러니 구지가에서 그런 디오니소스 제전을 인정하고 싶지 않은 까닭이 있을까? 여기서는 신탁과 마법이 일어났고 치유가 있었으며, 사람들은 도취에서 무엇인가를 체험했을 것이다.

이런 노래의 화행(話行)은 현대시에도 고스란히 담겨있다. 다시 말해 허구적 소설에서는 찾아볼 수 없는 화행이 시에는 고스란히 간직되어 있다. 다만 원시인들이 믿던 신은 계몽과 더불어 사라지고 신화는 마법을 잃었다. 그러니 시를 축문이나 기도문으로 작성하는 이도 없고 축제 또한 사라지고 춤과 노래는 각기 분화되어 하나의 독립적인 장르가 되고 말았다. 그래서 오늘날 노래를 부르는 어떤 이도 신에게 탄원하기 위해 시를 쓸 때 음악을 동반하거나 춤을 출 수 있도록, 그리고 축제에 쓰일 시를 쓰지는 않는다. 이렇게 신이 사라지고, 제전이 사라짐으로써 오늘날 시인은 사회적으로 쓸모없는 사람이 되었다. 어떤 시인의 말은 그에 대해 강한 시사점을 던져준다. "삶과 죄를 비벼먹을 것이다. 세월이 나의 뺨을 후려치더라도 나는 건달이며 전속 시인으로 있을 것이다."(이병률, 『눈사람 여관』(문학과지성사, 2013) 중 시인의 말) 아마도 원시시대의 무당이나 제주(祭主)는 먹고 사는 데 지장은 없었을 것이다. 하지만 오늘날 "전속 시인"으로 살아갈 수 있는 것은 참으로 힘든 일이다. 기실 시인들은 겨우 그들의 '예언'을 들은 독자들이 십시일반으로 주는 사례(월급이 아니다!)로 살아간다. 신은 사라졌음에도 여전히 시는 살아있다. 신이 사라진 만큼 우리는 어떤 미정의 의무감을 느끼는가? 현대인은 원시인에 비해 "삶과 죄"에 대한 두려움과 걱정은 더 많아 보인다. 여기에 시인의 존재가 드러난다. 그들이 해야 할 일은 바로 원시제전에서 그랬듯이 우리의 소원을 빌고, 죄를 고하고 용서받고, 정화하는 일이다.

근대의 문턱에서 신에 대한 소원과 탄원으로서의 시는 많은 것을 잃었다. 그저 남은 것이라고는 리듬과 운율, 언어와 이미지뿐이었다. 서양시는 중세 기독교의 강한 지배를 거치면서 한국의 시는 조선시대를 거치면서 각기 춤의 강한 리듬을 잃었다. 통속성을 잃는 순간이다. 시조, 영랑과 소월의 시, 이상의 시에서 우리는 압운이나 음률을 읽어낼 수 있으나 서정주의 「자화상」이나 「동천」에서 그것을 읽어 내거나 체험할 수는 없다. 시가 이제 더 이상 춤과 제의와 더 이상 아무런 관계도 맺지 않으려는 근대적 주체의 탄생과 연결되는 순간이다(이것이 외세에 의한 것이라는 정치적 함의는 빼고 이야기하자). 어떤 문화가 더 원시적일수록 그 문화에는 노래의 음률(리듬)이 더 중요하다. 그런 만큼 노래의 멜로디는 단조롭고 굴절되지 않은 음률(리듬)과 유사하다. 텍스트 또한 항

상 분명히 알 수 있는 의미를 가진 것도 아니었다(구지가(龜旨歌)에서 우리
는 이미 그런 경우를 보았다). 근대와 현대의 서정시에서는 이러한 관계가
변화된다. 멜로디의 의미, 특히 텍스트의 의미가 더 분명해지고 압운이
나 음률은 사라진다. 결국 현대시에서는 시의 내용만 바라보게 되었다.
음악적 리듬은 약화된 채로 그리고 거의 감춰진 채로 시의 운율에서
겨우 연명하고 있다. 하지만 이것조차 현대 서정시에서 일상적이라고
무시되고 포기되었다.

— 시는 어려워야 하는가?

역사의 흐름 속에서 노래로서의 서정시는 완전히 잊히지는 않았지만
그 목적으로부터 차츰 멀어져갔다. 그 목적이란 제의를 동반한 소원과
탄원의 형식이다. 그런데 이런 형식들은 비밀스럽고 낯선 느낌을 주고
그 때문에 시어(詩語)의 원래 목적에 충실하지 않은 다음 세대에도 매력
적으로 다가왔다. 이상의 시나 서정주나 김춘수의 시들은 서구의 미적
현대의 시어들을 우리나라에 계승하였다. 일본에서 모더니즘을 접한
우리의 시인들은 보들레르나 말라르메, 릴케와 마리네티의 시들을 계
승하면서 차츰 시는 1차적인 목적의 자리에 2차적인 목적을 대체하였
다. 결국 시의 원시성에 계몽된 세계의 미학을 대입한 것이다. 난해한
시란 대체로 미학이 원시적 제의를 대체한 시를 말한다. 하지만 계몽
된 이성이라 할지라도 그것이 철학이 아닌 문학인 이상 미학적 시가
마법화의 범주를 소홀히 할 수는 없었다.

지그문트 프로이트는 마법적 사고를 원래 원시적 나르시시즘에서 나온 것으로 보고 있다. 원시적 나르시시즘은 꿈과 실제적 인지 사이를 구별하는 법을 배우지 못하고 그 때문에 "사고의 전지전능함"을 믿고 있다. 이는 마치 우리나라 아이들이 "수리수리 마수리"라고 말하거나 서양 아이들이 "호쿠스포쿠스 피디부스"라고 말하며 마법이 실현된다고 믿듯이 사람의 생각이 세계에 대한 지배권을 행사할 수 있다고 믿는 어법을 말한다. 탈마법화된 근(현)대에서조차 시적 환상은 현존하는 세계가 마치 처음에 마법(주술)으로 발생했고 그 결과 같은 수단을 변화시킬 수 있다는 정당성에 근거하고 있다. 릴케의 시가 그런 모습을 간직하고 있다.

> 아주 천천히 검은 나무를 들어보라
> 그리고 하늘로 향하게 하라. 후리후리하고 고독하다.
> 그러면 너는 세상을 만든 것이다. 그리고 그 세상은
> 그리고 마치 침묵 속에서 아직 무르익고 있는 말처럼 위대하다.

이 시는 릴케의 형상시집 권두시인데 말을 통한 마법적 행위에서 그 세계가 창조된다는 것을 보여준다. 나바조 인디언들은 첫 번째 남자와 첫 번째 여자가 노래를 통하여 그들의 집을 만들었다고 한다. 후세들은 이 첫 노래를 반복하며 그들이 방금 만든 집에 그 마법으로부터 무엇을 전해준다. 그러나 릴케의 시행들은 이제 더 이상 마법으로서의 집단적 모방이 아니라 계몽된 시 세계에 사는 개인으로서 집단적인 인정을 받기를 기대할 뿐이다.

우리가 알다시피 현대인의 심리는 완전히 현대적이지 않다. 우리의 충동과 감정은 원시적이다. 아무리 매체와 수단이 인간을 변화시켜도 인간의 내부는 원시적인 감정 그대로 남아있다. 점점 빨라지는 현대화의 부당한 요구(산업화, 소외, 감정의 억압)를 벗어나기 위해 집단적 기억은 사멸한 것, 폐기한(된) 것을 되가져온다. 낭만주의가 제일 먼저 현대 이성이 생산한 이 심리적 결손을 문제점으로 인지하고 과거에 감정이입함으로써 균형을 잡으려했다. 낭만주의 시가 원시적 제의가 그것을 믿는 자를 황홀경에 빠지게 했듯이 근(현)대의 시들은 독자들을 미라는 꿈속에서 현실을 벗어나게 했다. 근대에 들어 반시대적인 것에 대한 욕구는 시대적인 것이 되었다.

비눗방울 하나가 투명한 기쁨으로 무한히 부풀어 오를 것 같다
장미색의 궁전이 있는 곳으로 널 데려갈 수 있을 것 같다
겨울과 저녁 사이
밤색 털 달린 어지러운 입맞춤을 잊을 수 없을 것 같다
광활한 사랑의 벨벳으로 모든 걸 가릴 수 있을 것 같다
이 모든 것이 거짓말인 것 같다
배고픈 갈매기가 하늘의 빈 젖꼭지를 심하게 빨아대는 통에
물 위로 흰 이빨 자국이 날아가는 것 같다

- 진은영 「이 모든 것」 부분

이 시는(또는 소위 현대시는) 소설의 독지니 일반인들이 알아들을 수 없는 언어로 만들어져 있는 경우가 많다. 그래서 난해하다고 한다. 그러나 그들은 비의적인 만큼 미적 매력으로 다가온다. "비눗방울"을 마법

화된 세상으로 읽으면 디오니소스적인 원시 제의에 이를 수 있고, "배고픈 갈매기가 하늘의 빈 젖꼭지를 심하게 빨아대"듯이 현대를 살아가는 사람들은 마음에 억압되어있는 것의 분출, 즉 증후적 행위를 재현하고 있는 것으로 보인다. 이런 압축과 치환의 전략으로 현대 시인은 원시인과는 다른 차원의 난해함을 생각해내고 있다. 그들의 입장에서 당연히 시는 어려워야 한다. 알게 모르게 신을 믿지 않는 세상에서도 시인의 제의적 태도는 그대로 남아있어 원시적 언어를 닮아간다. "겨울과 저녁 사이"라는 어법은 이성적 언어, '겨울 저녁에'라는 뜻 이상의 비밀을 신적 언어로 말한 것이며, "있을 것 같다", "없을 것 같다"란 말들 또한 수없이 반복되어 있어서 고대의 제의적 언어를 닮아있다. 반복충동이라는 현대인의 억압은 이렇게 표출되어 있다. 하지만 시인이 이런 것을 의식하고 있는 것 같지는 않다. 시를 읽는 독자들조차 왜 그렇게 더 이상 원시적이지 않는 세계에서 원시적인 요소가 자리하고 있는지 모른다. 시인들은 자기들의 제사에 아무나 입장을 허용하지 않는다. 독일의 시인 슈테판 게오르게가 그랬고, 프랑스 시인들 보들레르, 랭보, 말라르메가 그랬다. 오늘날 시인들은 내면적 승화와 지성적 회상의 마법으로 그 제사를 대신한다. 그렇기 때문에 시어의 화행을 얻을 수 없는 독자는(엄밀하게 말해 시는 독자가 없다. 제의를 보는 방청객만 있을 뿐이다) 시가 어려울 수밖에 없다.

내가 너의 손을 잡고 걸어갈 때
왼쪽 비는 내리고 오른쪽 비는 내리지 않는다.

우리에게는 언제나 너무 많은 손들이 있고
나는 문득 나의 손이 둘로 나뉘는 순간을 기억한다.

내려오는 투명 가위의 순간을

깨어나는 발자국들
발자국 속에 무엇이 있는가
무엇이 발자국에 맞서고 있는가

우리에게는 언제나 너무 많은 비들이 있고
왼쪽 비는 내리고 오른쪽 비는 내리지 않는다.
　　　－이수명 「왼쪽 비는 내리고 오른쪽 비는 내리지 않는다」 부분

　독자가 이 특별한 상황에서 중심을 잡을 수 없는 것은 낭만주의 시
가 가지고 있던 주체가 소멸되거나 유체이탈의 방식으로 어디선가 그
주체를 응시하거나 감시하는 존재로 변질하였기 때문이다. 또는 한쪽
주체가 다른 쪽 주체를 억압하고 있기 때문이다. 말하자면 여기서는
한 사람이 빗길을 걸어가며 불안에 사로잡힌 채 분열된 주체를 의심스
런 눈길로 관찰하고 있는 상황을 재현하고 있는 것 같다. 상반된 징후
들로부터 배제된 자아를 구성하는 것은 독자의 몫으로 종국적으로는
독자의 감정이입이나 회상을 방해한다. 시는 화자-도식에서 벗어나 수
수께끼 같은 단어와 문장들 뒤에 있는 그 자아를 찾으려는 욕망을 불
러일으킨다. 현대 서정시의 이런 실험들은 이 자아설정의 욕구 충족을
거부하는 순간에조차도 서정적 자아에 대한 욕구를 완전히 사라지게

할 수 없다. 그것을 우리는 현대 정신분석의 힘을 빌려 '알지 못할 그 무엇'(das impersonale Es)이라고 한다.

주체는 의식과 무의식으로 분열되어 있고 그것의 재현(정신분석에서는 현재몽 또는 외현몽이라 한다)은 이성적 시각으로는 너무 뜬금없는 형식으로 나타난다. 그러니까 낭만적으로 시를 읽고 싶은 사람은 우산을 쓰고 가고 있는 남녀를 상상하고 한쪽에서는 비를 맞는다는 식으로 볼 수 있지만 그것은 나이브한 생각으로서, "손이 둘로 나뉘는 순간"이나, "깨어나는 발자국들"이나 "언제나 너무 많은 비들"과 서로 조응하지 않는다. 현대시에서는 서로 조응하는 것들이 오히려 적대적인 반립이 될 수 있는데 이런 일은 마치 참으로 친숙했던 엄마가 꿈에 아주 무서운 모습으로 현몽하듯이 끔찍한(unheimlich, 영어 uncanny) 상황으로 귀결되는 것과 같은 구조를 갖고 있다. 그래서 현대시는 어렵다.

2000년대 들어서면서 한국시단은 이런 소위 말하면 '난해시'로 인해 논란이 끊이지 않았다. 하지만 우리가 신의 자리에 들어선 계몽된 근대의식을 절대화하지 않는다면 누가 시를 다 의식적으로 표현할 수 있고 말하는 대로 다 믿는다고 할 수 있을까? 시에 대해, 아니 세계에 대해 아무것도 모르고 있다는 것을 표현하는 시의 원래 목적은 다행히도 시인들에게 심미적 자유를 허락해주었다. 시는 원래의 방식대로 하자면 어려운 것이다. 시의 언어는 비밀을 얻는 사제들에게만 허용된 신성문자 같은 것이다. 그러나 문제는 남아있다. 오늘날 콘서트 같은 데서 분출되는 시의 화행이 제한된 심미, 성찰의 영역에만 남아있어 심미적 시가 설 땅을 점점 빼앗기는 아메리카 원주민 같아졌다는 것이다.

몸으로, 정동으로 분출하는 제의적 시가 사라졌다는 뜻이다. 오스틴과 설이 말한 화행이론(언어행위이론) speech act theory으로 따지자면 발화행위locutionary act와 발화수반행위 illocutionary act 정도로만 남아있다. 발화효과행위 perlocutionary act는 그저 약하게 동반되어 있거나 사라졌다.

― 시는 쉬워야 한다?

미적 근대나 현대에 와서 시가 제의적 모습을 아주 벗어던진 것은 아니다. 이미 고대에서도 인간행태적인 모습을 띤 시에서는 제의적인 상황을 개인적 서정에 전유(專有)하고 있음을 알 수 있다.

翩翩黃鳥 / 雌雄相依 / 念我之獨 / 誰其與歸
펄펄 나는 저 꾀꼬리 / 암수 서로 정답구나 / 외로울사 이내 몸은 /
뉘와 함께 돌아갈꼬

고대의 제의적 성질을 띤 불분명한 시는 민중들의 삶에도 깊숙이 자취를 남기면서 현대에까지 이른다. 신비가 사라졌다고 해서 인간의 감정이나 욕동까지도 사라진 것은 아니다. 디오니소스적인 요소가 아폴론적 삶을 배제하고 혼자 존재할 수 없기 때문이다. 다정다감한 시적 음률과 감성을 담은 시들은 그 나름대로 강한 이미지로 그 생명력을 간직하는 비의적 시의 저편에서 살아있다. 가요는 말할 것도 없고 락 음악이나 래퍼들이 부르는 노래에서 서정적으로, 울고 부르짖고 속삭이는 특별한 모습으로 하위문화에서 전승된다. 민요나 유행가, 경조사 문학들이 그런 경우다. 이런 시의 장르에 대해서는 여기서 일일이 다 논할 수 없다. 동양의 고대에는 시가 시조나 부(賦) 등의 형식을 띠고 산문적 삶을 대변하는 데 실제로 쓰였기 때문에 그 미학성에 대해 분명한 경계를 설정하고 있는 것은 아니다.

이런 시의 전승은 서양이나 동양 모든 곳에서 시대적 장벽을 만나게 된다. "초기 기독교인들은 이교도들이 신전에서 춘 춤을 육체의 정욕을 좇아 죄짓는 행동이라고 경멸했다. 회개하고 이교도에서 기독교로 돌아온 아우구스티누스는 더 이상 이런 시험에 빠지지 않을 것이라고 고백하며 "합창단(Chor)은 원으로 둘러서서 춤을 추고 그 중심에 사탄이 있다."고 말하였다. 교회는 오로지 '거세된' 성가들만 부르게 했으며 그런 노래를 부를 때 교인들은 조용히 서서 불렀으므로 차츰 발에서 나온 리듬의 감정을 피할 수 있게 되었다."(하인츠 슐라퍼, 신들의 모국어, 경북대출판부, 2014) 오늘날 우리는 파리나무십자가 합창단이나 빈소년 합창단에서 그에 대한 분명한 흔적을 찾을 수 있다. 그 대신 이들의 노래는 그레고리안 찬트 식의 음의 조화로, 교회 궁형 천장에서 울리는 소리에 대한 감성으로 발전하게 되었다. 초기 기독교 찬송가가 높고, 돌로 된 건물의 내부에서 울리게 하고, 각운을 만들어 넣었고, 이런 음향효과에 언어적 형상을 덧입힌 것이 놀랄만한 일이 아니다.

20세기의 많은 서정 시인들은 서정시의 화려한 표현과 시에 대한 과장된 경외심과는 거리를 둔다. 누구보다 로버트 프로스트, 윌리엄 카를로스 윌리엄스, 엘리자베스 비숍과 같은 미국 시인들이 그렇다. 이들은 숭고함이나 저주를 향한 특별하고도 기이한 몸짓을 포기하고 눈에 띠지 않는 소박한 언어에, 즉 거의 일상적 산문과 구별되지 않는 통속미의 언어에 만족한다. 위에서 인용한 브레히트의 시들 또한 이런 서정적 반시의 문체로 쓰였다. 그럼에도 불구하고 그런 시들에는 전통적인 시인이 회피한 페이소스가 거의 미미한 부정의 페이소스를 통해 살아 숨 쉬고 있다. 생각건대 시인들은 어쩔 수 없이 이미 쓰인 시의 어법으로 그리고 읽은 시들의 배경 하에서 다른 데로 눈을 돌려 소재를 구하는가 보다. 그러나 위에서 제시한 윌리엄 카를로스 윌리엄스의 시가 가지는 통속미는 고상한 미학을 신봉하는 자들이 원하는 것처럼 "단순히 불충실한 순응에 의해서 생겨난 예술의 타락"이 아니다. 그런 통속미는 "예술 속에서 항상 다시 나타나는 기회, 즉 예술 밖으로 뛰쳐나가" 일상과 섞일 기회를 엿보고 있다.(아도르노, 예술이론, 문학과지성사, 369쪽) 그래서 엄밀하게 통속미를 규정하는 것은 어렵다. 어쩌면 그것은 아도르노의 말대로 도깨비 불장난 같은 일이다. 키취는 고대 노래의 신성함이나 근대시의 카타르시스를 희화화한 것이다. 미적 고양과 통속미의 감정을 구분하는 일은 진부한 일이기에 이병률의 시를 보며 이야기하고 싶다.

내 통장에 삼백만 원 남아있다면
어떻게 할까 궁리하다가

그것이 아니라면 통장의 잔고가 일천만 원이면
어떨지 마음 벌렁거리다가

내가 만약 세상을 비워야 한다면 그걸 어떻게 할까 생각한다
노부모가 스치는 김에 잠시
그 이상이면 어떨까 침을 꼴딱 넘긴다

　　　　　　　　　　 – 이병률 「어떤 궁리」 부분

　이런 시들은 어렵지 않은 언어에 큰 노력을 투자한다. 이 시들은 추상적 어휘를 얻기 위해 힘쓰지 않지만 산문과 통속적 단어들에도 운율을 적용하고 아름답게 들리도록 한다. 시는 일정한 말투를 유지하고 노래와 반복을 통해 말을 느린 속도로 진행하게 한다. “궁리하다가”에서 다른 사상(事象)으로 넘어가는 듯하다가, 다시 “벌렁거리다가”로 정지시키고, 또다시 진행하는 듯하다가 다시 “어떨까”에 와서 다시 정지하면서 평범한 사상(事象)을 메타포로 바꾸고 신비롭게 하며, 많은 것을 기교적으로 말하거나 침묵함으로써 시의 의미를 파악하려는 독자가 텍스트에 대해 생각하며 오래 머물도록 한다. 시가 무엇인지 규명하기 힘든 사람들이라도 용혜원의 텍스트는 시가 아니라고 말하며, 동시에 이병률의 텍스트를 산문이라 말하지 않을 것이다. 고대의 노래가 신에게 바쳐지는 만큼 비싼 것으로 포장하고 전달할 때 엄숙하게 예의를 갖추는 일은 통속미의 시에서 더 이상 필요 없는 것처럼 보인다.

　그리스말, Enthusiasmos(신 안에 있다는 뜻 ‘entheos’에서 나온 말)는 어떤 사람의 특별한 정신적 상태를 나타내는 말로서, 그 안에 신이 산다, 거기서 신이 말한다, 그것도 비일상적인 서정적 말이나 눈에 띄는 춤을 동반한 경우를 말한다. 서정시의 언어가 이상하게 들린다면 그 이유는 그 언어가 신이 내린 시인의 도취에서 나왔기 때문이다. 18세기 다시

말해 낭만주의 시대에 도취, 즉 enthusiasm이라는 말은 심리학적인 영역으로 넘어갔다. 즉, 시인은 어떤 신적인 것을 자신의 내면에서 도출하게 되었는데 그런 것은 단순히 단어의 뜻에서만 이루어지지 않는다.

> 어느 하루 비라도 추억처럼
> 흩날리는 거리에서,
> 쓸쓸한 사람 되어
> 고개 숙이면 그대 목소리
> 너무 아픈 사랑은
> 사랑이 아니었음을
>
> 어느 하루 바람이 젖은 어깨
> 스치며 지나가고
> 내 지친 시간들이
> 창에 어리면 그대 미워져
> 너무 아픈 사랑은
> 사랑이 아니었음을
> 　　　– 류근 「너무 아픈 사랑은 사랑이 아니었음을」 부분

초콜릿 한 조각을 베어 먹으며 마치 죄스러운 듯 아무런 표정을 하지 않는 아이처럼(가나 초콜릿 광고의 민효린 같은) 통속적인 것은("너무 아픈 사랑은") 그저 억압의 요인이 억압의 흔적을 가지고 등장한다. 이런 통속미를 우리는 예술이 아니라고 터부시해서는 안 된다. 보들레르 이후 이탈리아의 미래파, 그리고 한국의 현대시에 이르는 예술작품의 고결함이 소홀히 여겨져서는 안 되겠지만 그 고결함 또한 현대 사회에서

권력(니체가 말한 앎에의 의지를 포함하여)과 결탁할 수 있음을 간과해서는 안 된다. 오히려 고결함이 그 자체로 어떤 목적이 된다면 이것은 조야하고 통속적인 상태로 빠지게 된다. 박인환의 「세월이 가면」이라는 시가 이진섭의 곡에 붙여졌지만 당대에 사랑을 받던 노래가 되었듯이, 이 시 또한 김광석의 노래에 붙여져 애송되었다. 과거에 진리이고 신성한 것이 오늘날 더 이상 진리이고 신성함이 될 수 없는 만큼 시에서 통속미란 배척할만한 것이 아니다. 브레히트의 소박한 시가(통속적인 시가) 니체의 위대한 시를 대체했듯이, 시의 통속성이란 사회적으로 재생산되는 굴욕에 대한 주관적인 입장이지 굴욕의 통속성이나 통속성의 굴욕을 의미하는 것이 아니다. 앞에서 인용한 브레히트의 시와 같은 방식으로 다음 시를 보자.

노선을 잃었다
버스 노선과 정치적 노선
둘 다

멸망하는 세계가 나보다 명랑하다
휴일과 섹스는 빼고

버스 맨 뒤에 앉아 버스 맨 앞을 노려본다
지금 건너는 다리는 소실점까지 길게 난 흉터 같다
그래서 좋다

차창에 기대 노루잠에 빠진다

치어 떼처럼 망막 위를 헤엄치는 빛의 산란
꿈속에서조차 나는 기적을 행하지 못한다
숨 꾹 참고 강바닥을 걸어 도강한다

뒤돌아보면
강물 위를 사뿐사뿐 걸어가는 옛 애인
기적처럼 일어났던 사랑을 잃었다
꿈과 현실
둘 다

　　　　　　　　　　　　　　　　– 심보선「미망 Bus」부분

　통속성의 카테고리는 싸구려로 생산되는 감정, 복제되는 감정에 대한 보완책으로 만들어진 것이다. 이 시가 앞의 두 시에서 보여준 통속미와 약간 다른 점은 어떤 (자본주의?) 이데올로기에 대한 태도를 구체적 흔적으로 남기고 있다는 점이다. 가령 "미망버스"는 '희망버스'를 암시하는 어휘다. 그렇지만 이 시를 이데올로기와 관련해서 읽어서는 안 된다. 어떤 경우든 시는 자율적인 것으로 통속성에 대해 저항하기 위해 쓰이기 때문이다. 통속성으로 통속성에 저항한다는 말이 모순적으로 들릴지 모르겠지만 통속성은 기형적인 방법으로만 고급예술이 지향하는 고결성에 대항할 수 있기 때문에 작은 문체를 지향하는 현대의 시인들은 통속을 다시 취할 수밖에 없다. 여기서 삶으로서의 시인과 예술로서의 시인이 갈라지는 분기점을 볼 수 있다. 아도르노는 "예술은 현실을 탄핵함으로써 현실의 우위(좋다는 뜻이 아니다! 강하고 지배적이다는 뜻이다!)를 인정한다"고 했다. 희망버스가 현실적 도전에 대한 희망을 의미한다면, "미망버스"는 싸구려로 판매되는 감정에 대한 실망을 그려낸다. "노선을 잃고", "사랑을 잃음"으로써, 즉 충분히 통속화됨으로써 통속미의 예술은 고급예술의 지위를 얻는다.

― 마치는 말

현대인이 신의 세계를 실제적인 것으로 더 이상 믿지 않음으로 시는 축제의 속박에서 벗어났다. 하지만 시는 그 언어가 가지는 축제적 성격을 보존하고 있다. 시의 언어는 과거 언젠가 숭고한 존재들을 축제로 초청할 때 사용한 부름, 탄원, 간청 같은 언어를 보존하고 있다. 그 언어들은 비의적인 것들을 지향하고 있는 만큼 아주 통속적이고 세속적인 것들도 포함하고 있다. 현대 서정시인들에게 그런 제의는 메타포로 쓰여 시의 "목적 없는 목적" das interessenlose Interesse을 표현한다. 말라르메는 현대 시인들은 "고독한 축제"를 위한 시구들을 "정화해야 할" 임무를 띠고 있다고 말한 바 있다. 발레리는 시를 "지성의 축제"라고 에둘러 표현한 적이 있다. 현대 시인들이 비의적인 지성의 축제를 하는 만큼 춤과 노래, 소박한 언어에의 충동 또한 지대하다. 그러나 동시에 원래 서정시의 모습들에 필수적이었던 서정적 요소들, 이를테면 시, 노래, 춤, 음악, 관객 같은 것들은 이제 콘서트 같은 데서나 찾아볼 수밖에 없게 되었다. 관객이 떠난 시는 시를 쓰는 자가 관객이고 상을 주는 자가 관객이고 시를 읽는 자가 관객이 되는 시대가 되었다. 시를 계속 심미적이고 정적으로만 쓰려는 엄숙한 시인들은 팝 가수들이나 통속미의 시인들의 문화 행태가 맘에 들지 않을지도 모른다. 그러나 감정이 판매되는 시대에 원시적 제의에 충동적으로 참가하고 싶은 관객들을 도취시킬 역동적인 리듬과 도취, 노래와 춤이 어우러진 시가 필요할 때다. 근래 통속미의 시들을 그런 맥락에서 이해하고 싶다. 나는.

연민과 동정, 그리고 시

우리는 감정이 무엇인지 잘 안다. 그러나 막상 누군가가 감정이 무엇이냐고 물으면 대답을 잘 할 수 없는 것 또한 사실이다. 그렇기 때문에 우리는 먼저 동양과 서양에서 말하는 기초적인 감정부터 말해야겠다. 우리는 칠정(七情), 즉 희(喜), 노(怒), 애(哀), 락(樂), 애(愛), 오(惡), 욕(慾)을 기초적인 감정으로 꼽는다. 그런데 학자들은 기초적인 감정이란 전 지구 어딜 가도 사람들에게 보편적으로 나타나야 하고 또 같은 얼굴표정으로 인식되어야 한다고 본다. 그렇다면 칠정의 희(기쁨)와 락(즐거움) 애(사랑)의 얼굴표정은 구별되지 않는다. 이 셋은 얼굴 표

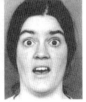

정의 카테고리가 같기 때문이다. 동시에 욕(慾)은 감정의 배경이지 감정

이 아니다. 폴 에크만 Paul Ekmann은 기초적인 감정으로 어느 민족에게나 동일한 여섯 가지 1차 감정을 말하는데, 이는 기쁨, 슬픔, 분노, 혐오, 공포, 경악으로 아래 그림에서와 같이 얼굴 표정으로 명확히 구분된다. 나아가 에크만은 당황, 수치, 죄의식, 긍지, 질투의 감정을 2차 감정, 즉 사회적 감정이라 불렀다. 따라서 이런 2차 감정은 문화마다 다를 수 있고 이것은 얼굴표정에서 유사하게 나타날 뿐 뚜렷하지 않고 몸동작이나 언어에 표현되거나 감춰질 수 있다. 가령 우리 문화의 경우 수치스러움이 웃음으로 나타날 수 있고, 긍지가 혐오의 얼굴로 보일 수 있다. 그러면 오늘 우리가 다루려는 연민과 동정을 어느 얼굴에 가까울까? 아마도 우리는 슬픈 얼굴과 가깝다고 말할 것이다. 그러면 연민은 왜 슬픔이라고 말하지 않고 연민이라고 말하는 것일까? 그것은 슬픔이 외부의 자극이 자신에게 일어나는 것을 말하지만 연민은 자신에게 일어나지 않는 일에 대해서도 슬픔을 느끼는 것을 말하기 때문이다.

언어철학자 길버트 라일에 따르면 "슬픔은 죽음에 의해 방해 받은 감정"인데(라일, 마음의 개념, 문예출판사, 116쪽), 우리는 죽음과 비슷한 어떤 소중한 그 무엇을 상실할 때도 슬픔을 느낀다(최현석, 인간의 모든 감정, 145). 슬픔의 원인은 나 자신보다 외부에 있다. 슬픔의 원인이 외부에 있으므로 나는 슬픔을 통제할 수 없다. 슬픔이 통제되지 못할 경우 우리는 그것을 무력감이라고 한다. 슬픔이라는 감정이 지속되면 경향성이라 할 수 있는(대상을 상실한 슬픔인) 우울증이 된다. 원인자가 외부에 있다는 점에서 슬픔은 분노와 동일하다. 그러나 나를 슬프게 한 원인자에 대한 항의의 표시인 분노와는 다르다. 대신 슬픔이 분노로 바꿔면 슬픔은 종식된다. 그러면 슬픔의 기능은 무엇인가? 첫 번째, 슬픔은 고통을 대신한다. 사랑하는 사람이 죽으면 우리는 고통을 느낀다. 그 고통을 극복하기 위해 사람들은 운다. 사람들은 가슴이 아플 때 가슴을 치면서 운다. 그것은 슬픔이 고통을 대신한다는 뜻이다. 어떤 상실, 가령 죽음을 대할 때 일어나는 슬픔의 기능은 자신의 삶을 돌아보고 반성하고 정리할 시간을 가지게 한다. 부모가 죽었을 경우 못해드린 것은 없는지 반성하게 되고, 애인에게 버림을 받는다면 너무 과도한 친절로 잘 해줘서 그런 것은 아닌지 다음부터 친절을 줄이도록 해주는 자아 성찰의 기회를 제공한다. 나아가 슬픔의 기능은 동정을 유발하는 것이다. 아이들이 서로 싸우다가 하나가 울면 다른 아이는 빼앗았던 장난감을 돌려주기도 한다. 그러나 항상 슬퍼하는 자를 사회는 계속 동정하지는 않고 오히려 약자를 괴롭혀서 자신의 이득을 취하는 사람이 있기 마련이다. 이런 슬픔의 기능은 문학에서 특정한 시대(이를테면 서양의 낭만주의나 한국의 7-80년대)에 왜 슬픔의 문학이 많은가에 대한 이유가 되기도 한다. 서양에서 1800년경에는 슬픈 문학이 많았고, 1900년경에는 신경증적 문학이, 2000년경에는 정신분열증적 문학이 많은 것도 슬픔의 사회적 맥락을 말해주는 것이다.

그런데 아리스토텔레스는 왜 『시학』에서 슬픔이 아니라 "무대 위에서 벌어지는 사건에서 공포와 연민을 느낀다"고 했을까? 우리는 무대 위에서 벌어지는 공포와 실제적 공포를 구별해야 한다. 무대 위에서 벌어지는 공포는 내가 감정이입, 즉 공감해서 나의 과거 기억을 불러옴으로써 벌어지는 공포에 대한 상상이지 결코 공포 그 자체가 아니(물론 전쟁 PTSD를 가진 사람은 비슷한 자극에 실제로 공포와 같은 반응을 보일 수 있다.), 슬픔 또한 공감하는 슬픔, 즉 연민은 실제의 슬픔과 구별된다. 다시 말하면 아리스토텔레스의 공포와 연민은 1차 감정으로서의 공포와 슬픔이 아니라, 인간만이 가지고 있는 공감능력과 결부되어 일어나는 현상으로서 관객(독자)의 감정을 말한다. 공포는 그만 두고 연민은 공감능력이므로 아이라도 가질 수 있는 데 반하여, 어른이라도 사이코패스같이 사회화가 되지 않은 사람의 경우는 연민을 느낄 수 없다. 그러니까 연민이란 "자신과 비슷하다고 우리가 상상하는 타인에게 일어난 해악의 관념을 동반하는 슬픔이다."(스피노자, 『에티카』) 좀 더 추가해서 설명하자면 그 슬픔은 타인의 슬픔이 아니라 나의 슬픔이다. 타인은 그 해악을 슬프지 않게 느끼거나 생각할 수 있지만 나는 그것을 슬픔으로 여길 때 우리는 그것을 연민이라 한다.

　그러니까 연민이란 슬픔이지만 슬픔보다 문학과 훨씬 더 가까운 감정이다. 왜냐하면 우리가 대하는 (가령 아리스토텔레스가 시학에서 말한 감정처럼) 문학 속에서의 감정은 공감이라는 인간특유의 능력에서 출발하고 문학의 카타르시스 기능이 바로 이 공감능력에서 출발하는 것이기 때문이다. 공감은 영어에서 말하는 empathy, 독일어의 einfühlen(감정이입)과 유사한데, 동정(同情)은 sympathy, compassion 독일어로 Mitleid(함께 아파함)로서 사실 말뜻으로만 보면 동정, 즉 같은 감정을 가진다는 점에서 연민과 차별적이다. 그러나 우리의 언어 사용에서는 같은 뜻으로 사용된다. 이를테면 '동정심을 가지다'에서처럼 '연민의 정을 느끼다'는 뜻으로 사용되는 경우가 많다. 그러므로 굳이 우리는 연민과 동정의 차이를 구별하는 데 큰 의의를 둘 필요는 없을 것 같다. 그 대신 문학적 공감능력이 어디에서 온 것인지를 면밀히 따져볼 필요가 있을 듯하다.

공감 능력에 대한 발견은 인류발생의 태초로 거슬러 올라가고, 그 공감능력이 더러는 동물에게서도 발견되지만 일반적으로 인간학적 형질로 받아들여진다. 우리는 누가 죽으면 슬퍼진다. 그 사람이 설령 원수일지라도 우리 인간은 슬픔을 느끼고 조문을 한다. 심지어 인간은 다른 인간이나 동물을 살해를 하고도 연민을 느끼기도 한다. 그렇지 않은 경우를 우리는 정상적인 사람이 아니라 보통 사이코패스, 즉 정신병자로 간주한다. 이 공감능력을 뇌과학에서 처음으로 발견한 사람은 이탈리아의 리촐라티 Rizzolatti란 사람으로, 그는 1990년대에 처음으로 원숭이의 이마엽에서 거울 뉴런을 발견한 사람이다. 그는 원숭이에게 땅콩을 보게 하거나 땅콩이 아닌 다른 것을 손으로 잡게 할 때는 이 거울 뉴런이 활성화되지 않았다. 그런데 원숭이에게 이 땅콩을 보여주고 난 뒤 불을 끄고 원숭이의 손을 이 땅콩이 담긴 접시로 뻗게 했을 때 거울 뉴런이 활성화되었다. 그런데 재미있는 것은 원숭이는 가만히 있게 하고 다른 사람이 손을 뻗어 땅콩을 잡으려 했을 때도 원숭이의 이마엽은 똑같은 반응을 보인 것이다.

인간에게서의 거울뉴런은 원숭이보다 더 잘 발달되어 있어서 타인의 행동을 보고 있기만 해도 활성화된다. 나아가 어떤 행동이 어떻게 일어났는지 이야기만 듣고 있어도 일어난다. 그 뉴런들은 마치 내가 다른 사람의 관점을 택하고 있는 것처럼 보일 정도다. 이때 뉴런이 활성화되는 과정은 관찰자의 의지나 생각과는 상관없이 자동적으로 일어나기 때문에, 가령 영화에서 '잘못된 만남'의 장면을 보거나 이야기로 들을 때 도덕이나 이성과는 상관없이 자기 몸에 어떤 감정이 환기되면 에너지 동원이 된다. 우리는 여기서 중요한 점을 간과해서는 안 된다. 그것은 이 공감능력이 미메시스의 능력과 유사하다는 점이다. 원숭이의 뉴런이 땅콩 자체에 반응하는 것이 아니라 다른 사람이 했더라도 구체적으로 땅콩을 잡으려 뻗는 팔을 보았을 때, 또는 불이 어두운 상태에서 실제적으로 일어나지 않지만 자기가 팔을 뻗어 땅콩을 잡는다는 것을 상상할 때 반응한다는 점이다. 그런 점에서 거울 뉴런은 달리 운동명령 뉴런이라 불리기도 한다.

연민의 정도 마찬가지다. 가령, 불구의 여자가 있다고 할 때 어떤 경우의 불구의 여인에게서나 모두 다 연민을 느끼는 것이 아니라, 내게서 특정한 불구의 여자의 처지에서 어떤 행동이 유발될 때 그것을 공감, 그리고 거기에 슬픔이 동반되면 이를 연민이라고 한다. 그러니까 공감 능력을 동반한 미메시스는 사람에 따라 다양한데 문학적 미메시스의 방법이 진화하는 것도 이와 마찬가지다. 대상을 아름다운(수사적인) 언어로 모방하는 것에 공감을 하는 사람도 있지만, 나아가 매우 정밀한 은유적 미메시스에 열광하는 사람도 있다. 그래서 아리스토텔레스는 『시학』에서 감정이 아니라 행동(영화에서 말하는 action idea)을 모방할 것을 주문한다. 이런 행동의 모방은 원숭이에게 계속된 실험을 보면 좀 더 분명히 파악할 수 있다. 이번에는 원숭이에게 보여준 땅콩 접시를 소파 뒤로 숨긴다. 원숭이는 소파만 볼 수 있다. 이때 사람이 소파

뒤로 손을 뻗어 땅콩을 잡는다. 원숭이는 직접 땅콩을 집는 모습을 볼 수 없다. 그럼에도 원숭이의 거울 뉴런은 작동을 한다. 이런 운동명령은 인간에게 더욱 발달되어 있다. 가령 5살 아이에게 사탕을 감춘 곳에 손을 옮겨 가면 그곳에 사탕이 있다고 생각하고 뉴런이 작동하지만 그것을 다른 곳에 몰래 옮겨 놓고, 가령 책상 뒤로 손을 옮기면 그에게서 뉴런이 작동하지 않는다. 그러나 일곱 살 박이 아이는 책상 뒤로 사탕이 옮겨 갔을 수도 있다고 생각하면서 뉴런이 작동할 수 있다. 말하자면 전체 행동의 일부분만 바라봐도 거울 뉴런은 전체 행동을 보는 것처럼 작동하는데 이것이 실제에서도 문학에서도 정도를 달리 한다. 이것은 우리 문학 연구자들에게 적지 않는 시사점을 던져준다. 다음 시를 보자.

지문을 찍는다
아
없어, 선명하게
없어,
노동 속에 문드러져
너와 나 사람마다 다르다는
지문이 나오지를 않아
없어, 정형도 이형도 문형도
사라져버렸어
임석 경찰은 화를 내도
긴 노동 속에
물 건너간 수출품 속에 묻혀

지문도, 청춘도, 존재마저
사라져 버렸나봐.
- 박노해의 「지문을 부른다」 부분

　우리가 말한 대로 슬픔에 대한 공감은 이 시에서 '지문이 없는 사람'
때문이 아니라 그가 착취당하는("노동 속에 문드러져"), 그리고 억압 받는
상황("임석 경찰은 화를 내도") 때문에 발생한다. "정형도 이형도 문형도
사라져버렸어"란 표현도 정씨 성, 이씨 성, 문씨 성을 가진 친구들에게
서도 지문이 사라져버렸다는 뜻과 정형(定形), 이형(異形), 문형(紋形)이 사
라져버렸다는 뜻을 모두 공감할 수 있어야 의미가 있다. 물론 이것은
독자의 경험(같은 경험이 아니라 유사한 경험!)을 전제로 한다. 가령 사고(事
故)로 지문이 없어졌다고 해도 우리는 이 시에서처럼 연민을 느끼지는
않는다. 동시에 일하는 사람은 으레 지문이 없어지지 라고 당연히 생
각하는 사람에게도 연민이 느껴지질 않는다. 내가 그런 일을 과거에
겪지 않았거나 현재 겪지 않더라도, 그와 유사한 삶의 체험은 내가 마
치 그 일을 겪는 "노동자"와 같은 삶을 경험하게 하고(다시 말해 뉴런이
반응하게 하고) 그에 대해 슬픔을 느낀다. 사실 상기 인용문은 박노해 시
인의 「지문을 부른다」라는 긴 산문시의 일부분이다. 그런데 우리는 이
시의 일부분만 읽어도 시인이 상술한 전체 의도를 알아차리고 슬픔을
공감할 수 있다.

　거울 뉴런에는 접촉에 반응하는 또 다른 뉴런도 있다. 아까와는 반
대로, 누군가가 나의 손을 만지면 뇌에서 감각을 관장하는 부분 중 체
감각 영역에 있는 뉴런들이 발화한다. 그런데 그 뉴런들은 다른 사람

이 같은 접촉을 경험하는 것을 내가 볼 때도 발화한다. 다른 사람이 경험하는 접촉을 공감하는 것이다. 작품 속의 인물에게 연민을 내가 투사하는 것이 아니라 작품 속에서 누군가 다른 사람을 만질 때 그에 대응되는 나의 신체 부위가 만져진 것처럼 발화한다. 그렇다면 왜 내가 보는 것만으로는 실제로 접촉을 경험하는 것과 혼동하지 않을까? 그 경우에는 내가 그저 공감만 할 뿐, 타인이 느끼는 접촉을 그대로 느끼는 것이 아니기 때문이다. 나의 피부에 수용기들이 동시에 작동하지는 않기 때문에 수용기들이 뇌에게 실제 접촉이 아니니 걱정하지 말라는 신호를 보낸다. 결국 나는 다른 사람의 접촉을 공감할 뿐 나 자신의 경험과 혼동하지는 않는다. 그렇지 않다면 우리는 매우 혼란스러울 것이다. 결국 이 점에서 연민과 슬픔은 구별된다. 물론 책에서 불러일으켜진 분노와 실제적 분노가 차이 나듯이 말이다. 문정희 시인의 시를 보자.

윗옷 모두 벗기운 채
맨살로 차가운 기계를 끌어안는다
찌그러지는 유두 속으로
공포가 독한 에테르 냄새로 파고든다
패잔병처럼 두 팔 들고
맑은 달 속의 흑점을 찾아
유방암 사진을 찍는다
사춘기 때부터 레이스 헝겊 속에
꼭꼭 싸매 놓은 유방
누구에게나 있지만 항상

여자의 것만 문제가 되어
마치 수치스러운 과일이 달린 듯
깊이 숨겨왔던 유방
우리의 어머니가 이를 통해
지혜와 사랑을 입에 넣어주셨듯이
세상의 아이들을 키운 비옥한 대자연의 구릉
다행이 내게도 두 개나 있어 좋았지만
오랜 동안 진정 나의 소유가 아니었다
사랑하는 남자의 것이었고
또 아기의 것이었으니까
하지만 나 지금 윗옷 모두 벗기운 채
맨살로 차가운 기계를 안고 서서
이 유방이 나의 것임을 뼈저리게 느낀다
맑은 달 속의 흑점을 찾아
축 늘어진 슬픔 유방을 촬영하며

— 문정희 「유방」 전문

    7행까지의 내용을 우리는 '병원에 가서 옷을 벗고 유방암 사진을 찍는다'라고 추상적으로 요약할 수 있다. 거울 뉴런이 없다면 나 같은 유방도, 유방암도 없을 남자가 그의 시를 추체험할 가능성은 없어 보인다. "맨살로 차가운 기계를 끌어안"고 "공포가 독한 에테로 냄새"를 맡고 있는 것이 이 공감 능력 때문임은 두말할 나위도 없다. 연민도 마찬가지다. "마치 수치스러움 과일이 달린 듯/깊이 숨겨왔던 유방 […] 오랜 동안 진정 나의 소유가 아니었다/사랑하는 남자의 것이었고/또 아기의 것이었으니까" 부분이 진정한 나의 슬픔으로 다가오는 것은 내가 그런 행위를 (직접) 하고 그런 어떤 것이 (유비 추리로) 상실되어갔다고 공감하게 함으로써만 가능하다. 모두가 행동의 모방인 것이다.

인간의 이런 공감 능력에서 발생하는 슬픔인 연민은 (위에서 말한 슬픔의 기능처럼) 사람의 마음을 치유할 수 있고, 그래서 오래 전부터 무당이나 이야기꾼, 시인, 소설가는 말로(이야기로) 줄곧 치유할 수 있었다. 라마찬드란은 환상지에서 느끼는 고통 또한 이런 원리로 치료할 수 있다고 본다. 나의 환상지에서 고통을 느낄 때, 타인의 손을 쥐어짜거나 주물러서 환상사지에 느껴지고 있는 고통을 없앨 수 있다. 만약 우리가 높은 수준의 슬픔에 대한 공감 능력을 가졌다면 다음의 시에서도 어떤 연민을 느낄 수 있을 것이고 그것으로 카타르시스를 얻을 수 있다.

사랑하는 나의 하나님, 당신은
늙은 비애다.
푸줏간에 걸린 커다란 살점이다.
시인 릴케가 만난
슬라브 여자의 마음속에 갈앉은
놋쇠 항아리다.
손바닥에 못을 박아 죽일 수도 없고 죽지도 않는
사랑하는 나의 하나님, 당신은 또
대낮에도 옷을 벗는 어리디 어린 순결이다.
삼월에
젊은 느릅나무 잎새에서 이는 연둣빛 바람이다.
- 김춘수 「나의 하나님」 전문

문정희나 박노해의 시에서 보이는 현장이 이 시에서는 없다. 구체적 현장 없이도 표상할 수 있는 인간의 미메시스 능력은 "늙은 비애"에서 '하나님이 참 오래 살았다', 그리고 '죽지 않는다', 그리고 '하나님의 뜻을 알고도 실천하는 인류가 없어서 참 안타깝다'는 슬픔을 느끼게 할 것이다. "푸줏간에 걸린 커다란 살점"에서 혹시나 인류를 위해 십 자가에서 살을 찢는 자를 보는 상실감을 느낄 것이다. "슬라브 여자" 가 누군지 몰라도 그녀의 마음이 "놋쇠 항아리"처럼 무거움에서 어떤 호소구조를 느낄 것이다. "대낮에도 옷을 벗는"(단언코 잡지 <현대시학> 에서 누가 말한 것처럼 "나이 어린 창녀"는 아닐 것이다) 부끄러움을 모르는 순 진무구한 아이 같은 "하나님"이 누군지, 그리고 앞 연에서 보인 부정 적인 슬픔들은 "연둣빛 바람"같은 아주 대비되는 긍정적 표상에 의해 서만 드러나는 슬픔이라는 것을 공감할 것이다. 이는 대비를 통해서만 발생되는 이미지의 원리에 의해 설명된다. 이제 우리는 슬픔의 공감, 즉 연민이 어떻게 높은 수준으로 미메시스(모방) 되었는지 이제 잠시 시 를 떠나 드라마에서 찾아보자.

파우스트와 사랑에 빠진 마르가레테(그레트헨)는 존속(엄마) 살해 죄로 감옥에 갇히고 파우스트는 메피스토펠레스의 계략에 따라 하르츠 숲속 의 발푸르기스에서 밤을 즐긴다. 그러나 이내 사랑하는 그레트헨이 눈 에 아른거려 그레트헨이 갇혀 있는 감옥으로 그녀를 찾아온다. 하지만 파우스트가 왔다는 것을 모르는 그레트헨은 자신을 잡아가 사형을 집 행할 형리가 온 줄로 착각한다.(괴테, 파우스트, 정서웅 옮김, 민음사, 2004)

파우스트 : (자물쇠를 열면서)
저 애는 까맣게 모르고 있구나. 여기 애인이 귀를 기울이며
쩔렁대는 쇠사슬 소리, 바삭대는 지푸라기 소리까지 듣고 있음을.
마르가레테 : (그 자리에서 몸을 숨기며)
아, 이를 어쩌나! 그들이 오나봐. 나는 참혹한 죽음을 당하겠구나!
파우스트 : (나지막이) 조용히! 조용히! 당신을 구하러 내가 왔소
마르가레테 : (그의 앞에 몸을 던지며) 당신도 인간이라면, 저의 고통
을 헤아려 주세요
파우스트 : 그렇게 소리 지르면 간수가 잠에서 깨어나겠소!
(쇠사슬을 잡고, 그것을 풀려고 한다)
마르가레테 : (무릎을 꿇고) 누가 형리인 당신에게 절 죽일 권한을
주었나요?
한밤중에 벌써 절 끌어내는군요
제발 불쌍히 여겨 절 살려주세요!
내일 아침이라도 시간은 충분하지 않겠어요?

위 인용문에서 마르가레테(그레트헨)는 "아, 이를 어쩌나! 그들이 오나
봐. 나는 참혹한 죽음을 당하겠구나!"라고 말하는데, 그녀는 자신의 연
인 파우스트 온 것을 형리가 지금 사형을 집행하려 온 줄 안다. 그러므
로 여기서 마르가레테의 말은 진술이 아니라 어떤 감정과 동요를 품은
증상이다. 그녀가 파우스트를 형리라고 착각하는 내용을 말하는 것은
그녀가 얼마나 죽음의 공포에 시달릴 만큼 고통스런 생활을 하였는가
를 관객이(또는 독자가)체험하게 한다. 마르가레테의 오인은 이 공포의
내용이 아니라 숨겨진 전제다. "저리 가세요! 이 한밤중에! 형리, 이 보
세요, 내일 아침 일찍 데려가도 충분하지 않나요?" 그레텐은 여기서 들

어온 사람이 형리라고 직접 말하지 않는다. 그러나 우리는 여기서 그 레트헨의 상황에 대한 공포의 감정을 느끼고 연민을(그래서 슬픔을) 체험할 수 있다. 그런 공포나 연민은 대비에 의해 일어나고 행위에 의해 발발한다. 단순히 파우스트와의 사랑으로 인해 처녀의 몸으로 임신한 것은 언제나 일어날 수 있는 일이지 연민의 대상이 되지 않는다. 파우스트나 관객(독자)의 슬픔은 마르가레테(그레트헨)의 (오인하는) 증상에 의해 심화되고, 마르가레테의 공포는 감옥에 올 리가 없는 파우스트가 아닐 것이라 생각되는 상황에 의해 고조된다. 이때 만약 마르가레테가 "당신이군요, 지금까지 어디 가있었죠? 내 앞에서 사라지세요."라고 말하든가, "이게 꿈인가요, 생시인가요, 어서 절 구해 주세요."라고 한다면 독자의 연민(슬픔)은 사라질 수 있다.

문학의 기능이 포이에시스, 카타르시스, 아이스테시스, 즉 만들고, 정화하고, 아름답게 하는 것이라면 문학은 단순한 슬픔의 감정 표현보다는 연민과 동정을 느끼게 하는 구조로 이해되어야 한다. 즉, 문학이 어떤 감정을 나열하는 것이 아니라 타자에 대한 배려와 사랑, 정의의 실현 등과 같은 존재에 의미를 부여하는 기능을 하려면 연민과 동정과 같은 공감 능력을 만들어내는 미메시스의 방법이어야 할 것이다. 현대에 가까울수록 수사적인 감정의 표현보다는 정황에서 나오는 독자의 감정 환기, 공감이 문학에서 더 우위를 차지하고 있다. 그러나 이런 원리는 이미 셰익스피어나 세르반테스, 괴테, 톨스토이 같은 위대한 인물들이 시도한 것들이기도 하다. 연민과 동정은 일상에서도 가질 수 있는 감정이기도 하지만 문학을 생산함에 있어 독자들에게 슬픔이나 분노보다 더 세련된 구조에서 만들어지는 문학적 범주의 2차적 감정이다.

기호화하는 언어의 아우라

송종규의 『녹슨 방』

　　송종규의 언어가 서정의 언어에서 상징의 언어로 바뀌고 있다. 말하자면 기호의 언어에서 흔적의 언어로 바뀌는 셈이다. 서정의 언어는 일련의 서정성을 생산하고 기호화하는 언어가 곧이곧대로 서정의 바깥 현상을 가두는 것을 말한다. 그런 만큼 독자의 언어는 기호의 감옥에 갇히게 되고 그러면 시인의 마음에 감광(感光)하는 역동성뿐만 아니라 독자 안에서 발광하고 지랄하는 광기, 은밀한 곳을 더듬는 상상력의 역동적인 힘이 파괴되고 수동적이 되어버리고 언어는 장애물이 된다. 그의 언어는 말하자면 이런 감옥을 파괴하고 언어의 자율적인 힘에 신뢰를 부여하는 것이다. 그렇기 때문에 그는 말하지 않고 원시 언어로, 상처의 흔적으로 기호화하여 서정적 아우라를 창조하는 것이다.

　　　　사지에 돌을 묶은 듯 온몸이 가라앉았다
　　　　달빛은 이내 붉으스레 물들었고
　　　　누군가 달빛 위로 떠올랐다

꽃잎 울컥 뱉아 내는 말, 계단을 오르내리는 끝없는 중얼거림, 뒤통수를 덥석 낚아채는 말, 계단을 무례하게 뛰어다니는 아자차카타파하

테이블 위의 동그란 스탠드
창 밖의 숲
불타기 시작하는 집에서 들려오는
전화벨 소리
가늘게 잘려나간 해안선
한 장의 풍경 안으로
피 묻은 어머니가 불쑥 들어올 때까지
중얼거림에게 재갈을 물리기까지
한 입 베어 먹힌 말처럼 불안하고 삐딱한 이미지들
아자차카타파하

– 「말, 무례한」

이미 오래 전에 홈볼트는 언어를 에르곤(ergon 구조물)이 아니라 에네르게이아(energeia 동력)라고 정의하였는데, 이 시야말로 충실하게 그 주장을 재현하고 있다. 시인이 의식하고 있고 세계가 의식하고 있는 구조물의 언어는 "말, 무례한" 밖에 없다. 그 구조물을 장식하고 있는 보조관념인 상징의 언어들은 "전화벨 소리", "피 묻은 어머니"가 있다. 하지만 언어의 섬광을 짐작케 할 수 있는 구조물의 언어는 찾아볼 수 없다. 어쩌면 상징언어의 욕동만이 꿈틀대고 있다고 할 수 있다. 역사가 전도되고 역사가 반란을 하고 난 이후의 언어는 역사의 언어를 기피하고 있다. 어쩌면 "계단을 무례하게 뛰어 다니고", "달빛 위로 떠오르고", "불타기 시작하는 집에서 들려오는", "불안하고 삐딱한 이미지

들"이 그 역사의 언어를 대신하고 있는지도 모른다. 데리다는 말한다. "사물이 무엇인가? 무엇이 남는가? 마지막으로 남은 것은 무슨 의미인가?" 데리다는 프로이트가 신경세포의 흔적에서 마음의 문자를 찾아내고 있다는 것을 간과하지 않는다. 그렇기 때문에 송종규에게서 역사는 이제 상처를 기억해내는 흉터라는 흔적일 것이다. "아자차카타파하"라는 기호가 말하지 않고, 그것이 흉터라는 데 우리가 익숙해진다면 역사의 반란성과 흔적의 아우라가 쉬 짐작 갈 것이다. 아 우리는 뒤통수에서 들려오는 "아자차카타파하"에서 얼마나 많은 상처를 기억해낼 수 있는가! 아!, 자! 아자아자, 아차아차, 파하파하푸하, 차카차카착각, 차카차칵찰칵, 차카착해착해, 타파타파…… 송종규는 이런 기의 없는 기표 생산의 마술사이다. 소리 사이에 숨겨진 비밀의 흔적을 밝혀내는 그의 말하지 않는 말에서 비의의 경지를 감지한다. 우리는 가끔씩 강박증 환자처럼 중얼거릴 때가 있다. 강박증 환자처럼 강박의 물결을 저항할 때 쓰는 언어가 있다. 아자차카타파하! 문자의 봉인을 풀고 이음새 같은 적극적인 서정의 도구들을 폐기함으로써 얻는 적극적인 언어가 있다.

> 걷다 뛰다 서다
> 물구나무서다 하루 종일 비 맞다
> 비 맞으며 기어가다 종이가 붉어지다
> 강물이 불어나디 슬픔이 일릴로 늘어서다
> 하나씩 지워지다
> 폐가의 문설주가 고요하다, 삐걱거리다, 아무도 없다, 세월이

듬성듬성 일렬로 앉아 있다 하나씩 드러눕다
걷다 뛰다 서다
물구나무서다 하루 종일 비 맞다
비 맞으며 기어가다 종이가 젖다 강물이 붉어지다
오래된 벽지 속에서
풍금소리가 새어나오다

- 「글씨들」

　나지막한 모국어로 쓰인 책 속의 글씨를 읽어 보라. 걷고, 뛰고, 서는, 때로는 물구나무서는 언어를 바라보라. "걷다 뛰다 서다/ 물구나무서다"는 '텅 빈 말'이지만 이 '텅 빈 말'로 우리는 '꽉 찬 말'을 상상할 수 있다. 그리고 앞의 "걷다 뛰다 서다 / 물구나무서다"는 문신이나 흉터 같은 흔적의 언어이고 후반부의 "걷다 뛰다 서다"는 상처의 언어이다. 지난날 서정의 언어가 감광한 정서를 직정(直情)의 태양광으로 구부렸다면 지금의 언어는 정물을 관찰하듯 침정(沈靜)한 월광(月光)으로 조망하고 있다. 언어는 걷는다. 생각하며 걷는다. 걸음이 빨라지면 호흡이 빨라지고 호흡이 빨라지면 다시 정지한다. 평서문으로 읽어 갈 곳, 격정의 언어로 읽어갈 곳, 호흡을 중지하고 외부세계와 단절을 꾀해야 할 곳, 외부를 거부하고 머리털을 꼿꼿이 세워야 할 곳이 바로 "걷다 뛰다 서다 / 물구나무서다"의 텅 빈 언어로 구현된다. 아, 송종규 시어의 맹랑함이란! 빼곡이 말하지만 답답하지 않고 추상을 말하지만 살결이 만져지고, 냉정히 직시하지만 여유 만만하다. 동사와 동사, 장면과 장면이 단절되어 있지만 서정의 통주저음은 지속적이다. 이웃하고 있

는 것들이 "듬성듬성 일렬로 앉아 있다 하나씩 드러눕고" 있다는 느낌
은 늘 옆집을 염탐하고 있다는 점을 부정할 수 없게 한다. 사랑하는 사
람끼리는 말이 없지만 서로를 보듬는다.

> 지친 풀잎 같은 목소리가 안간힘으로 미끄럼틀을 기어오른다 나는
> 낡아서 헐거워진 신발을 벗어 검은 봉지에 집어넣는다 멀리서 순금의
> 빛살 하나가 자운영 손바닥 위에 하루 종일 붙들려있다
> 오래된 책 속에서 나온 머리카락이 하얗게 변해 있다
> 달력 속이 왁자지껄하다
> 나는, 나를, 나에게 전송해야 하는데 갑자기
> ID가 생각나지 않는다 누군가 폭풍이라 말했고
> 누군가 폐허라고 말했다

> 너는 깊은 연못 속에 빠져있는 듯 하다 나는, 이 난감한 삶의 한 끝
> 을 손가락이 아프도록 붙들고 있다
>
> — 「폭설」

시의 제목은 폭설이지만 이 시의 내용 어디에도 폭설의 상술(詳述)은
없다. 그러므로 이 시 또한 기호로 말하고 있다 하겠다. 라캉이 말한
폐제(foreclosure) 같은 구조가 도사리고 있어 장력을 만들어낸다. 시는 서
정성을 포기한 대가로 막연함의 페이소스를 부축 받는다. 폭설(暴雪)이
거나 폭설(暴說)이거나 알지 못할 그 무엇이 감정의 유로를 차단하고 나
와 나의 통로를 막는다. 정체성이 상실되고 머리카락은 "하얗게 변해"
있다. "자운영 손바닥 위에 하루 종일 붙들려 있는", "순금의 빛살 하

나"가 상상력을 지탱해준다면 나는 "깊은 연못에 빠져 있는 너"와 화용론적 동질성을 띤다. "낡아서 헐거워진 신발"과 "삶의 한 끝을 손가락이 아프도록 붙들고 있는 현실", "안간힘으로 미끄럼틀을 기어오르는" 상황은 말하지 않은 말이 되어 답답한 마음을 자아낸다. 이 시에서도 이미지는 말해지는 것이 아니라 생산될 뿐이다. 그리고 작은 삶의 환유들은 끊임없이 암시하지만 지시하지는 않는다. 시인이 센티멘털리즘의 언어를 말했을 때는 그의 시가 상처였다. 그러나 상처의 언어를 포기한 자리에 흔적이 남아 있다. 이런 흔적에서 아마도 독자들은 은밀한 시적 간음을 눈치챌 것이다. 초월적인 현대인의 ID 상실을 짐작할 수 있을 것이다. 송종규의 기호화하는 언어의 아우라는 바로 이런 예기치 못할 환기에서 출발하는 것이다. 그의 언어는 이렇게 그것이 출발했던 원시시대로 귀환하는 셈이다. 그때는 돌 하나 놓고 인생을 다 말하고 새 하나 그리고 다리를 포겠다.

애상(哀傷)의 고고학

송종규의 『정오를 기다리는 팅빈 접시』

삶의 궤적에서 끊임없이 솟아오르는 상상력이 있다면 그것은 아마 상처라는 샘일 것이다. 송종규의 시를 읽으면 우리의 영혼과 몸 구석구석에 새겨진 상처를 느끼고 그것을 해방할 수 있어서 좋다. 그의 시에 각인된 상처는 때로는 해변을 활짝 피게도 하고 부식한 햄버거에서 뜻하지 않은 조그만 봉분을 찾게도 하며 만어산에서 물고기를 만나게도 한다. 그것은 역동적인 새떼들의 날개 짓에서 죽음의 그림자에 이르기까지 다양한 파노라마를 내재하고 있다. 말하자면 상처는 그의 시에서 애상의 이미지를 만들어내는 동력인 셈이다. 이처럼 그의 시에 사로잡히는 이유는 머리로 감지할 수 없는 이 애상의 흔적이 삶의 부정이라는 경로를 통하여 우리의 정신을 지배하는 카리스마를 갖고 있기 때문이다. 또한 그의 시에는 절망의 달빛이 드리워져 있는데 그것은 시가 억압된 것, 망각된 것, 폐제(foreclosure)된 것의 귀환이기 때문이다. 이런 것은 영이 아니라 혼으로서 몸에 깊숙이 새겨져 있는데 그 몸의 눈으로, 몸의 언어로 대상과 사람들을 투시할 뿐만 아니라 그것을 음화로 들여다보게 한다.

　　뜨거운 말, 뜨거운 포옹, 뜨거운 속도가 터널 속으로 들어가다 저만
큼 앞에서 깃발이 내려오고 딱총 소리가 달려오다 흰 선을 따라 맨발
의 아이들이, 희끗희끗한 미루나무들이, 불어터진 라면 발 같은 시간들
이, 전력으로 뛰어가다 종이배 만한 신발 속에 눈부신 햇빛 한 다발 촘
촘히 심겨지다, 뿌리를 내리다, 이미지들이 활짝 피어나다 새의 깃털이
부풀어오르다 진달래 꽃물이 뚝뚝, 수도꼭지를 타고 흘러내리다 악기
의 모든 현들이 팽팽하게 조율되다

　　정오를 기다리는 텅 빈 접시

　　　　　　　　　　　　　　　　　- 「활짝 핀 해변」 전문

　　"정오를 기다리는 텅 빈 접시"에는 아무것도 없다. "뜨거운 속도"로
지나가고 난 흔적만 남아있다. 거기에는 시인의 몸만이 기억할 수 있
는(좀 더 정확히 이야기하자면 몸이 기억하게 하는) 이미지인 "종이배"와 "깃
발"과 "딱총소리"만 남아있다. 이제 접시는 해변이 된다고 말해보자.
그러면 그 위에 이런 이미지들이 꽃을 피울 것이다. 미루나무 같은 유
년의 목소리로 팽팽한 악기의 현으로 꽃을 피운다. 시인의 언어는 이
처럼 사실과는 무관한 애상의 발현이다. 내가 애상이라고 명명하고 싶
은 기억의 이 형식은 바로 회상의 이면(裏面)이다. 이것은 수동적이고
수용적이며 신비한 기억이다. 이것은 회상의 "남성적" 힘과는 다른
"여성적" 느낌이라고 말할 수 있다. 그러므로 애상은 능동적인 회상과
는 거리가 멀다. 그것의 영원한 순간들은 예측할 수도 통제할 수도 없

이 나타났다가 회상으로 직조된 정체성의 그물망에 구멍을 내어버린다. 그것은 "새의 깃털처럼 부풀어오르"기도 하고 "모든 현들을 팽팽하게 조율할" 수도 있다. 이런 신비적 경험의 지평이 열리는 순간, 시적인 구성력 자체가 지속되지 못하고 중단된다. "정오를 기다리는 텅 빈 접시 위"에서처럼. 「찻잔 속의 장미 카페」에서는 그런 순간이 더욱 핍진하게 묘사되어 있다.

우리가 서로의 가슴을 스쳐지나 스푼을 저을 때, 가슴뼈 어디론가 삐거덕거리는 녹슨 발자국 소리가 지나갔네 드문드문 작고 동그란 꽃 잎을 매단 자운영이 피었다 지고, 크리넥스 티슈나 밥 같은 이야기들을 탁자 위에 꺼내놓고 차를 마시는 동안, 탁자 밑 어디쯤에서 음악과 함께, 우리들의 앞날이 지워지고 있었네

소실이나 마모에 대해서, 그리고 음모에 대해서, 아무도 말하지 않았지만 우리들의 어깨는 조금씩 야위어 가고 빈 찻잔 속에서 가끔씩, 천둥과 우레의 힘찬 박수 소리와 야유가 쏟아져 나왔네

집이 있는 사람들은 집으로 돌아가고 식은 찻잔 속으로 누군가 자꾸만, 언 발을 밀어 넣었네

— 「찻잔 속의 장미 카페」 전문

"찻잔"을 향한 침정(沈靜)한 눈은 어떤 시선도 옆으로 흘리지 않는다. 그것은 이제 더 이상 보는 눈이 아니라 정관(靜觀)하는 상상의 문이 된다. 하지만 그 그림과 정물들은 시각으로 보이는 것이 아니라 "가슴"이나 "발"로 만져진다. 그렇게 되면 깨어 있는 눈의 중력은 해체되고

깨어 있는 의식은 상실되며 "자운영"이 피고 지는 부유(浮遊)의 상태로 진입하게 된다. 그러한 것은 인간의 영혼에 신적 영감이 도래하는 계시의 순간이요 아우라의 순간들이다. 이것은 시간의 애상이 치유되는 순수한 현재의 순간들이다. 이성이 여지없이 무너지고 아스라한 기억의 공간이 체화되는 순간이다. 그런 순간들 속에서 애상의 흔적들이 감지되는데 그것은 나중에 만들어진 회상으로밖에 알 수 없는 그 모든 기억보다도 더 깊이 그리고 더 직접적으로 체험된다. 그러면 변화하는 시간 속으로 추락하는 "소실이나 마모, 그리고 음모"의 애상기억들이 소외의 현장에서 중심으로 "발을 들이민다". 이런 애상의 아픔은 시인이 처한 현대의 기획을 문제시하고 있다. 왜냐하면 이러한 생각들이 시민으로서의 개인을 견실하게 하는 데 방해가 되기 때문이다. 개체성과 정체성, 확고함과 책임 등은 포기할 수 없는 사회적·정치적 요구사항들이다. 계몽이 인간에게 부여한 자아와 주체의 윤곽들을 시인은 전적으로 해체한다. 근대적 이성 개념이 자아라면, 시인의 애상은 신적, 초개인적 본질, 즉 비자아가 될 것이다. 앉아 있는 매 순간 엄습하는 "음모"의 순간이요, 우리들의 "앞날이 지워지는" 순간들이다. 그런 애상의 흔적에 병치할 현실의 모습은 이러하다.

> [...] 아침이면 도축장으로 끌려 들어가는 소, 돼지들의 울음소리가
> 목탄 열차의 바퀴 소리처럼 들리는 광역시의 서쪽 변두리에서 십 년이
> 넘게 살았구나 가끔씩 내 몸에서 비릿한 소 돼지들의 피 냄새를 맡곤

> 자 이제 다 됐다

소 돼지들이 검은 바다 속으로
첨벙 첨벙 뛰어 들어온다
마셔라 약, 마셔라 피
너, 아가리 쩍 벌리고 있는 세상의 모든 하수구여

-「聖餐」 부분

아침마다 "도축장으로 끌려가는 소, 돼지들의 울음소리"에서는 어떤 환유가 시인의 욕망을 사로잡고 있는지 짐작할 듯 하다. 비릿한 냄새가 현대인의 "성찬"이요 그들의 우는 소리가 찬가이며, "비릿한 소 돼지들의 피 냄새"가 성찬의 피를 기념하는 포도주가 된 것이다. 송종규의 시적 태도는 그런 의미에서 매우 현실에 천착한 리얼리즘의 토대를 갖고 있다고 할 수 있다. 하지만 산문의 업적이 지식의 창안이라면, 시의 업적은 잃어버린 지혜의 예언에 있다. 그런 지혜의 길은 산문적 회상의 이면으로서 운문적 애상이라고 말할 수 있다. 경험에 지식의 확실한 토대가 있다고 보는 감각적 경험주의의 본질을 시인은 애상의 어지러운 흔적에서 찾는다. "아가리 쩍 벌리고 있는 세상의 모든 하수구"라는 추함에서 시인 송종규의 제의인 성찬은 거행되는 것이다. 정교한 이 끈, 즉 신성과 맺어주는 이 애상은 성장한 인간의 삶 속에서 찢어진, 몸으로밖에 기억할 수 없는 어떤 그 무엇(Es)이다. 그 알 수 없는 그 무엇이, 폐제된 그 무엇이 애상으로 남아 상실의 시대에 살고 있는 우리 인간에게 성스러운 아우라를 부여하게 된다. 그것을 우리는 무의도적 기억(mémoire involontaire)이라고 불러보고 그 흔적을 그의 시에서 더 찾아보자.

너는 아침의 푸른 바다와 카프카의 긴 외투를 이야기했고
나는 도시의 작은 정원에서 상추 씨앗 쪼아먹는
새떼들의 오후를 이야기했다
너는 스페인 풍의 술집과 낡은 유성기, 그리고
네가 아는 모든 세상을 씀바귀즙처럼 뽀얀 은유로 이야기했고 나는
내 뜰에 침입한 새떼들을 너의 바다 속으로 풀어 났다
네 바다는 지금 얼마나 고요하고 흉흉하냐
상추가 잎을 피우는 동안, 한 세기가 흘러갔다
너는 아직도 은유를 믿느냐
나는 지금 백 년쯤 젊어졌고, 오늘 아침 내 식탁에는
재잘거리는 새떼들의 푸른 바다가 깃을 접고 누워 있다
                                    - 「새떼들」 전문

   엄숙하고 냉정한 이 시의 정물화는 송종규의 시에서 흔히 볼 수 있
는 제스추어는 아니다. 그 이유는 은폐되고 억압된 애상 기억이 환유
로 굳이 몸을 피하고 있기 때문이다. "새떼"로 상징되는 무의식의 욕
동이 시인의 언어로 말하자면 존재한 존재가 아니라(이것을 시인은 네가
은유로 이야기한다고 말한다) 존재하는 존재다(시인이 다른 시에서는 "누가 환유
를 믿겠느냐"고 하지만 환유로 미끄러지게 하는 것을 말한다). 존재한 존재란 망
각한 존재를 말하고 존재하는 존재란 살아서 욕동처럼 움직이는 존재
를 말한다. 이와 같이 애상은 흔적으로 또는 잔재로서 살아 움직이는
에네르게이아이다. "너의 바다"는 "고요하고 흉흉할" 따름이다. 따라서
시속의 "너"와 "나"는 기실 사람으로서의 너와 나가 아니다. 한 개인의
인격으로서의 동형이체의 너와 나다. 에고와 이드 정도로 번역할 수

있을까. 너는 은유로 이야기하고 나는 환유로 이야기한다. 너는 "카프카"의 실존이고 난 "프랑스영화"의 주인공이다. 너는 칸트요 나는 사드다. 사드의 망원렌즈에 잡힌 새떼들의 날갯짓과 "카프카의 긴 외투"는 철저히 모순적이다. 하지만 그 충동적인, 철저하게 제한되고 감시당하는 카프카의 실존과 역동적인 욕망의 모습이 같은 애상을 만든 것이다. 이런 애상의 장력을 아래 시는 더욱 명징하게 그려내고 있다.

> 나는 그의 목을 비틀고
> 변두리 시장 바닥에 내놓았다 그리고
> 허리를 구부려 발등의 눈물을 닦아주었다
> 그는 내 등에 천 개의 압정을 꽂았고
> 달빛과 바람 곁에서
> 검은 물을 찍어 발라가며 내 머리를 빗겨주었다
>
> 한 종지의 그가 한 됫박의 그가 한 트럭의 그가
> 생을, 눈물과 피로 가득 채운다
>
> [⋯]
>
> 찻잔 속에 가득 찬 허공, 허공 속에 빽빽한
> 이미지들
>
> > ─「글씨들, 달빛과 바람 곁에서」 부분

　나는 "그의 목을 비틀어" 제물로 만들고 그는 "내 머리를 빗기고", "내 등에 천 개의 압정을 꽂아" 십자가에 달아맨다. 이 시의 강렬한 이미지는 곧 "글씨"로 체현되는데 이 "글씨"는 바로 제사장의 언어다. 모세에게 명하여 돌판에 새긴 신의 글씨이다. 이 "글씨"는 허공처럼 존재하지 않는 곳에서 발생한다. 그리고 그 허공은 곧 찻잔이다. 찻잔 속에는 존재하지 않는 존재가 이미지로 앉아있고 그 존재는 내 안의 상처를 풀무질해댄다. 그러면 상흔은 "한 종지"에서 "한 됫박"으로, "한 트럭"으로 불어난다. 발등의 눈물을 닦는다는 것은 죽음을 예비한 제의일 수도 있다. 하지만 그의 글씨가 읽어낼 수 있는 것은 그저 "달빛과 바람" 밖에는 없다. 하지만 송종규의 시어가 이런 보편적인 애상의 놀이만을 지속하지 않는다. 오히려 역사의 이정표에 확실한 닻을 내리고 있다. 애상의 초월성이 확실한 역사적 정거장을 만나고 거기서 리얼리티라는 기름을 주유하고 간다.

　　만어산 내려오는 가을 삼랑진은 빈 들판뿐인데, 우우끄끄끌 백미러에 따라오는 검은 물고기 떼뿐인데, 쉬어가라고 손목 잡는 낙동강 역이 손수레처럼 앉아 있습니다 驛舍 마당 곁, 석쇠구이 집에서 돌리는 환풍기가 기름진 인간의 식탁을 경전선 비둘기호 열차에 실어보내고 열차는, 태양과 구름으로 채워진 유리창 몇 개와 오래된 시간을 태운 의자를 부려놓고 갑니다 나는 잠시 그대 생각에 대합실 기웃거려 보지만 낙동강 역은 도대체, 낙동강 역에 앉아 누구를 기다리는 것일까요 기다림만으로도 삶은 꽉 차서 따라오는 저 물고기 떼 둥둥, 가슴속에서 쇠북소리를 내는데

　　훗, 불면 지워질 듯한 유리창과, 달팽이처럼 쪼그리고 앉아 졸고 있는 한 남자가 낙동강 역의 안팎 풍경을 완성시킵니다 보세요, 삼랑진에 가면 萬魚山 가득 물고기 떼 츠츠둥둥 쇠북소리를 내며 따라다닙니다

희망과 썩은 옥수수 푸대가 어깨 부대끼며 驛舍의 좁은 문을 삐걱이며
드나드는데, 경전선 열차가 부려놓고 간 빈 의자 위에는 만 마리 물고
기와 낡고 비린 시간이 덥석, 앉았다 갑니다

- 「낙동강 역」 전문

삼랑진 역에서 갈라진 경전선 비둘기호가 처음으로 쉬었다 가는 곳,
낙동강 역은 시대에 뒤쳐진 자아의 허물처럼 앉아있다. 아니 시인의
말대로 손수레처럼 앉아 있다. 지금 이 시대가 감정부재의 시대라는
것은 만어산이 물고기로 보이지 않는다는 것이 말해주고 있다. 시인은
자신의 애상을 사회적으로 문맥을 얻는 데 성공하고 있다. 그러므로
그의 시는 이 애상의 고고학에 이정표를 세워준다고 할 수 있다. 시가
자기망각이 아니고서야 이런 사회적 거세의 위협을 어떻게 망각할 수
있으며, 시인을 포함한 우리는 고통의 시대를 어떻게 영위할 수 있겠
는가. 그래서 시인은 애상이라는 작은 통로를 통해 願望의 위령탑을 세
우고 그의 회상기억을 머리에서 비워내고 있다. 나는 이 시인을 볼 때
마다 그가 만약 시를 쓰지 않았다면 아마 이 기억병에 걸렸으리라 생
각한다. 그는 명민하고 예민하다. 그의 시는 그의 이런 쓰라린 (또는
충족되지 않은) 기억들을 시로 승화시키고 독자들에게 자신을 잊는 잠
을 청할 수 있게 해줄만한 예기를 품고 있다. 잊혀진 것에 대한 그리움
과 기억의 빗나감이란 주제는 기억에서 소외된 기억, 즉 애상의 흔적
을 그려내는 데 좋은 도구가 되고 있다.

그의 몸 가득 수신된 나의 알리바이

매순간 찰칵찰칵 찍히는 나를, 매순간 째깍째깍 기록되는 나를

넌 내 꺼야! 목덜미를 낚아채며 소리치는 그에게
나는 꼼짝없이 당하고 말지
그러나, 만약, 그가 없는 밤이 있다면, 나는, 얼마나, 불안할까,
어느 한 순간
저 깜박이는 경고등 안에 편입되지 않은 삶을
상상할 수 있단 말인가
넌 내 꺼야,

매순간 찰칵찰칵 찍히는, 매순간 째깍째깍 기록되는

그의 몸 가득 수신된 선연한 알리바이 때문에
세상의 모든 창문과 빨랫줄과 고양이들은 안심할 수 있고
나는 비로소 편안히 잠들 수 있지
-「자동경보기」전문

　그의 몸은 모두가 애상의 지층들이다. 몸은 이미 구속되어 있고 감시되는 것이며 나의 알리바이는 공소시효가 없다. 이런 공소시효가 없는 기억이 바로 이 시의 애상이다. 내 몸의 알리바이라는 것이 늘 "그의 몸 가득 수신된" 것이라면 나는 더욱 꼼짝없이 그에게 포획된 것이다. 언젠가 그의 시를 두고 "불확정적 애상을 화려한 이미지로 치환한 변주곡"이라고 표현한 기억이 있다. 그렇다. 그 불확정적 애상은 "매순

간 찰칵찰칵", "매순간 째깍째깍" 기록되는 나의 몸에 남아 있는 부검 기록 같은 억압과 폐제에서 나온 것이다. 우리의 몸은 곧 이런 신호를 여과 없이 재현하는 "자동경보기"일 뿐이다. 그래서 베케트는 프루스트론에서 "어제로부터 도피할 길은 없다. 이유는 어제가 우리를 변형 시켰거나 아니면 우리가 어제를 변형시켰기 때문이다"(There is no escape from yesterday because yesterday has deformed us, or been deformed by us.) 라는 말을 하고 있다. 애상이란, 또는 애상의 흔적이란 바로 우리의 어제가 "목덜미를 낚아채며" 만든 우리의 몸이며 "경고등 안에 편입되지 않은 삶"을 꿈꾼다. 그 꿈은 오로지 시인이 시를 쓰는 그 순간만 가능하고 그 순간만 애상의 알리바이를 구할 수 있으며, 이 순간 시인은 행복의 약속을 얻는 것이다. 사회와 개인의 관계를 직정(直情)의 언어로 훌륭하게 구현해내고 있다.

> 어리석었던 내 사랑을 위해
> 너를 위해 비워 둔
> 오래 쓸쓸했던 빈방을 위해
> 나는 통곡했다, 너를 보내고
> 아직 남아있는 촛불의 온기 가물거리던
> 그 밤
> 밤이 데리고 온 어둠, 어둠이 몰고 온
> 고요의 늪 속에
> 후회로 꽉 찬 내 몸 쑤셔 넣으며
> 새벽 무렵에야 희미하게 깨어났나 보다
> 온통 통곡하는 것들로 채워진

내 곁의 사물들
흔들리는 그들의 여윈 어깨를
이제 아무도 싸안아 주지 않으리
짧았던 한 순간, 네 날숨처럼 포근했던
문이 닫히고
한 방울 촛농 떨어뜨리며 촛불마저 꺼지고
한 때 뜨거웠던 손
텅 빈 운동장의 만국기처럼 네 등뒤에서 흔들린다
안녕,
베고니아 붉은 꽃 그늘 어른거리던
한 필 옥양목의
질긴 길들

                                    -「프랑스 영화」 전문

　애상의 가장 얇은 지층에는 이런 감상적인 시가 있다. 하지만 이 시
또한 감상의 언어로 파악할 수 없는 시적 전략을 내포하고 있다. 그것
은 우선 프랑스 영화라는 제목에서부터 시작된다. 시는 감정에서 출발
하지만 감정 그 자체는 아니다. 시와 감정 사이의 직접적 통로는 없기
때문이다. 감정은 정서로 통제되어 이행되고 정서는 과거와의 단절 속
에서 발생한다. 시가 정서의 소산이라면 시는 감정과 관련이 적은 셈
이다. 새로운 감정이란 원래의 느낌과 갑자기 떠오른 회상기억의 조합
에서 생기게 된다. 감정이 정서의 발생 원인인 것처럼 정서가 시를 만
드는 근원이다. 그러므로 시와 삶을 연결하는 직접적인 통로는 없는
셈이다. 왜냐하면 시는 감정에서 생기는 것이 아니라 기억에서 만들어

지기 때문이다. "너를 위해 비워 둔 빈방"이나 "삼경의 희미한 불빛"에서 서술되는 것이 "빈방"이나 "불빛"이 아니다. 그것보다는 애상의 주체가 느끼는 정서의 객관적 조건을 통해 시가 모습을 드러낸다. "촛불"이거나, "만국기"이거나 "베고니아 붉은 꽃"이거나 그런 대상은 중요하지 않다. 이 시는 상념의 순간을 조용하게 포착하여 기술하고 있으므로 감정을 그린 시가 아니라 기억의 모습을 그리고 있다. 이런 기억의 이미지를 연결한 것을 "프랑스 영화"라는 제목으로 잡은 게 아닐까. 그러나 이런 나의 추측은 만족할만한 것이 못 된다. 이처럼 이 시는 충분히 알 수 없기에 더욱 아름답다.

막 부식이 시작된 햄버그 위에서 튀는
저 탁월한 햇빛!

　　　　　　　　　　　- 이 작은 봉분 위에 애기똥풀이

송종규의 시가 가진 절약, 시적인 환원과 축소의 미학은 마치 문학의 얼굴을 닮아있다. 왜냐하면 문학은 세상을 축소해서 호주머니에 담고 다니는 형상을 하고 있기 때문이다. 부식한 삶을 어떻게 저 탁월한 햇빛으로 승화할 수 있을까? 절대적 빈곤에서 절대적 미학이 발생하는 것이다. 애상의 흔적이 있는 곳에 바로 승화의 절대성이 존재한다. 말하자면 "막 부식이 시작된 햄버거 위에서"야 "탁월한 햇빛"은 빛을 발할 수 있는 것이다.

송종규의 시는 내면의 상흔을 찾아 떠나는 애상의 고고학이다. 때로는 산업자본주의가 때로는 억압과 폐제가, 때로는 자기모순과 욕망의 은폐망이 그의 시의 고고학적 지층을 이룬다. 부정하지 않고서는 도대체 존재할 수 없었던 애상의 흔적이 계시되므로 그의 시는 종종 난해하다. 하지만 이런 애상의 언어를 통해서야만 비로소 현실의 이성을 탄핵할 수 있고, 정신의 불협화음을 통해서만 우리는 현실과 화해를 이룰 수 있다. 시적 정신이 현대사회에서 유용성의 범주에 순응하고 결국 질서를 따를 수밖에 없다는 것은 현대시의 그늘일 수밖에 없다. 이런 맥락에서 그의 시는 환유의 언어를 선택하고 있다. 폐제되고 없는 욕망의 뿌리를 파헤치는 환유의 언어는 소외되었기에 그의 언어는 낯설다. 그저 기억과 회상이라는 합리성으로 되살릴 수 없는 애상의 언어이기 때문에 그의 시는 아프다. 송종규가 시에서 찾으려는 '아름다움'은 더 이상 그의 기억 속에 있는 과거의 '아름다움'이 아니다. 그것은 그의 몸이 말하고 있는 아픔의 언어이며 알 수 있는 언어가 아니라 만져질 수 있는 언어이다. 나는 그의 언어를 들을 때나 읽을 때 종종 귀를 막고 눈을 가리고 몸으로써 읽는다.

고유종(固有種)의 기원

권운지의 『갈라파고스』

일반적으로 시에 대해서 말을 많이 할수록 상대적으로 시의 의미는 축소된다. 시는 시로써 말을 하기 때문이다. 그렇기 때문에 아무리 장광설을 통해서 평을 잘 한다 해도 시의 의미가 확장되기는커녕 그 의미는 항상 축소될 것이다. 시를 읽어 본 사람이라면 누구나 나의 이런 느낌을 공유할 것이다. 그러므로 시의 의미를 축소하지 않는 길은 오직 시로써만 쓸 때뿐이거니와, 지금은 그런 수사적 문체가 시대에 뒤진 감각 같이 느껴지므로 이 시를 읽은 나의 소감을 어쩔 수 없이 산문으로, 그것도 독자들과 공감하는 식으로 엮어가는 것이 좋을 듯하다.

시란 무릇 무수한 언변과 수사로 치장되거나 생각을 에둘러 멀리 돌아가려는 몸짓과는 거리가 멀다. 그러면 산문을 쓰는 편이 낫지 않겠는가. 특히나 우리가 읽고자 하는 권운지의 시는 감정과 감각을 무기로 한 그런 예사로운 시가 아니다. 그보다 그의 시는 몸으로 보여주는, 때로는 우리의 감정을 불편하게 하는, 그래서 우리가 무엇을 잃었는지, 우리에게 아름다운 것이 남아 있기나 한지에 대한 물음을 제기하는 시다. 아마도 전통적인 시 관습을 즐기는 (낭만적인 회고나 감정적인 아름다움을 목표로 하는) 독자라면 이런 시를 어려워할 지도 모른다. 그러나 반대로 시인의 정원 뒷문으로 나가는 열쇠를 얻을 수만 있다면 현대시의 놀라운 비밀과 즐거움을 얻을 수도 있다. 그러므로 우리는 먼저 시인의 그 비밀의 정원에 들어갈 열쇠를 찾아본다.

> 적도 아래 갈라파고스 제도가 있다.
> 거센 해류와 수많은 암초로
> 바다 한가운데 저마다 고립되어
> 섬마다 방울새나 거북이가 진귀한 진화론을 쓰고 있는
> 갈라파고스 갈라파고스 갈라파고스
> 나직이 되뇌어 보라
> 멀지 않은 곳에 갈라파고스가 있다.
> 춘란이 꽃을 피우지 못하는 사무실
> 책상 아래 무수히 뒤엉킨 전선들
> 수백만 볼트에도 감전되지 않는
> 잠을 잊은 야행성으로
> 생존을 위한 이 혹독한 진화
> 우리는 이 섬의 고유종이 되고 있는 것이다.
>
> ─「갈라파고스」 전문

이 시를 읽으며 나는 시인의 상상력과 시적 완결성에 놀라움을 감출 수 없었다. 갈라파고스라 이름 붙인 이 시에는 생물진화의 야외실험장이 또 하나 있다. 그것은 바로 시인의 생활공간으로서 "춘란이 꽃을 피우지 못하는 사무실"이자 "책상 아래 무수히 뒤엉킨 전선들"로 인해

생긴 "수백만 볼트에도 감전되지 않는 / 잠을 잊은 야행성"이 살고 있는 지구의 21세기다. 인간들은 '다윈'이란 열쇠로 갈라파고스라는 곳을 열어 동물 진화의 근본을 알 수 있었지만, 시인은 "나직이 되뇌어 보라"고 요청하는 엄숙한 제사장의 목소리로 우리의 비밀스런 세계를 엿보게 한다. 그런 인간은 이런 갈라파고스를 음송하며 진화하는데 그 소리가 어째서 필자에겐 "갈라파고스"로 들리지 않고 '가고파'로 들리는 것일까?

권운지의 시가 각별한 것은 그가 여기서 인간의 존재의 맥락 상실에 대한 깊은 통찰력을 보여주기 때문이다. 날개가 퇴화한 갈라파고스의 코바네우란 동물처럼 꽃을 피우지 못하는 "춘란", 감전되지 않는 생물은 분명 존재에 대한 불편함이라는 시인의 시적 통찰력을 제시하고 있다. 그러나 시인은 이 시를 통해 생활세계에 대한 단순한 비판을 넘어서고 있다. 만약 시인이, 그래서 시가 그런 비판이라면 그것은 환경론자의 주장과 별반 다를 바 없을 것이다. 비판의 문턱을 넘어 시인은 인간적 고유종이 그리워하는 갈라파고스 제도 같은 원시적 비무장 상태로 귀환하려는 의지를 갖고 있다. 그곳에서 우리는 원시인이 그랬던 것처럼 삶을 싱싱함으로 풀어내는 의식을 행할 수 있을 것이다. 그것은 이 시가 만들어내는 빈자리이자 상상력이다. 그것에 의지하여 그의 정원에 좀 더 깊이 들어가 본다.

제재소 앞을 지나올 때 죽은 나무가 뿜어내는 향기에 몸서리친다.
죽은 나무의 혈액이 아침에 넘기는 책장에 묻어있다. 나는 본다 은폐된
봄의 이미지, 맹렬하게 돌아가는 전기톱과 완강하게 통나무를 밀어 넣

는 사내들의 말없는 노동, 줄지어 기다리는 야적장의 나무들을. 절단된 꿈의 비명이 톱밥처럼 흩어지는 봄날, 억압된 충동들이 켜켜이 잘리어져 우리들의 의도와는 상관없이 생소하게 변형되고 있는 것을. 사내들의 손에 들리어져 나와 가지런히 묶여지는 저 희고 향기로운 판자들은 무엇일까. 라디오에서는 종일 뇌사에 대한 논쟁이 격렬하다. 한 죽음이 오랜 세기 동안에도 종료될 수 없음을 본다. 이 봄날

-「봄」 전문

시는 판단을 유보하거나 멀리함으로써 판단한다는 말은 이 시인의 시어를 생각할 때마다 사뭇 옳다는 느낌을 준다. 시가 판단이 아니므로 우리는 이 시를 읽을 때 조금 긴장을 해야 할 듯하다. 이 시의 소재는 '책'이자 "뇌사"일 것이다. 과연 시인이 뇌사라는 것을 낭만적으로 생각하면서 책으로 변형되어 영겁으로 살아가는 어떤 불교적 사유를 말하려는 것인가? 그리하여 사람이 뇌사 상태가 되어도 생명을 끊지 말 것과 그것에 생명이 있음을, 그리고 불멸함을 말하려는 것일까? 그렇지는 않은 듯하다. 설령 시가 무엇을 판단하고 있을지라도 그것은 이 시가 직접 말하는 그런 산문은 아닐 것이다. 그렇다면 우리는 이 시에서 어떤 반향을 듣고 무엇을 이해할 것인가.

앞의 시 「갈라파고스」에서도 보았다시피 시인이 겨냥하고 있는 것은 육체적 결핍 그 자체이다. 결핍되지 않는 것은 욕망할 수 없다. 달리 말해 우리는 충족된 것을 욕망하지 않는다. 나아가 시가 '이미지를 그리지 이미지가 지시하는 것을 그리지 않으므로' 시인은 이 시에서도 "은폐된 봄의 이미지", 즉 근원적인 인간의 모습을 이미지로 그려내려

하고 있다. 그것은 아무것도 판단하지 않고 아무것도 지시하지 않음으로써만 가능하다. 시는 그저 "뇌사"한 상태의 인간으로 (보여질 수 있는) 어떤 것 속에 함몰되어 느끼고 예감하지도 못하는 것을 그리고 있다. 그것은 시인의 마음속에 있고 독자의 마음속에 존재할, '알 수 없는 그 무엇'이다.

프랑스 아이들 동요 중에 이런 노래가 있다. "닭이 죽었네. 닭이 죽었네. 이제 죽었으므로 '꼬끼요' 하고 울 수 없네. 이제 죽었으므로 '꼬끼요' 하고 울 수 없네." 어쩌자는 건가. 죽었으므로 울 수 없다는 사실을 노래한단 말인가! 명민한 독자라면 이처럼 부정성에서 의미가 생기는 원리를 터득했을 터, 이 불친절한 산문으로서의 언어 속에 포함된 단순성과 부정성이 소홀치 않은 "충동들"과 "생소하게 변형된" 시적 예기(銳氣)를 담고 있다는 것을 부정할 수 없으리라. 난 그것을 해석하고 싶지 않다. 왜냐하면 무릇 신경증자가 그렇듯 시인도 "무지에 대한 의지"ne rien vouloir savoir를 갖고 있기 때문이다. 아무것도 모를 권리!

시인은 아무것도 알고 싶지 않으므로 시는 대상에 대해서보다도, 몸에 대해 더 많은 노래를 하는 것이다. 그것도 우리가 오늘날 아이돌 그룹이 보여주고 있는 그런 자태의 '몸'이 아니라 우리를 불편하게 하는 '몸'이랄까, 그것도 아니라면 프로이트와 들뢰즈의 말을 빌려 '반복하는 몸'이라고 할 수도 있을 것이다.

플러그를 꽂고서야 피가 돌았다. 호흡이 시작되고, 청각과 미각이 살아났다. 놀이공원 회전목마처럼 가슴이 뛰었다. 플러그를 꽂고서야 아침이 왔다. 육중한 생산 라인이 돌기 시작했다. 거대한 컨베이어벨트를 타고 조간신문이, 우유배달 아줌마가 왔다. 나는 날마다 업그레이드된다. 나의 몸 어딘가에 시끄러운 대륙이 들어오고, 오염된 바다가 출렁인다. 나는 날마다 용량이 늘어나고, 자주 어지러움증에 시달린다. 평형기관에 심각한 이상이 생겼다. 몸은 캄캄하고 계기의 수치들은 불안정하다. 의사는 플러그를 뽑지 말아야 한다고 경고한다.

― 「굴종에 대하여」 전문

우리는 계몽의 강령(프로그램)을 안다. 인간은 동물보다 우수하다. 그 이유는 인간이 사유할 수 있고 그 동물적 존재를 벗어날 수 있으므로 그렇다. 동물은 존재하는 직접적인 상태를 자기 힘으로 벗어날 수 없고 다른 동물에 의해서만 벗어난다. 그렇게 벗어나는 일이란 만신창이가 되어 죽음을 맞이하는 일이다. 고라니가 천적에게 물려 죽는 방식으로만 자기 자신을 벗어나듯 말이다. 그에 반해 인간은 '내적 부정'을 통해 직접적인 자기 상태를 지속적으로 벗어난다.(헤겔) 인간은 자기 자신을 극복해야 할 장애로 여기고, 이 장애를 부정함으로써 "날마다 업그레이드된다."

우리의 시인은 이런 계몽의 강령의 정반대편에 있다. 시는 정신이 아니라 몸의 우위를 보여주고 있다. 마치 동물을 찬양하는 사람처럼. 질 들뢰즈는 이렇게 말한다. "동물들은, 비록 필연적으로 서로 죽이기는 하지만, 죽음을[결국 몸을] 자신 속에 품고 있지는 않다." 동물은 직접적으로 주어진 자신의 존재를 긍정적으로 받아들이고 존재를 즐긴다. 그러나 인간은, 니체가 말하듯 자기 존재를 '가책'의 대상으로 여긴다. 프로이트는 이 가책을 오이디푸스 콤플렉스, 즉 '죄의식'이라 말했다. 몸에서 멀어진 인간이므로, 자연에서 멀어진 인간이므로, 기계에 의존하는 인간이므로, 그런 인간은 곧 "플러그를 꽂고서야" 가능해진다. 정신이 지배하는 몸은 이제 "캄캄하고 계기의 수치들은 불안정한" 상태로 전락하고 말았다. 권운지의 시는 이런 음화를 통해 무엇을 추구하고 있는 걸까.

> 나무들마다 비닐호스를 박아 놓았다. 누군가 고로쇠나무의 수액을 받고 있다. 고로쇠 물만이 그의 병을 고칠 수 있다고 한다. 고로쇠 물은 고로쇠의 늑골에서 흘러나오는 어둠 눈 덮인 지리산에 가면 그 물을 먹을 수 있다. 그 어둠을 만날 수 있다. 뼛속 깊이 박힌 얼음 알갱이를 녹여내는 어둠의 환골탈태를 볼 수 있다. 플라스틱 통을 가득 채운 그것은 모두 고로쇠의 살갗을 뚫고 나온 물, 3월에 눈 덮인 지리산으로 가는 길이 이처럼 고독한 줄 몰랐다.
>
> — 「고로쇠나무」 전문

인간에게 플러그를 꼽든지 고로쇠나무에게 비닐호스를 박아 수액을 받든지 이제 몸은 더 이상 의식과 욕망의 대상이지 즐기는 몸은 아니다. 그것은 어떤 식으로든 "잉어찜"으로 뜯어 먹히든지 "냉동된 어린 소"처럼 구워 먹히든지 그렇다. 그러므로 이제 몸은 아름답거나 선한 것으로 보이지 않는다. 그저 볼 때마다 죄의식과 수치심이 들 뿐인 대상으로 전락하였다. 그렇게 된 몸은 이제 살아서 즐거움 맛보는 그런 상태는(아마 그런 상태를 우리는 근대의 시인들에게서 많이 찾아본다) 아닌 어떤 것이다. 그보다는 이제 하나의 기계, 하나의 사물 그런 것으로 바뀌었고 그것은 인간의 생산라인에 불과한 것이다.

시인이 그저 보여주기만 하는 "생산라인"은 그저 '몸-기계'라는 동기만을 보여주지 않는다. 시 「가방」에서 보이는 "헐거워질 대로 헐거워진 / 세워놓아도 자꾸만 한쪽으로 기울어지는" 몸은 시인의 경험공간에 자리할지도 모를 하나의 반복, 트라우마이기도 하다. (사실 권운지에게서의 시적 상상력은 곧 트라우마가 그 출발점이다.) 트라우마, 우리말로 외상 또는 그것이 찢어진 부위와 헷갈린다고 하여 사람들이 내상(內傷)이라고 이름 짓기도 하는 외상이란 근원적으로 인간이 어머니로부터 분리되어 태어날 때부터 천형으로 부여받는 것이다. 그것은 원래 초기기억에 속하므로 반복을 통하여서만 감지된다.

혜성빌라 골목 검은 철문 앞
허리 굽은 노인이 비에 젖은 박스들을 펴 말리고 있다.
아직은 간간이 이슬비 오락가락하는 긴 장마의 끝자락
펼쳐놓은 박스들이 제 몸을 세우지 못하고 허물어져있다.

골목 가장자리를 조심스럽게 차지한
이제는 아무것도 담을 수 없는 젖은 박스들

무엇인들 담지 않았으랴
한때 그 속을 꽉 채웠던
누군가를 위해 준비한 시간들이 빠져나간
저 헐거운 몸들

프로이트는 "신경증자는 기억하는 대신 반복한다"는 말을 한 적이 있다. 몸은 반복을 통하여 그 존재를 입증한다. 우리의 상처는 한번으로 만들어지지 않는다. "헐거운 몸"이 되는 순간 "제 몸을 세우지 못하고 허물어져" 있는 "비에 젖은" 박스 같은 기억은 몸으로 체현된다. 시는 몸이기에 (사람들은 시가 생각이나 느낌인줄 안다) 그저 반복한다. 시는 생각하지 않는다. 반복이 하나의 시를 출현시킨다. 그것은 "내 아직 무엇이라 이름 짓지 못하였던, 휴화산처럼 나의 뼛속 깊이깊이 숨어 있었던 옛 상처"(「몸, 참을 수 없이 무거운」)처럼 다시 반복된 것이기에 시로서 자리매김 될 수 있다. 그러므로 우리가 그의 시에서 느끼고 감지하는 것은 그의 시가 해석할 수도, 알 수도 없는 지점에 있다고 감히 말할 수 있을 것이다. 그저 "허리 굽은 노인"이며 "비에 젖은 박스"일 뿐이지만 그 스펙트럼은 넓다.

사월에 노스탤지어를 팔아서 갑부가 된 사내를 만났어요. 사내는 그한 가지에 청춘을 바쳤다고요. 사내의 플로우차트에는 당신의 몸속에서 쇠락한 아버지를 꺼내는 일, 상표를 붙이고 리본으로 장식하는 일, 리본을 단 아버지가 우마차를 타고 느리게 당신에게 가는 동안, 아버지 여윈 발목 거친 발바닥으로 비벼놓은, 봄의 자궁 같은 무논에서, 검은 알들은 물컹물컹 부화되고, 뿌리가 상한 당신도 라일락꽃처럼 피어나지요. 진한 향기의 노스탤지어가 봄바람을 타고, 날개 돋친 듯 팔려나갑니다.

- 「불멸의 아버지」 전문

비현실적인 얘기로 들릴지 모르지만 실제로 노스탤지어를 판매하는 곳을 우리는 쉽게 만난다. 7080 가요들이나 막걸리, 여성의 빨간 속옷 등으로부터 실제적으로 심리적 장애치료는 노스탤지어 산업에 속한다. 그러나 그렇다 한들 시인이 여기서 그런 실용주의적 발상을 구상하려 하겠는가. "진한 향기의 노스탤지어"라는 말로 매개되는 과거의 직접성을 나타내는 ("라일락"이나 "무논" 같은 것으로 대변되는) 흔적은 비록 의심스럽고 낡은 것이기는 해도 우리에게 어떤 치유의 계기를 준다. 이러한 직접성의 흔적을 통해 충족되는 동경이나 그리움은 기만이 되고 동시에 그것은 악한 것이 되기도 한다. 이 시에서 말하는 "사내"는 이미 보았던 사내이고, 시인이 속한 이것은 기존 질서에 의해 영원히 거부되기 때문에 또한 노스탤지어란 말로써 정당화된다.

이제 처음 들어온 비밀의 정원 문으로 다시 돌아가 본다. 권운지의 시는 말로 포장하지 않고 값싼 감정을 드러내지 않는다. 그는 상처를 보여주지만 울지 않고, 분노하지만 소리치지 않는다. 이것이 시인이 탐색한, 진정한, 저 시적 고유종(固有種)의 기원일 것이다. 몸을 버린 인간의 원시적 욕동에 대한 갈망이 진하게 묻어나는 시들이다. "좋은 감정으로 좋은 문학이 되지 않는다"는 스탕달의 말을 진정으로 실감한 시들이었다. 시인은 말로 표현할 수 없는 것을 말로 표현하려고 애쓰지 않고 표현된 것에 함의하는 놀라운 시적 숙련성을 지니고 있다. 짧은 지면에 함께 하지 못한 시적 아우라들 또한 독자들은 놓치지 않고 마음에 담아낼 것이다.

바빌로니아 유폐

마경덕의 『글러브 중독자』

나는 마경덕의 시를 읽으며 그의 시가 가진 이중성, 그리고 그 시가 주는 복합감정에 묘한 매력을 느낀다. 그의 시에는 기억 속의 자연이라는 공간과 현재 그녀의 삶을 지탱하는 도시라는 공간이 중첩되어 있다. 그의 시에 등장하는 자연의 상관물인 나비, 천변, 나무, 꽃, 상추, 저녁, 달빛, 후박나무, 직박구리, 우듬지, 모래밭, 떡갈나무, 뺄밭, 냉이, 개나리, 향나무, 풀벌레, 잡초, 귀뚜라미, 바람개비, 기러기, 노루, 외딴집, 추녀, 나팔꽃들은 어떤 맥락 속에서 문장의 주체를 이루는 것이 아니라 이리저리 흩어져 있거나 갇혀 있다. 이런 심상들은 이 새 시집에서 루카치가 말한 "별빛이 그 길을 환히 밝혀주던 시대는 얼마나 행복했던가?"라는 완결성의 시대나 선험적 고향 상실의 시대와 아무런 연관이 없다. 그것은 이제 파편화되고 왜곡되고 그저 흔적으로만 존재하는 그런 공간이다. 이런 공간을 나는 도시라고 명명하고 싶다. 이런 마경덕의 도시는 직접성을 전제하는 자연공간과는 달리 익명적 공간이다. 그곳은 한편으로는 시민적 공론장과 개인의 자유, 평등함을 누릴 수 있는 공간이기도 하지만 동시에 유폐, 무관심, 고독, 범죄, 불안을 동반하고 있는 공간이기도 하다. 시인이 이런 이중적 공간에서 문학적 성취를 이루는 동안, 나는 구약성서에 등장하는 바빌로니아 유폐(바빌론 유수(幽囚)라고도 한다)를 떠올리게 되었다.

- 유폐의 현장

바빌로니아는 기원전 3000년경부터 그 역사가 시작된다. 기원전 626년 바빌로니아 왕조가 열린 뒤, 네부카드네자르 2세(개역성서의 느부갓네살)에 이르러 바빌로니아의 황금시대를 이룬다. 그는 시리아와 팔레스티나를 정복하고 예루살렘을 파괴하였으며 유대인들을 바빌론에 끌고 갔다. 고대 함무라비 왕 이래 몰락했던 바빌론은 다시 부흥하여 명실 공히 세계 상업의 중심도시로서 성장하고 유래 없는 번영을 누린다. 나는 마경덕의 시를 읽으며 오늘날 도시인들이 이때 엔게디에서 바빌로니아에 끌려갔던 유대인들의 삶과 강한 유비 추리를 이룬다고 보았다.

횡단보도 앞
속도들이 다리를 뻗고 누웠다
고장 난 신호등에 길이 막혀도 태연한 대명시계점
저 묵언(默言)을 깨워 값을 지불하는 순간
끝없는 동그라미에 갇혀
죽을 때까지 고된 노역(勞役)을 치러야한다

소리에 귀가 늙은 사내가
시계를 팔뚝에 묶는 순간, 시간의 노예가 태어났다
세 개의 바늘이 놓친 걸음 허겁지겁 따라간다
— 「시간의 방목장」 부분

　고향 엔게디에 남았던 유대인들은 다윗의 폭포와 사해에서 포도와
고벨화를 땄을 것이지만 바빌로니아의 포로가 된 자들은 "끝없는 동그
라미에 갇혀 / 죽을 때까지 고된 노역(勞役)을 치러야" 한다. 그러므로
"시간의 방목장"이란 그에게 하나의 아이러니다. 물론 시인이 바빌로
니아 유폐를 염두에 두고 시를 쓰지는 않았겠지만 그의 시는 이렇게
곳곳에 유폐의 현장을 담고 있다. 그것도 자발적인 유폐가 아니라 「국
내산 종업원」 같은 은유에서 누설되는 '도시유입'과 같은 강제적 유폐
다. "꽁치 통조림에는 압축된 바다가 있고"(「압축」), "스타킹에는 […] 눈
가리고 손을 묶고 비명을 틀어막는 대낮 은밀한 <인질놀이>"가 있으
며(「스타킹 놀이」) "지긋지긋한 암 덩어리는 곱게 포장되어 입관을 기다
리고 있"다(「입관」) 그곳은 결국 「타임캡슐」이고, 「향기 보관소」가 될
뿐이다. 시인의 극단적인 표현으로 말하자면 들어간 입으로 배설해야
하는 「꽃병」이고 통조림과 캔 같은 "밀봉된 바다"다. 그러므로 우리는
그의 시가 유폐라는 의식의 상관물을 재현하면서 미래의 지향점이 되
는 기억공간과 감각하는 현재의 도시 공간이 의식과 무의식을 오가며
서로 길항하고 있다고 해야 할 것이다.
　시인의 엔게디는 어디인가? 그는 제1시집 『신발論』에서 바다와 산과

호박과 우물을 노래했다. 그리고 "뭍으로 밀려난 고래들"을 노래하고, 고로쇠나무와 벚나무, 수박밭과 시골집, 텃밭과 애호박을 노래의 선율 위에 올려놓았다. 그래서 그의 기억 공간은 아직 아름다울 수 있었다. "선생님, 저는 제 시가 자연시인 줄 알았어요. 그런데 사람들이 저의 시를 두고 도회시라고 그래요." 어느 날 시인이 내게 한 말이다. 그렇 다. 그의 시는 언제부터인가 이렇게 이름 모를 힘에 의해 끌려가 유폐 된 자들을 노래하고 있다. 그러므로 그의 시는 독일의 낭만주의자 노 발리스가 말한 것처럼 "늘 고향 길로 향하는 도중에 있다". 그의 시는 도시라는 유폐된 공간에서 자기를 키워준 엔게디, 즉 고향을 향하고 있는 셈이다.

네부카드네자르 2세는 바빌론 성을 중건하였고 신전과 제단을 화려 하게 만들었다. 이때 거대한 지구라트도 함께 만들었다. 바빌론 시의 중심부에 있는 마르두크 신의 성역 안에 화려한 청색 벽돌을 구워 탑 을 쌓아올렸는데, 고대 전설 속의 바벨탑을 연상시키는 이 지구라트는 수세기 전 아시리아인들이 파손한 것을 네부카드네자르의 아버지가 기 초를 쌓고, 그 아들이 완성하여 재건한 것이다. 탑은 오늘날 고층빌딩 만큼이나 높게 건립되었다. 바빌로니아는 오늘날의 대도시, 뉴욕이나 파리, 서울과 같은 곳보다 어쩌면 더 화려했을 것이다. 하지만 유대인 들은 어떻게 살았을까? 그곳에 유폐된 인간의 모습은 어떤 것일까?

온몸이 입이다

한 입에 우겨넣은 붉은 목 한 다발. 부르르 꽃잎이 떨린다. 잘린 발

목에서 쏟아지는 비린 수액, 입안 그득 핏물이 고인다. 소리 없이 생피
를 들이키는 저 집요함. 허기진 구멍으로 한 아름 허무를 받아먹는,

식욕과 배설뿐인 캄캄한 구멍은 입이고 항문이다.

－「꽃병」부분

일반적으로 도시의 문화는 반복 재생산이 그 특징을 이룬다. 대도시
는 모든 사람에게 공평한 기회를 주는 듯 보이나 그것은 투쟁의 공간
이며, 자유로운 문화의 다양성이 보장되어 있는 듯 보이나 실제로는
모방과 유행이라는 획일성이 지배하는 곳이다. 마경덕의 시는 여기에
서 어쩔 수 없이 생겨난 필요악이다. 도시에서는 "온몸이 입이다." 바
벨이 함축하고 있는 "입", 즉 말로 만들어진 그곳에서는 말과 식욕과
배설이 한 군데서 이루어진다. 더 쉽게 말하면, 그곳에서 사람들은 같
은 입으로 말하고 오줌 누고 그것을 물로 되받아먹는다. 그가 응시하
는 "식욕과 배설뿐인 캄캄함 구멍"은 "입이고 항문", 즉 욕구와 배설로
서 같은 하나가 된다. 그러나 그것은 결국 "허무"일 뿐이다. 끌려온 사
람에게는 모든 것이 헛것이기 때문이다. 갑자기 70년 대 독일의 흑인
보컬그룹 보니 엠의 <바빌론의 강가에서>란 노래가 생각난다. "바빌
로니아의 강가에 / 우리들은 앉아 있었다네 / 그래. 우린 시온을 생각
하며 / 눈물을 흘렸지. By the rivers of Babylon / there we sat down /
Yeah we wept / when we remember Zion." 시에서 직접적으로 서술하
지는 않았지만 우리는 눈물을 흘리는 마경덕의 도시를 상상할 수 있다.
다만 그는 그의 시온과 엔게디(이곳은 그가 자란 아름다운 곳 여수(麗

水)일 수도 있다)를 생각하며 이제 울 수도 없는 처지에 놓였다.

> 낱장인, 나를 주장할 수 없었어요
> 여러 겹이 되기 위해
> 하얗고 캄캄한 세상으로 들어가야 했어요
> 합류하지 못한 몇 장의 바깥은 밭고랑에 버려진다고 했어요
> — 「양배추」 부분

시에서 표현된 "하얗고 캄캄한 세상"은 도시라는 공간에 대한 모순어법(oxymoron)이다. 이 표현에서는 저 악명 높은 유대인 수용소에서 살아나 "아침의 검은 우유"를 노래한 파울 첼란의 「죽음의 푸가」 같은 절박한 심정이 만져진다. 시인이 보는 유폐의 현장은 그가 보는 것보다 우리가 더 많이 보고 그가 아파하는 것보다 우리를 더 아프게 한다. 그런 유폐의 공간은 우선 푸코가 이야기하듯 감독하기 좋은 판옵티콘(원형 감옥)처럼 만들어져 있다. "다닥다닥 달린 창문을 빠져나와 / 넥타이를 풀고 잠시 숨을 돌리는 곳, 도시의 숨구멍은"(「옥상」) 사실상 없을 것이다. 그러므로 그곳의 사람들은 "어둑하고 좁은 골목, / 가난의 모서리에 질겨진 울음이 발을 포개고 있다".(「환영」) 유폐인들의 내면은 더 거칠다. 그는 "홈런만을 요구하는 세상에게 주먹감자를 날려볼까 / 야유를 퍼붓는 관중석으로 강속구를 던져볼까" 생각해보지만 처벌이 두려워 어쩔 수 없이 "글러브를 움켜쥐고 부르르 떠는 / […] 글러브 중독자"가 된다. <시인의 말>에서 시인 스스로 "중독자"가 되었다고 말하는 것도 같은 맥락에서 이해할 수 있을 듯하다. 도시 유폐의 현장은 「나

비표본 상자」에서 절정을 이룬다.

> 옷 한 벌을 짓기 위해 평생을 바친 장인들, 날개옷 한 벌을 완성하
> 고 유리무덤에 갇혔다. 입으면 벗을 수 없는, 아름다운 그 옷이 화근이
> 다.
>
> 나비는 죽어도 날개를 접지 않는다.
>
> — 「나비표본 상자」 부분

유폐인들은 쇼윈도를 응시하지만 사실 쇼윈도가 그를 응시한다고 말
해야 옳을 것이다. 그가 사용한 메타포 "유리무덤"은 그런 쇼윈도의
상징이다. "나비"가 지어 입은 옷이 유폐인들의 일상이라면 그들은 옷
을 입어 몸을 감춘다기보다는 오히려 드러내는 것이다. 사실상 우리가
입은 옷은 우리로 하여금 우리의 신분을 말해주고, 종국적으로 도회적
삶이 얼마나 허무한가를 보여준다. 속이 꽉 찬 사람들이나 자연에 속
한 사람들은 옷으로 자기를 포장하지 않는다. 그러니 이 시에서 나비
는 자기가 응시되는 줄 알지 못한다는 메시지를 말한다. 도시가 만들
어내는 눈과 눈의 마주침은 전통적인 사유방식을 포기하게 만들지 않
는가!

근대의 시인들은 주체-눈-대상의 관계를 일직선으로 파악해왔다. 그
러나 대도시의 문명인은 이렇게 할 수 없다. 왜냐하면 도시에서는 "대
상이 나를 지각한다"는 파울 클레의 말처럼 "나비"가 나를 지각하는
동시에 '유폐인'이 "나비"를 지각하기 때문이다. 파리의 도시민 조르주

뒤아멜은 이렇게 말했다. "나는 내가 무엇을 생각하려는지 더 이상 생각할 수 없다. 움직이는 이미지가 나의 사유 자리를 차지해 버렸다".(발터 벤야민, 기술복제시대의 예술작품) 이제 유폐된 도시인은 "누가 보고 있는지 누가 보여지고 있는지, 누가 그리는지, 누가 그려지고 있는지를 더 이상 알 수 없다." 그러므로 "날개옷 한 벌을 완성하고 유리무덤에 갇힌"나비는 영락없는 유폐자의 모습을 띠고 있다. 그의 유폐는 이외에도 다양한 이항으로 끝없는 만화경을 이룬다.

밀봉된 바다, 무게 400g. 꽁치의 짭조름한 눈물이 캔에 담겨있다. 천사백 원을 지불하면 원터치로 열리는 진공의 바다, 같은 용량의 인스턴트 바다들이 마트 진열대에 쌓여있다.

　　　　　　　　　　　　　　　　　　　　　　－「통조림」 부분

빙하에 구멍을 뚫어 빙핵(氷核)*을 채취한 과학자는 기포를 분석했다. 바람은 얼지 않았다. 80만 년 전 남극을 떠돌던 공기가 그 속에 갇혀있었다. 체온이 올라간 현재의 바람은 그때 종족이 다른 낯선 바람을 보았다.

　　　　　　　　　　　　　　　　　　　　　　－「타임캡슐」 부분

神은 모래톱 띠를 둘러 펄펄 뛰는 바다를 그 안에 가두고
바다는 왔던 길로 되돌아가네

　　　　　　　　　　　　　　　　　　　－「어쭈! 저 모래톱」 부분

그가 밝힌 도시 이미지의 환등상의 만화경은 환멸의 결정판들이다. 그는 이런 이미지들을 모방하지 않는다. 그보다는 빙핵 속에 있는 바

람을 탐구하고, 캔에 담겨 있는 바다의 "눈물"을 열고, "모래톱 띠를 둘러 펄펄 뛰는 바다를 그 안에 가두"면서 시적 아우라를 직접적으로 보여준다. 이는 상실한 자만이 발견할 수 있는 것들이다. 상실한 자만이 그리움을 안다. 유폐의 현장이 그렇다면 유폐된 이의 몸은 어떨까? 시인은 시의 키질을 멈추지 않는다.

- 유폐의 몸

이 시집이 출간되기 전 나는 그의 시를 다룬 적이 있다. 그때 큰 감동으로 다가온 시가 있었는데 바로 「그녀의 외로움은 B형」이란 시다. 도시에서 눈을 떼어 도시인의 부엌으로 들어가 문턱이 될 수 있는 시다.

앞집 렌지후드에서 빠져나온 저녁메뉴와 반쪽 창문에 걸린 거실 표정을 책상위에 올려두고 잠을 설쳤다. 프라이팬과 여자의 관계는 우호적이다. 닭다리튀김, 소시지볶음, 햄, 생선튀김…여자는 늘 프라이팬을 의지한다. 팬은 지나치게 입이 크다. 늘어나는 뱃살과 외로움은 함수관계를 이룬다.

먼저 '마른 A형'과 '비만 B형'으로 외로움을 분류한다.

소파나 여자의 무릎에서 느릿느릿 기어 나오는 고양이 울음도 B형이다. 두 마리 고양이와 비만형 여자는 24시간 서로를 의지한다. 주방에서 맴도는 고양이의 허기는 여자의 우울증과 비례한다. 거실에서 주방으로 이어지는 동선을 따라가면 여자는 프라이팬과 고양이를 붙잡고 있다.

간간히 끼어드는 기침소리, 그 음습한 소리는 주방 반대편에 산다. 문턱을 넘지 못한 누군가 그 방에 단단히 밀봉되어 있다. 여자는 가끔 방문을 향해 프라이팬을 던지며 소리를 지른다. 기침소리에 그녀는 왈칵 고등어통조림처럼 쏟아진다. 마당 늙은 살구나무가 창문을 가리지만 않았다면 나는 그 '외로움'에 가까이 접근할 수 있었을 것이다. 외로움과 프라이팬, 폭식과 허기는 사랑과 동일한가? 나는 쓰다만 리포트를 머리맡에 두고 잠이 든다.
- 「그녀의 외로움은 B형」 전문

현대 문학이 주체의 몰락과 저자의 죽음을 이야기했다면, 우리는 이 시에서 그 현장을 직접 만나볼 수 있다. 위의 시에 "그녀"의 밖에서 물끄러미 응시하고 엿듣는 "나"가 모호하게 설정되어 있기 때문이다. 기실 이 시에서 주체의 성질을 띠는 화자는 뫼비우스의 띠처럼 안과 밖을 구별할 수 없는 하나 자아일 터, 누가 존재하는지 누가 존재한다고 말하기라도 하는지, 누가 누구에 대해 말하는지, 그것도 아니면 "나"가 그냥 "리포트"를 상상하는지 독자로서는 알 수 없다. 앞에서 언급했다시피 도시는 이제 이미지의 폭주로 인해 사유할 수 없는 공간임을 체현하고 있다. 도시에서는 자연과는 달리 직선적 사유가 불가능하고 인과론적 사유 또한 불가하다. 그러니 자연 "여자"는 누구며 "기침소리"는 누군지 모든 것이 애매하고 모호하다. 어디 그뿐인가. "쓰다만 리포트를 머리맡에 두고 잠든" 나와 "앞집 렌지후드에서 빠져나온 저녁메뉴"를 엿듣고, "반쪽 창문에 걸린 거실 표정을" 응시하는 시인이 동질성을 갖는지도 불분명하다. 정말이지 나는 이 순간, 행간 사이에서 어떤 '두려운 낯설음'das Unheimliche을 경험했다. 나의 산문적 육감은 시인의 운문적 육감에 상응한다. 시 「틈」에서 그 순간을 시인은 이렇게 관찰하고 있지 않는가!

적막을 오래 쓰다듬은 손바닥에 푸른 물이 들었다. 내 오른쪽 어금니처럼 한쪽이 닳아버린, 부르면 혀가 서늘한 적막. 소란한 틈으로 잠깐 뒤태를 보이고 사라진다. 퇴근길 지하철에서 불쑥 내 몸을 치고 사라지는 그 짧은 1초의 정전停電…내 몸의 플러그가 뽑힌, 그 1초

떠밀리고 발등을 밟히는 사이, 방심한 내 어깨를 치는 순간, 울컥 혀끝에 닿는 찰나의 암전暗轉. 그는 인파 속에 나를 홀로 세워두고 길을 끌고 흘러간다. 세상과 불통이 되는 그 시간, 나는 누구에게도 나를 타전할 수 없다. 아무도 눈치 채지 못한 그 1초는 적막이 나를 다녀간 시간.

후박나무 빈 가지에 걸린 낮달을 보듯 그의 쓸쓸한 이마를 바라보고 싶었다. 계절이 한 페이지 넘어가고 공원 분수에 물이 마를 즈음, 무릎에 원고지를 펼치고 그가 네모난 칸으로 들어오기를 기다렸다. 나는 한동안 그를 오독하였다.

등 떠밀려간 노래방에서 흘러간 노래를 선곡하고 있을 때, 어쩌다 잡은 마이크를 들고 설쳐대고 있을 때, 그를 바라볼 수 없는 난감한 사이, 그 틈으로 반짝 적막은 출몰하는 것이었다.

– 「틈」 전문

한번은 돌아가신지 10년이 넘는 할머니가 꿈에 나타난 적이 있다. 나는 그야말로 식겁을 하였다. 독자들은 가위눌린 꿈을 식겁한다는 말로 표현하는 나를 이해할 것이다. 그 식겁한 경험을 프로이트는 두려운 낯설음(영어로 the uncanny라고 번역함)이라 하였다. 엄마보다 더 다정했던 할머니가 돌아가신 후 꿈에 나타났을 때 느낀 이런 "두려운 낯설음"을 나는 시인의 "비만 B형의 여자"에게서 다시 만난다. 그것이 과연 프로이트의 말대로 친숙한-비밀스런 것에서 heimisch-heimlich 오는 억압의 잔재일까? 나는 모른다. 다만 마경덕의 시를 읽을 때 느끼는 그런 절망감 같은 것은 언젠가 풍성함으로 받아들였고 언젠가 아버지처럼 편하고 어머니처럼 다정했던 사랑 같은 것이었을 게다. 지금은 그런 다정함이 "주방 반대편"에서 두려운 낯설음으로 존재하고, "퇴근길 지하철에서 불쑥 내 몸을 치고 사라지는 그 짧은 1초의 정전停電…내 몸의 플러그가 뽑힌, 그 1초" 사이에 존재한다는 것을 우리가 어떤 방식으로 설명할 수 있겠는가!

시는 주문이며 신의 계시이자 예언자의 외침이다. 그러므로 시를 읽을 때는 '두려운 낯설음'을 가질 때가 많다. 언젠가는 편안했던 것, 언젠가는 사랑했던 것, 언젠가는 풍요의 화신으로 보았던 고향 엔게디에서 보았던 것들이 시에서는 다시 두려운, 또는 섬뜩한 것으로 회귀한다. 니체에 따르면 시는 일반적으로 고양된 언어로서 보통사람들이 하는 어법과는 다른 어법을 사용하고 있다. 이 시에서 보여주는 시인의 경험공간도 마찬가지다. 말하자면 초혼자의 외침을 마음에 새길 수 있게 되는 (아니 저절로 그 계시가 새겨지는) 상황에 길들여지게 한다.

그런데 "왈칵 통조림처럼 쏟아지는" 고향 같은 "기침소리"는 어딘가 모르게 두려운 낯설음을 품고 있다. 그것이 아마 유폐자의 분신이기 때문에 생길지도 모르는 일이다.

우리가 시를 읽는 이유는 아마도 변화에 대비하고, 변화를 받아들이고, 모르는 계시를 감지하려고 하기 때문일 게다. 우리는 타인을, 그리고 타인은 우리를 충분히 이해하지 못한다. 우정이나 사랑은 너무나 취약하고, 위축되거나 사라지기 쉬우며, 시간과 공간에 의해, 불완전한 연민에 의해, 가정과 애정 생활의 온갖 슬픔으로 인해 짓눌리기 쉽다. "퇴근길 지하철에서 불쑥 내 몸을 치고 사라지는" 순간은 어떤 사람이었을 것이다. 문득 그 사람이 어릴 때 좋아했던 사람(하지만 좋아해서는 안 되었던 사람)에 대해 억압했던 표상들이 귀환한 것은 아닐까, 그런 생각이 든다. 그런 억압들은 우리가 꿈에서 자주 만났던 기억(또는 망각)의 흔적들이다. 아, 그 사람을 다시 한 번 볼 수 있다면! 마경덕의 시는 그런 억압의 공간을, 그러니까 말로 표현할 수 없는 공간을 말로 표현하지 않고 말한 것 속에 함의하고 있다. 그것이 독자를 환호하게 한다.

어디에선가 마경덕 시인의 시는 쉽게 읽힌다는 데 그 특징이 있다고 쓰여 있는 글을 발견한 적이 있다. 물론 그런 해석이 가능한 시들도 많다. 하지만 그의 시들을 잘 살펴보면 두려운 낯설음, 단순히 해석되지 않는 낯선 친근함이 있다. 니체는 우리가 말로 표현할 수 있는 것은 우리의 마음속에서는 이미 죽은 것이므로, 말하는 행위에는 일종의 경멸이 담겨있다고 했다. 그렇다면 이 친근함과 낯설음이 같은 것이 아닌가? 다음 시가 마경덕 시인의 구겨진 경멸, 언젠가는 친근했던 것들의 표상을 드러내주는 것 같다.

　우묵한 집, 좁은 계단을 내려가면

　누가 살다 갔나. 오래된 적막이 나선형으로 꼬여 있다. 한 줌의 고요,
한 줌의 마른 파도가 주홍빛 벽에 걸려 있다. 조심조심 바다 밑을 더듬
으면

　불쑥 목을 죄는 문어의 흡반, 불가사리에 쫓겨 참았던 숨이 수면 위
로 떠오른다. 뽀글뽀글 물갈퀴에 쓴 일기장을 넘기면…

　빗장을 지른, 파도 한 방울 스미지 않는 방. 철썩 문 두드리는 소리
에 허리 접힌 불안한 잠이 있고 파도가 키운 둥근 나이테가 있고 부우
-- 부우-- 저음으로 가라앉은 흐른소리, 떨리는 어깨와 부르튼 입술도
있다. 모자반숲 파래숲 울창한 미역숲이 넘실대고 프렌치호른에 부르
르 바다가 젖고 밤바다의 비늘이 반짝이고

　외로운 나팔수가 살던 방, 문짝마저 떨어져 나간 소라껍데기, 잠시
세 들었던 집게마저 떠난 집, 컴컴한 아가리를 벌리고 무엇을 기다리
나.

　모래밭 적막한 방 한 칸.

- 「빈방」 전문

　시인의 고향은 이 도시 바빌로니아에는 이미 없다. 고향이 없으므로
그에겐 또한 집이 없다. 그가 만나는 고향 상실의 고단함은 "문짝마저
떨어져 나간 소라껍데기" 속이나 "한 줌의 마른 파도가 주홍빛 벽에
걸려 있다". 그래서 마경덕의 시에는 주어(체)가 없는 경우가 허다하다.
있다 하더라도 그 주체는 관찰자이지 참여자는 아니다. 그것은 아마도

그에게 집이 없기 때문일 것이다. 이제 그 집은 (설령 그가 40평짜리 아파트에 살고 있다손 치더라도) 선험적인 집으로 모습을 바꾼다. 하이데거가 "언어는 존재의 집이다 Die Sprache ist das Haus des Seins."라고 말하였다면 그것은 아마도 이 시인이 이제 언어로 그 존재의 집을 만들고 있다는 뜻일 게다. 그러나 사울이 다윗을 찾아 헤맸던 엔게디의 동굴 같은 그 집은 그를 "조심조심", "더듬게" 하고, "불쑥 목을 죄거나", "부르르 바다가 젖거나", "불안하게" 한다.

시인이 어느 산문에서 자신의 처절했던 삶을 조명했던 것을 읽어본 적 있다. 언니의 신혼 방을 방해하지 않기 위해 추운 겨울 마루에서 이불에만 의지해 잠을 잔 적이 많았던 고난은 이 시에 "호른소리" 같은 통주저음(通奏低音, basso continuo)으로 녹아 있다. 그렇기 때문에 이 시의 표현 "오래된 적막"이나 "밤바다의 반짝이는 비늘"과 같은 멜로디에만 현혹되어서는 안 된다. 콘트라베이스 같은 통주저음은 드러나지 않는 법이다. 그것은 마치 "누가 살다 갔나"라는 표현에서 읽는 친숙함에 스며있고, 엿듣고, 응시한다. 그런 느낌은 우리가 카프카의 「귀향」같은 시에서 "아버지의 집"이 풍기는 세계 내적 존재의 '낯설음' 같은 것이다. 마경덕은 이런 존재론적 체험 위에서 프로이트가 말한 대로 "원본 없는 번역본"들을 추출해내는 데 성공하고 있다. 그의 몸에 대한 두려운 낯설음의 경지는 다음 시에서도 찾아볼 수 있다.

평생 누워있는 사막,
바람이 불 때마다 와르르 척추가 흘러내린다

모래척추는 사막의 고질병,

수령과 유사流砂는 살아있는 뼈를 삼켰지만
사막의 등뼈는 자라지 않았다

척추가 무른 아비 어미도
그렇게 평생을 뒹굴며 늙어가고
흙바람이 불때마다 낙타의 무릎만 단단해졌다
— 시「모래 척추」부분

   모래척추는 실재하지 않는 것이다. 어쩌면 그의 시도 나의 평문도 모래척추 같은 것이리라. 하지만 시인의 존재를 흔적으로 보여주는 모래를 다시 등뼈로 재구성할 수 있다는 것은 곧 그의 기억력이자 상상력일 것이다. 엔게디에서는 모래가 척추였을까? 엔게디의 동굴을 만들었던 튼튼한 기암괴석이었던 때가 있었을까? 존재하는 것의 이면을, 존재자의 내면을 들여다보는 것은 시인의 미덕이다. 시인 라이너 마리아 릴케는 「젊은 시인에게 보내는 편지」에서 "가장 은밀한 시간에 당신 마음의 깊은 느낌을 통해서만 대답을 구할 수 있는 의문에 대해, 당신 바깥의 외부로부터 그 대답을 기대하시 마십시오."리고 충고한다. 그것은 바로 시인의 삶과 시를 규정하는 근원적인 것, 고단한 디아스포라의 삶을 말한다.

– 마경덕의 도시

유폐자는 언제부턴가 저절로 도시민이 되었다. 그 유폐인의 시는 "무지에 대한 의지"로 가득 차 있으며 비밀과 광기로 가득 차 있다. 그것은 마치 장님의 불 손가락이 벽에 써내려간 밀어(密語) '메네 메네데겔'을 닮아 있다. 오른쪽은 벽이고, 왼쪽은 성이며, 공중에는 철조망이, 옆에는 감시 카메라가 서있으므로 이곳은 끝이 난 곳이라는 메시지를 던진다. 시인은 우리에게 어떤 계시를, 종말에 대한 예고를 보낸 것일까.?. 수많은 자들이 경비원처럼 우리를 관찰하고 있다. 우리도 관찰한다. 누가 누구를 관찰하는지 모르고 거기에는 익명성이 존재한다. 마경덕의 도시는 유폐의 공간과 그곳에서의 삶의 피폐함, "켜켜이 쌓인 주소불명, 수취거절, 수취인부재 / 미처 소인도 찍지 못한, 저 미납의 사연들"(「비파나무 그늘」)이 있는 곳이며, 그 도시는 "죽을 때까지 고된 노역券役을 치러야" 하는 곳이다. 시인의 사상은 다리가 없기에 그는 우리에게 시라는 언어의 등에 그것을 태워 보낸다. 유폐인인 그의 절망감은 이 시간도 살아서 그를 옥죄고 있을 터이니 그가 보니엠처럼 "우리 입술의 말들과 / 우리 마음의 묵상들이 / 오늘밤 당신의 면전에서 / 받아들여지길 원합니다. Let the words of our mouths / and the meditations of our hearts / Be acceptable in thy sight / here to night." 라고 노래하는 것 외에 어디에 또 구원이 있을까.

직관과 인식이 교차하는 뫼비우스의 띠

박정남의 『꽃을 물었다』

시인 박정남이 펴낸 시집 『꽃을 물었다』에서 시들은 직관과 인식이 교차하는 삶의 변증법으로 형상화되어 있다. 그것은 무엇보다 뫼비우스의 띠처럼 전경에 드러났다가도 다시 배경으로 물러나기도 하면서 리듬감 있는 언어로 우리를 매혹한다. 그래서 시를 읽는 사람이 무의식적으로 그것을 간파하다가도 그것이 아닌가 하는 의구심을 가지게까지 한다. 이런 과정에서 독자들은 옛 제의의 모습에 가상으로 빠지기도 하고 인식의 맹렬함이나 유희의 다양함을 단순히 즐기기도 한다. 문학 소비자로서 이런 시를 대할 때 미소처럼 번지는 즐거움을 말로 표현하지 않고는 견디기 힘들 때가 많다. 말하자면 그의 시에서는 꽃이라는 가면 뒤의 무의식적 충동, 죽음, 유희 같은 것들이 생각 없이 먼저 감지될 때가 많다. 언어적 가면 뒤에 많은 원시적 욕동들과 언어 이전의 언어를 체화하려는 그의 예술성은 독자를 이성의 경계너머에서 잠시 길을 잃게 하고, 그 시적 계시에 귀 기울이고 고백하게 하는 어떤 태도를 요구한다.

갠지스에 배 타고 나갔을 때, 슬며시 어둠 속에서 나타나 동행했던 등 푸른 민물고래, 강물을 두 쪽으로 연신 나누며 치솟았던 고래는 히말라야 깊은 계곡 굵은 나무둥치 콸콸 흐르는 물관 속으로까지 치솟아 올라가 거기 등 푸른 나뭇가지라도 하나 얻어

그도 소문 듣고 죽으러 올라오는 길이었는데, 죽음의 길이 바라나시 가트 장엄한 의식에만 있는 것이 아니어서, 그의 거대한 몸 또한 장엄한 의식 그 자체여서, 몸 닿는 데까지 헐떡이며 올라가 보는 것은 아니었을까

— 「고래와의 동행」 전문

발레리에 의하면 "미(美)는 사물들 가운데 규정 불가능한 것을 충실히 모방할 것을 요구한다." 그렇다면 박정남의 시에서 규정 불가능한 것은 무엇일까? 그것은 아마도 삶에 감춰진 무수한 원시적 욕동들의 실체일 것이다. 원시적 욕동? 그것은 아마도 삶에서 길이 없는 것, 방도가 없는 것, 로고스라는 길의 끝 — 그러니까 삶의 아포리아에서 생겨나는 것일 게다. "강물을 두 쪽으로 연신 나누며 치솟았던 고래"는 삶의 욕구와 욕망 Libido들을 가리키는 메타포일진대, 그것은 왜 "바라나시 가트 장엄한 의식"이라는 죽음 충동 Thanatos에 동행하는 것일까? 그것이 시인이 형상화하고자 하는 첫 번째 삶의 변증법이다.

갠지스에 간 주체는 분명 더 많은 것을 보고자 욕망했으며 "히말라야 계곡을", "치솟아 올라가 거기 등 푸른 나뭇가지라도" 얻어올 요량이었던 것이다. 그것이 갠지스의 죽음의 제전에 참석하는 일일까? 삶의 원칙과 죽음의 원칙은 시인이 제시하는 뫼비우스의 띠다. 그러므로

시인의 시적 태도는 이런 진리를 깨우치는 철학적 인식에 있질 않다. 그보다는 삶에서 보이는 아포리아를 더 높은 상태에서 없애 가지는 초월적 직관에 있다. 시인은 이때 주체가 되어 말을 하는 것이 아니라 — 모든 진정한 작품에서는 주체가 작품 전체에서 침묵을 한다 — 주체가 자신의 언어를 통해 자연/본능("고래"는 자신의 다른 자아, 즉 alter ego를 말하는 것이리라) 이 지닌 말로 할 수 없는 것을 모방하고 있다. 삶의 욕동을 자연의 모방을 통해 성취하고 있는 이 시는 "소문 듣고 죽으러 올라오는", "고래"의 확정된 불확정성을 그려놓음으로써 우리를 자발적으로 숭고하고 장엄한 가트 의식에 참여하게 한다. 살다보면 규정 불가능한 것들이 많은데 시인은 의미로서가 아니라 존재로서 충분히 모방하고 있다. 시인이 형상화한 두 번째 삶의 변증법은 자연/본성 지배에서 비롯된 듯하다. 억누른 본능이라고도 할 합리성의 자연지배는 우리의 일상에 궁극적으로 아무런 의미도 부여하지 못하고 공허하게 만들어버렸는데 이것 또한 사라지지 않고 늘 존재하고 있다. 시인은 이런 존재가 주술적 언어로 이루어진 화려한 제의를 체험케 함으로써 스스로 승화화게 한다. 자연 지배는 지배받는 것들에 대한 동경을 생산해낸다. 때로는 슬프거나, 소리치고 울고 싶은 충동에 사로잡히는데 시인이 바라보는 이런 한계상황은 결국 이 모든 것이 죽음과 유사하게 보이는 아름다움을 만들어내는 것이다. 그의 시는 이러한 미 외적인 것의 죽음을 통해 삶의 변증법을 이루고 있다.

미적 의식은 결여적 privative이라고 했다. 의식이나 가치의 중심에 서 있는 것이 아니라 부수적인 리듬이나 이미지 같은 것들이 의식의

자율성을 얻는 것이 심미성의 원칙이다. 아래의 시에서도 그런 부수적
인 것이 이루는 삶의 변증법이 체화되어 있다.

> 만 마리의 물고기가 불법을 들으려
> 이 골짝으로 모여들었다
> 고개를 치켜들고 있는 수만 마리의
> 머리가 유독 큰 물고기들,
> 문득 깨달아 거기 눌어붙은 고기부처들,
> 그 고기들이 벗어놓은 신발,
> 골짝에 신발들이 즐비하다
> 법당에 들지 못한 신발들이 귀를 열고 있다
> 빗소리를 듣고 있다
> 우당탕 우당탕 당당당 당당당 댕댕댕
> 양철 지붕을 때리던 빗소리가 들린다
> 신발들이 아득히 마음을 비우고 독경소리를 듣고 있다
> 독경 소리를 제 마음에 가득 담고 있는
> 지느러미를 단 물고기들이 만어사 골짜기를 서서히 움직이고 있다
> 만어사 골짜기를 저 동해바다로 옮겨가고 있다
> 깨달은 발바닥을 옮기는, 물이 가득 담긴 신발 속에서
> 종소리가 난다
> 새까만 발바닥들을 씻어주면서
> 울리는 종소리
>
> —「만어의 신발」 전문

　일반적으로 정신분석에서는 신발을 여성의 상징으로 본다. 만어사
앞의 돌무덤은 장관이다. 그러나 일상의 경험을 시인은 재현하려고 하

지 않는다. 불법을 들으러 온 사람들, 그들이 벗어놓은 신발들은 지난 시대 잔치에 모인 사람들의 동질성을 연상케 한다. 그러나 시인의 상상 공간은 꿈틀거리는 고기들의 모습 대신 고기들이 신고 온 "신발"에 이른다. 아, 이 얼마나 기대지평을 부수는 놀이란 말인가! "문득 깨달아 거기 눌어붙은 고기부처들, /그 고기들이 벗어놓은 신발" 신발은 여성일 뿐 아니라 세속이자 욕동들의 다른 모습을 유비 추리하는 것이리라. 세속에 이미 도가 있음을(다시 한 번 뫼비우스의 띠를 연상해보자) 시인은 이렇게 표현한 것이다. 고기가 민담에서 전하는 형식이라면 그 형식 속에서 시인은 현재하고 있는 삶의 모습을 신발이라는 이미지로 재현한다. 또한 "물이 가득 담긴 신발 속에서 종소리가 난다"는 표현에서는 종소리라는 상징 속에 모든 불편한 삶의 진실을 숨기고 있다. 이 종소리는 판 겐넵이 말한 통과의례의 순간이자 누미노사(성스러움)의 초월적 순간이다. 삶이라는 닳아버린 신발들이 진리를 계시하는 순간을 통해 시인은 인식과 직관을 변증법으로 통합한다. 그리하여 이 시는 결국 전설로 내려오는 만어석을 매개로 하여 법당에서 소원을 비는 사람의 소리를 훔쳐듣는 분위기를 만들어낸다. 음악적 정서를 모방하는 의성어들과 세속적 인간에 대한 메타포, 그리고 '순간이동'을 통해 전설이 만들어낸 삶의 욕동들(이를테면 왜 이렇게 많은 고기들이 여기로 오게 되었는지)은 시적 언어로 그 풍성함을 더하고 있다. 이런 축제의 진설(陳設)이라는 현장에서 우리 인간은 그 옛날 얼마나 풍성했던가! 이런 축제는 이성과 현실이라는 존재를 해방할 수 있는 유일한 돌파구이자 방법이다. 아래의 시에서도 우리는 어떤 주술사의 특별한 리듬을 타고 마법을 체험할 수 있다.

　　하늘에는 달
　　길에는 똬리 튼 뱀
　　하늘에는 밝은 달
　　길에는 똬리 튼 검은 뱀
　　하늘의 달은 내려올 수 있어도
　　가장 낮은 곳 물속에까지
　　내려올 수 있어도
　　저를 빠뜨릴 수 있어도
　　길에 누운 검은 뱀
　　곤히 잠든 검은 뱀
　　꿈쩍하지 않는 검은 뱀
　　저 달이 없으면 더욱 검은 뱀
　　[…]
　　달의 가장 낮은 곳에
　　저를 비추는 물이 있고
　　물속에 달이 잠시 빠져 있을 동안
　　하늘로 올라간 뱀이
　　번쩍이는 달이 되었다
　　오늘밤 검은 뱀이 황금빛으로 풀려
　　장엄하게 탄다

　　　　　　　　　　　　　　　　　－「달과 뱀」 부분

　산문을 읽을 때와는 달리 시를 읽을 때 독자로서의 우리는 어떤 특별한 태도를 요구 당한다. 산문은 인간사에 있어서의 일을 저자가 직

접 독자에게 전달하지만 시를 읽을 때는 주술사(무당 혹은 여기서의 시인)
가 어떤 의뢰인의 내적 고통을 신에게 비는 것을 그 의뢰인이 보고 있
을 뿐이다. 이 시에서도 시인이 어떤 행위와 의사를 우리 독자에게 전
달하려 한다고 생각하면 안 된다. 시의 독자는 주술사가 반복적으로
주문을 외울 때 뱀은 "하늘로 올라가고" 그 올라가는 방식 또한 아주
신비한 방식으로 이루어지는 것을 체험할 뿐이다. 고대의 주술에서처
럼 이 시는 운율의 반복을 통해 어떤 특정한 신비를 마련하고 있다.
"달"과 "뱀"은 교차되어 반복되며 그 상징은 또한 남성과 여성을 함의
하고 있다. 아이헨도르프라는 독일 시인이 "하늘이 땅에 입 맞추면 땅
은 하늘을 꿈꾸겠지"라는 시 구절을 연상하게 할 만큼 자연스럽게 달
과 뱀은 우주의 조응, 욕동의 질서를 다시 한 번 변증법적으로 구현하
고 있다. 시의 형식 또한 알레고리처럼 되어 있어 마치 비밀스런 이미
지를 아는 것이 아니라 직관하라는 몸짓을 보이고 있다. 어떤 달에서
의 느낌. 어떤 뱀에서의 느낌. 가공되지 않은 원시적 느낌! 이런 시인
의 시적(주술적) 태도는 아래의 시에서도 직관적으로 다가온다.

보름달을 잘 들여다보면
어머니의 거친 자갈돌 같은 질이 느껴진다
겨울 찬바람 소리도 들려온다
푸른 달빛 밤새 흘러나오는
다 닳아서 깊은
그곳은
물이 흥건히 고여있다

세찬 폭포수 쏟아지듯
어머니의 터진 양수를 따라
피묻은 달 하나가
풀어헤친 검은머리를 빠져오던 날
나는 태어나자마자
어머니의 손을 놓고 말았다

                            - 「달의 집」 전문

　　달은 겨울 찬바람 같은 거칠음, 조야함, 생명력의 기원이라고 말하는
이 시에서 우리는 서정적 자아가 분열하는 것을 볼 수 있다. "보름달을
잘 들여다보면"의 주체가 되는 자아와 "나는 태어나자마자/어머니의
손을 놓고 말았다"의 주체는 다른 주체다. 이 문제를 어떻게 해결할 수
있는가? 이런 경우는 「만어의 신발」에서나 「고래와의 동행」에서도 마
찬가지로 찾아볼 수 있다. 그러나 이 시의 주체는 그 두 편의 시에서보
다 더 분명히 구분되어 있다. "보름달을 들여다보는" 주체가 어린 시
절로 되돌아가 "어머니의 손을 놓은" 주체, 즉 상상속의 주체가 아니
다. 그럼에도 불구하고 우리는 이 두 주체가 뫼비우스의 띠에서처럼
변증법적으로 하나가 되어 있음을 어느 순간에 느끼게 된다. 이 주체
는 구체적인 장소도, 이름도 없는 존재론적 주체로서 시를 읽는 누구
나가 체험할 수 있고 자기 것으로 전유(專有)할 수 있는 주체다. 시인은
이런 메타모르포제의 과정 중에서 "빠져 나오던 날"과 "나는 태어나자
마자" 사이에 접근할 수 없는 심연을 만들어 놓고 있다. 이것이 박정남
의 시에서 보이는 초월의 변증법이다. 시인의 이런 혁신적인 시쓰기는

그의 시력(詩歷)을 초월하고 그의 언어적 한계를 넘어선다. 비트겐슈타인이 "말로 표현할 수 없는 것이 말로 표현되지 않고 표현된 것에 함의되어 있다."고 말했는데 아마도 박정남의 시를 두고 한 말일 것이다. 분명한 것은 그의 시에 대해 내가 다 말할 수가 없는데, 그것은 그의 시가 말로 하는 것이 아니라 직관하거나 감촉하는 것이기 때문인 것 같다.

뒷모습

이상규의 『강이천과 서호수』

나는 유난히 독일 낭만주의 시인 카스파 다비트 프리드리히라는 화가를 좋아한다. 그를 좋아하는 이유는 그의 수묵화 같은 붓놀림 때문이기도 하고 달빛을 구부려 사랑의 그리움을 만들어내는 그의 조화 때문이기도 하지만, 무엇보다 그는 뒷모습을 그리는 시인이기 때문이다. 이상규 시인의 언어는 뒷모습에 초점을 두고 있다. 그가 이제 이순을 넘어서는 지경에 있어 지난 삶을 조망할 수 있는 여유가 만져지기도 한다. 그러나 그의 이런 시적 태도는 단순한 낭만적 그리움이거나 생경하고 날이 선 현대적 시인들의 언어와 거리를 두려는 정신에서만 유추할 수는 없을 것 같다. 그보다는 원래 시가 태어난 원천인 주술과 마법에서 시의 목적과 수단을 찾으려는 시인의 시적 태도에서 나온 것으로 보아야 할 것이다. 원래 주술은(나중에는 마법이 되고 마술이 되었다) 누군가와 무엇을 축복할 수도 있고, 누군기와 무엇을 저주할 수도 있다. 그러니까 주술은 우리의 생명과 같은 것이었다. 생명을 지키거나 생명을 없애는 것, 그것이 바로 주술이다. 우선 첫 시를 살펴보자.

길이 잘 들여진
우리 가족과 동거하는 베리
유난히 검고 윤택한 털빛
두 살짜리 암캐

집 나간 지 며칠이 지났다
[…]

중국에서 밀려온 황사가 어둠까지 몰고 와
어둑한 날 골목길 가운데 놀이터 숲 속에
여러 마리 수캐 사이에 둘러싸여
주인이 다가서는지도 모른 채
수캐의 숨찬 거품을 깨문 한낮의
하혈하는 쑥스러움을 감추려는 듯이
컹컹 짖으며 아내 품에 달려와 안긴다

- 「강아지의 외출」 부분

시는 세상의 알레고리다. "길이 잘 들여진", "중국에서 밀려온 황사"
나 "여러 마리 수캐"는 평범한 언어로 보이지만 "베리"의 행위를 암시
하는 맥락 속에서는 주술적 상황으로 세상을 바꾸어버린다. 뒷모습은
매우 정직하다. 길을 가는 어떤 남자거나 어떤 여자를 관찰해보라. 어
떤 경우도 앞모습을 보면 실망할 것이다. 그리고 우리는 그 실망이야
말로 진실이자 진리라는 것을 알게 된다. 실망(失望), 즉 바라던 것을 잃
어버림으로써 우리는 진실해질 수 있다. 그러니 뒷모습은 자연과 영혼
을 나타내는 데 매우 정직하다는 것을 알 수 있다. 이런 맥락에서 굳이

이상규의 시 정신을 말한다면 그것은 시=역사·의도라는 공식으로 줄일 수 있을 것이다. 왜냐하면 우리가 선잠에서 어렴풋이 감지할 수 있는 것, 베를렌이 "중얼거림"이라고 표현한 것, 박수무당의 눈빛에서 읽히는 것이 시이기 때문이다. 그러므로 시는 시인에게 삶의 이면에서 작동하는 그 무엇이다.

> 화가 방정아는
> 캔버스를 가득 채운 건물의 옥상이나
> 출렁거리는 바닷가 거친 돌섬 위에
> 나신으로 누워 있는 여인을 배치한다
> 눈도 코도 보이지 않는
> 작은 모습으로 드러누워 있다
>
> 화가 이수동은
> 달과 나무 사이에 반쯤만 드러낸
> 여인, 눈도 코도 보이지 않게
> 조그마한 모습으로
> 뒷모습만 드러낸 채 서 있다
>
>   -「늘 누워있는 여자」 부분

상상할 수 있고 그리운 것은 늘 이렇게 "눈도 코도 보이지 않는" 것이다. 대신 시인은 우리에게 그 "여인"의 모습을 상상할 수 있게 한다. 아마도 그 "여인"의 가슴은 "출렁거리는 바닷가"나 "달과 나무 사이에서" 느낄 수 있는 그 어떤 "도시 사람"일 것이다. 시인의 주술은 이렇

게 도시 여인에서 하나의 또는 다양한 야성을 찾아옴으로써 시적 페이소스를 만들어낸다. 뒷모습을 그려낸 프리드리히나 이 시 속의 "화가 방정아", "화가 이수동"은 결국 의식적 부정이라는 제의적 수단을 사용한다는 점에서 결국 시인의 분신이라고 말할 수 있다. 시인이 사용하는 마법적 몸짓은 특별한 언어들을 통해 체현된다. 우리 삶에서 이런 경우는 흔히 찾아볼 수 있다. 여담이지만 근래에 나는 경북대학교 북문 근처의 한 술집에서(분명 거기에는 나 이외에는 오로지 젊은이들 밖에 없었다) 찌그러진 주전자에 막걸리를 담아 먹고 도시락(옛날에는 일본식으로 밴또라고 했다)에 밥과 멸치와 계란에 부친 소시지, 고추장을 넣고 흔들어대는 젊은이들을 보았다. 20대에게 70년대의 추억이라니! 이렇게 원시적 흔적은 오래 간다. 역사의 뒷모습은 문헌에서 실증적으로 관리할 수 없는, 손으로 만질 수 없고 들을 수 없는 집단무의식으로 오래 전승되는 것인가?

> 손에 쥐었던 돌도끼 내려두고
> 뼈마디가 다 일그러진 돌무덤
> 구멍이 난 유골의 눈두덩과 콧구멍
>
> 천년 세월의 밤하늘이 깃들고
> 몇 개 남지 않은 이빨 사이로
> 흙바람 들락거리는 공기의
> 흔들림이 들려온다
>
> [...]

이젠 신석기 돌무덤 이름표를 달고
이승 사람들과 마주치는
허망한 눈빛
그 심연의 거리를
구경하는 그대 또한 언젠가

그렇게 식어 다시는 일어서지 못할
구멍이 난 유골의 눈두덩과 콧구멍

－「미추왕릉」 부분

　이런 역사적 상상은 우리가 책에서나 이성적인 세상에서 만날 수 없는 시적 주술의 순간에 체험할 수 있는 것이다. 시인은 반복("구멍이 난 유골의 눈두덩과 콧구멍")과 페이소스("흙바람 들락거리는", "허망한 눈빛")라는 주술의 언어를 통하여 역사의 뒷모습을 통하여 원래의 인간모습을 재건하고 있다. 아, "유골"은 우리 존재의 아름다움을 얼마나 갱생하고 있는가! 이 시 속에서 "다시는 일어서지 못할" 원시인과 다시는 "춤을 출 수 없는"(「반구대 암각화」) 현대인, "부질없이 노쇠해져 가는"(「몸의 언어」)현대인과 "피를 토하며 죽어가는"(「자연」) 미래인, 미래인과 원시인이 서로 만나 대화할 수 있다. 그들을 부른 무녀는 바로 시인일 것이다. 들소를 잡고 고래의 풍어를 기원하던 원시인은 다시 오지 않는가? 시인은 낭만적 우수에 사로잡혀 포기하지 않는다. 이런 말로 표현할 수 없는 인간성을 그는 말로 표현하지 않고 주술로 들려준다. 서호수란 뒷모습으로.

막히지 않은 길이 바람길, 요령성은 역사의 길목이다. 바람길 따라 사람들 몰려다닌 밤의 전령, 늑대 울음 섞여 있는 그 달빛은 더욱 푸르다. 오직 생존이 목적인 세상 사람들, 바람길을 거슬리지 못한다. 약탈이 수단이 아닌 살아가는 방식인 그들은 무척 거칠다. 예법에 길들여진 말보다 약탈에 익숙해진 말들의 온기가 더욱 따뜻한 이유가 무엇일까? 싱싱한 사람들의 달빛 흔드는 포효로 추방당하는 실크로드보다 철마가 달리는 초원은 늘 열려 있다. 초원길의 길목 중앙아시아 가라말 발톱에 묻어온 양귀비 꽃씨, 녹색 초원에 번져가는 붉은 꽃바람이 물결을 이룬다. 그 빛이 내 몸에 번져 검은 반점의 살갗이 되었다.

－「서호수」 전문

시인은 화자의 압도된 심리과정을 오로지 배경으로만 묘사하면서 어떤 판단과 감정도 유보한 채, 딴청을 부리고 있다. 시의 제목과 묘사는 너무 낯설어서 "서호수"가 무슨 자연의 풍경이라고 되는 듯 착각을 불러일으킨다. 시인은 문자 사이로 사라진 주술, 행위들을 다시 문자로 불러오는 마법을 부린다. 말하자면 문자 주술인가? 우리는 그의 주술을 통해 여기서 한 원시인을 만난다. 이 원시인은 어느 날부터 도덕과 "예법"으로 길들여진 독자를 섬뜩하게 만든다. 왜냐하면 우리는 그동안 그 원시인의 앞모습은 본 일이 없기 때문이다. 그가 모습을 드러냈을 때, 그 빛은 "내 몸에 번져 검은 반점의 살갗이 되었다". 그 막히지 않는 "바람길"은 바로 우리가 꿈꾸고 희망하는 오래된 미래, 우리의 바람(望) 길이 될 것이다. 전경(前景)에서 보이는 것들은 의미하지 않는 채 우리를 원시적 야만성과 충동에 휩싸이게 만든다. 그리하여 서호수의 뒷모습은 꿈틀대는, 우리 삶의 목표이자 시의 목표가 된다.

이상규가 그리고 있는 서경의 공간이나 서사의 시간은 물리적 특성을 갖고 있지 않다. 그보다는 보이지 않는 내면이 육화되고 구체화된 소재에 불과하다. 그래서 그의 시에서 성취되지 않은 꿈, 행동으로 옮기지 못한 욕동들은 계몽된 인간에게 미정의 당혹감으로 다가와 "저녁 노을에 몸을 푼/태양"처럼 그의 내면에서 행동의 욕구를 자극한다. 그러나 동시에 이런 당혹감은 "자신의 본질을/ 스스로 포기해"(「태양」)버릴 때에만 얻을 수 있는 삶의 뒷모습들이다. 이 시집의 첫 시에서 "어매"를 한국어의 달인답게 "어머니의 사투리 준말"이라고 표현하는 천진난만한 그의 모습에서 우리는 대륙을 호령하던 기마민족의 기상과, 모든 고난의 자음을 품는 엄마의 젖가슴 같은 모음(「모음의 탄생」), 태초의 비밀을 열어주는 신화의 탄생(「유성」)을 눈 먼 사람처럼 더듬거릴 수밖에 없다. 만약 "난청과 이명"을 가진 우리라면 원시인들의 "소리의 깊이"를 그저 "눈으로 […] 측정해야" 할 수 밖에 없다. 시인의 뒷모습은 이렇게 여러 갈래로 현상하지만 그저 비밀들을 간직하고 있기에 우리를 황홀함에 빠지게 한다.

변학수

문경 출생. 경북대학교 졸업. 독일 슈투트가르트 대학교에서 문학과 철학으로 석사학위를 받고, 같은 대학교에서 문학박사학위를 받았다. 계간지 <시와반시> 기획위원이며 문학평론가로 활동하고 있다. 한국통합문학치료학회 회장과 한국아데나워학술교류회 회장과 한국연구재단 전문위원을 역임했으며 경북대학교 사범대학 독어교육과 교수로 재직하고 있다. 저서로는 『감성독서』(경북대학교출판부, 2012), 『문학적 기억의 탄생』(열린책들, 2008), 『프로이트 프리즘』(책세상, 2004), 『문학치료』(학지사, 2007), 『통합적 문학치료』(학지사, 2006), 『문화로 읽는 영화의 즐거움』(경북대학교출판부, 2003) 등이 있으며, 비평집 『잘못보기』(유로서적, 2003)이 있고, 역서로는 『신들의 모국어』(경북대학교출판부, 2014), 『니체의 문체』(책세상, 2013), 『기억의 공간』(그린비, 2012), 『이집트인 모세』(그린비, 2010), 『제국의 종말 지성의 탄생』(글항아리, 2008), 『독일문학은 없다』(열린책들, 2004), 『시와 인식』(문학과지성사, 1993) 등이 있다.

글누림 문화예술 총서 12

| 토르소

초판 1쇄 발행 2014년 10월 30일

지은이 변학수
펴낸이 최종숙

책임편집 이태곤 | 편집 권분옥 이소희 박선주 문선희 오정대
디자인 안혜진 이홍주 | 마케팅 박태훈 안현진 | 관리 구본준
펴낸곳 글누림출판사 | 등록 2005년 10월 5일 제303-2005-000038호
주소 서울시 서초구 동광로46길 6-6(반포4동 577-25) 문창빌딩 2층(우137-807)
전화 02-3409-2055(편집부), 2058(영업부) | 팩시밀리 02-3409-2059
홈페이지 http://www.geulnurim.co.kr | 이메일 nurim3888@hanmail.net

ISBN 978-89-6327-269-6 03810
정 가 22,000원

* 이 도서의 국립중앙도서관 출판예정도서목록(CIP)은 서지정보유통지원시스템 홈페이지(http://seoji.nl.go.kr)와 국가자료공동목록시스템(http://www.nl.go.kr/kolisnet)에서 이용하실 수 있습니다.(CIP제어번호: CIP2014030410)